ENCORE UNE DANSE

Après avoir été professeur de lettres puis journaliste, Katherine Pancol écrit un premier roman en 1979 : *Moi d'abord*. Elle part ensuite à New York en 1980 suivre des cours de *creative writing* à la Columbia University. Suivront de nombreux romans dont *Les hommes cruels ne courent pas les rues*, *J'étais là avant*, *Un homme à distance* ou encore *Embrassez-moi*. Elle rentre en France en 1991 et continue à écrire. Après le succès des *Yeux jaunes des crocodiles*, elle a publié en 2008 *La Valse lente des tortues* et en 2010 *Les écureuils de Central Park sont tristes le lundi*.

KATHERINE PANCOL

Encore une danse

ROMAN

FAYARD

© Librairie Arthème Fayard, 1998.

ISBN : 978-2-253-14671-1 – 1re publication LGF

Il nous arrive ce que nous aimons.
Pitié pour ceux qui n'aiment rien !

Jean-René HUGUENIN

PREMIÈRE PARTIE

C'est le propre de la femme de se dévaluer. 99,9 % des femmes pensent sincèrement qu'elles ne valent pas tripette. Qu'elles sont juste bonnes à être jetées aux chiens, et encore... à des chiens affamés qui se battent les flancs dans les terrains vagues en pourléchant de vieilles boîtes de Pal. Elles se trouvent toujours trop bêtes ou trop grosses ou pusillanimes. Et autant vous dire tout de suite que je fais partie des 99,9 %. Tout comme ma copine Agnès, celle qui tient ma comptabilité et me permet de payer moins d'impôts. L'autre soir, alors qu'elle faisait revenir son poulet aux oignons dans la cuisine de son F4 à Clichy, elle me confessait sa certitude d'être une nullité, pendant que son mari lui caressait les fesses en l'assurant du contraire. Agnès est comptable dans une entreprise d'informatique, épouse et mère de deux enfants. Ses colonnes de chiffres sont impeccables, le sol de sa cuisine sent bon la Javel, sa progéniture trouve toujours une oreille attentive à ses problèmes. Elle est svelte, bien habillée et son rinçage auburn-acajou-des-îles dissimule sans délai la moindre racine pâle. Elle a entraîné Yves, son mari, dans un programme de couples en difficulté afin que la routine ne s'installe pas entre eux et qu'ils continuent à se parler. Ils ne se parlent plus, ils s'écrivent. Le soir dans leur lit, chacun de son côté note dans un grand cahier les griefs accumulés pendant la journée, et le dimanche après-midi, quand les enfants font du roller sur l'avenue, ils s'échangent leurs copies et en discutent. Ils essaient d'en parler calmement, sans s'énerver. Agnès prétend que c'est ce qu'il y a de plus difficile. L'autre jour, elle m'a avoué qu'elle avalait un Tranxène avant chaque séance. À part ça, Agnès lit, se cultive, a le ventre plat, tient sa place en société, mais pense malgré tout qu'elle est une nullité. Alors, le plus souvent, elle se tait. Quand je l'interroge sur cette peur, que je l'exhorte à s'en débarrasser, elle me répond toujours :

— Oh ! toi, Clara, tu n'es pas comme les autres…

Mais si : j'ai la trouille. La trouille brûlante quand je relève le gant, la trouille qui vide le ventre quand je prends mon élan, la trouille glacée quand l'acte de bravoure est effectué et que je constate les résultats (les dégâts, souvent) de mon audace. Mais je lutte contre cette peur inscrite dans nos gènes de femmes. Je ne veux pas qu'elle me ratatine et paralyse ma vie. Je m'entraîne à la débusquer et, une fois que je l'ai repérée, je l'analyse et tente de la neutraliser. C'est du boulot. Parfois, j'y arrive. D'autres fois, c'est la peur qui gagne et me rend plus lâche qu'un vieux chewing-gum mâchouillé.

— Tu retombes toujours sur tes pieds… Tu sais te défendre… Tu n'es pas dupe.

C'est vrai, je ne suis pas dupe. J'appelle un cas un cas. Depuis que je suis toute petite, je me suis entraînée à voir les choses en face. Bien forcée.

Clara Millet est cynique. On peut même dire qu'elle a le cynisme chevillé au corps. Elle croit que la partie sombre et noire chez les êtres humains est beaucoup plus importante qu'on ne veut bien l'admettre, et se rebelle contre les mensonges, les à-peu-près flatteurs, les versions roses et édulcorées. Clara Millet exige du vrai dans chaque phrase. Elle est persuadée qu'on se construit sur de la réalité, même et surtout si celle-ci n'est pas plaisante. Clara Millet est toujours prête à dénicher, chez elle et chez les autres, le petit paquet de linge sale, les petits arrangements sordides. Elle a faim de détails « éclairants », de ces détails qui en disent long, qui révèlent le cracra sous les belles apparences. La vie n'est pas un chemin de roses, il y a du purin sous les roses. Clara le sait. Elle assure que cette connaissance intime lui vient de son enfance. Quand elle a surpris le révérend père Michel aux pieds de sa tante Armelle. Elle avait sept ans et, à la vue de cette belle flaque noire (le révérend portait encore la soutane) répandue sur le parquet, elle a fait deux pas en arrière et espionné derrière la porte. Il lui disait des mots doux et lui tenait la main. Tante Armelle souriait et caressait la tête du prêtre. Le même qui disait la messe le dimanche matin. Un très bel homme, athlétique et chevelu, avec des poils noirs sur les doigts quand il tendait l'hostie, et une vigueur mâle dans le poignet lorsqu'il élevait le calice. Toutes les paroissiennes, apprit-elle plus tard, fantasmaient ferme sur le père Michel durant les offices mais ce fut tante Armelle qui les coiffa au poteau et recueillit l'hommage du révérend parjure. Clara n'a plus jamais cru, ensuite, à l'image du bonheur qu'incarnait sa tante, une dame propre et rose qui parlait famille, amour, travail, respectabilité, efforts, dignité. Elle mentait. Au moment même où elle apercevait le curé agenouillé, Clara comprenait qu'oncle Antoine n'était pas au courant. Elle avait tourné les talons, étourdie. Elle détenait un secret de grande personne. Elle se sentit soudain terriblement importante mais eut l'impression aussi d'être trompée sur la marchandise. Elle grandit d'un seul coup. Devint méfiante, intransigeante, intolérante. Et si tout n'était que mensonge autour d'elle ? Cela lui donna le tournis.

Il paraît qu'à douze ans, Clara Millet voulut mourir. Pour de bon. Parce qu'elle sentait que ses forces la lâchaient. Qu'elle devenait grande et qu'elle n'aurait plus la rage enfantine d'être extralucide. C'est ce qu'elle avait laissé comme explication dans le petit mot posé sur sa table de nuit. Elle avait le pressentiment que, si elle lâchait la rampe de la vérité pour se réfugier dans l'album aux beaux mensonges confectionné par sa tante, elle allait perdre non seulement la raison, mais l'énergie de vivre. Elle avala dix sachets d'Aspégic 1000 et se coucha. Elle perdit beaucoup de sang (hémorragie interne, dirent les médecins) mais survécut. Dieu ne voulait pas d'elle, conclut-elle. Il lui fallait donc vivre coûte que coûte. Mais pas comme tante Armelle.

Elle se mit à réclamer des informations. Elle se serait trouvée lâche de ne pas demander. Lâche de ne pas vouloir comprendre. Il fallait qu'elle sache. Qu'était devenu le père Michel ? « Il a changé de paroisse, disait tante Armelle. Tu sais, avec la crise du clergé… – Mais l'as-tu revu, au moins ? As-tu eu de ses nouvelles ? – Mais enfin, Clara ! Pourquoi aurais-je eu, moi, spécialement, des nouvelles du père Michel ? – Parce qu'il me semble que tu l'aimais bien… – Je l'appréciais, mais cela ne me liait pas spécialement à lui. » Menteuse, menteuse, rageait Clara. Elle plantait son regard dans celui de tante Armelle qui, essoufflée par tant d'audace, lâchait un « Et puis ça ne te regarde pas ! » que Clara prenait pour un aveu de passion coupable. Cette victoire arrachée à la confusion de tante Armelle l'enhardissait et elle persistait. Et ses parents à elle, où étaient-ils passés ? C'était la moindre des choses qu'on la renseigne. « Ils sont morts, les pauvres chéris, répondait inlassablement sa tante. – Morts comment ? demandait Clara. – Je t'expliquerai quand tu seras plus grande. Il y a des choses qu'une enfant ne peut pas entendre… » Oncle Antoine disait pareil : plus tard, plus tard… Personne ne lui répondait. Et tout le monde lui en voulait. Elle ne récoltait que des embêtements à tenter de comprendre. Elle avait l'impression que sa vie devenait de plus en plus terrifiante. Elle se tut. Elle essaya de faire comme les autres. De vivre sans se poser trop de questions, de s'amidonner la tête. Mais, de temps en temps, c'était plus fort qu'elle, son besoin de savoir reprenait le dessus et la rendait terriblement impopulaire. Et quand sa langue fourchait, qu'elle lâchait une ou deux vérités, c'était terrible : toute la violence qu'elle avait longtemps refoulée éclatait comme un vieux volcan réveillé.

C'est dur de vivre avec une fille comme Clara Millet.

Je sais : c'est ce que tout le monde me dit. J'ai mauvaise réputation. Je passe pour une effrontée, une indélicate. Une dure à cuire, pour tout dire. Une qui n'a pas le droit de pleurer, ni d'être câlinée. Où que j'aille, qui que je rencontre, ma réputation m'a précédée. Je trouve injuste que cette quête obstinée de la vérité me coupe de tout un monde de sensations douces, de sentiments tendres, de troubles et d'abandons. Et quand j'affirme à Agnès que, moi aussi, j'ai la trouille parfois, elle ne me croit pas. Je sais qu'elle ne me croit pas : elle remue son poulet aux oignons à la même cadence. Même pas une seconde de suspension dans le mouvement du poignet. Imperturbable.

— Ç'est pas pareil pour toi, c'est pas pareil, tu le sais bien. Tu n'as jamais été comme nous autres…

Agnès n'a pas arrêté de goûter la sauce avec sa longue cuillère en bois et pense à sa vie à elle. À sa vie si bien ordonnée. Une vie normale, quoi. Parce que ce n'est pas normal d'être célibataire à mon âge. À trente-six ans, je devrais être mariée, mère de famille et rangée. Balivernes ! Sa vie, on se la fabrique toute seule et à son image. Ça ne sert à rien de vouloir se mettre à tout prix dans des cases. Ou alors on perd le sens de soi-même et on trépasse à petit feu. Il y a deux choses dont je suis sûre : je suis fauchée et j'ai une façon tout à fait personnelle de considérer les choses. Ces deux constatations rendent ma vie excitante et digne d'être vécue. Je ne l'échangerais contre aucune autre.

Ce matin, à l'aube, quand j'ai décidé que j'allais mourir, je me suis sentie d'un coup plus légère : le pire rend libre. J'avais, enfin, les coudées franches. Plus besoin d'avoir l'air ou de faire semblant. Plus de réputation à entretenir, de façade à vernir, de répliques à donner. Parce que j'adore me moquer de tout, faire des pirouettes avec les mots, disparaître derrière un éclat de rire ; c'est une manière de prendre mes distances avec le désespoir, de le traiter par le sarcasme. Je le repousse avec un bon mot. En revanche, les broutilles, les petits accidents de la vie me laissent éclatée sur le carreau. Déchirée, en larmes. Je suis championne pour faire une baleine d'une sardine et vice versa.

Eh bien… D'un seul coup… je n'avais plus peur. Ni des baleines, ni des sardines. Et vivre sans peur, c'est terriblement excitant !

Ce matin, donc, Clara Millet a ouvert les yeux en entendant le radio-réveil que Marc Brosset avait réglé sur six heures quarante. Comme tous les soirs où il dort chez elle. Vingt minutes avant sept heures, le temps de faire un petit câlin, de glisser son nez froid dans son cou chaud et son genou gauche entre ses cuisses. Clara dort sur le côté droit du lit, en chien de fusil, Marc Brosset occupe donc le côté gauche, également en chien de fusil. C'est une règle établie entre eux.

Elle entend le réveil, elle entend une chanson, et elle écoute les mots. Elle l'a souvent entendue, cette chanson, mais, ce matin-là, elle écoute les paroles dans son demi-sommeil d'aube de décembre, juste avant Noël, alors qu'il fait encore nuit dans les rues glacées de Paris et que les éboueurs ne vont pas tarder à passer. Aucune lumière ne filtre à travers les volets que Marc Brosset a fermés hier, après avoir plié son pantalon et posé sa chemise sur le dossier du fauteuil en osier près du lit. Hier soir, ils ont dîné chez ses parents, Michel et Geneviève Brosset, instituteurs à la retraite. Clara Millet se demande souvent si ce qu'elle préfère chez ses amants, ce n'est pas leurs parents. Elle se prend d'une véritable affection pour eux et chaque séparation sentimentale s'augmente d'une rupture familiale qui se révèle parfois plus pénible à vivre. Elle se débrouille toujours, d'ailleurs, pour garder de bons rapports avec les parents de ses anciens amants et a ainsi une ribambelle d'ex-beaux-parents (chose peu commune chez une fille qui ne s'est jamais mariée) qu'elle visite régulièrement.

Elle écoute les paroles et sent le corps de Marc Brosset se coller contre elle, son genou écarter ses cuisses. « *You fall in love ZING BOOM, the sky above ZING BOOM, is caving on WOW BAM, you've never been so nuts about a guy, you wanna laugh, you wanna cry, you cross your heart and hope to die* »... et elle se dit qu'elle n'a jamais voulu mourir pour cet homme qui maintenant glisse une main experte entre ses jambes et commence à la caresser. Il n'y a pas de doute, se dit-elle, Marc Brosset est un bon amant. Il sait qu'il faut préparer sa partenaire, l'entreprendre avec délicatesse, ne pas se jeter sur elle comme un affamé. C'est pour cela, d'ailleurs, qu'il met le réveil à six heures quarante. C'est un bon amant, qui a de gentils parents ; hier soir, Geneviève Brosset lui a mitonné un petit saumon aux baies roses accompagné d'un sauté de courgettes au basilic frais, oui mais voilà, elle a du mal à se laisser emporter par le mouvement délicieux des doigts de Marc Brosset entre ses jambes. Pour tout dire, cela l'irrite et déclenche en elle une rage intérieure qu'elle reconnaît tout de suite.

Hier, elle l'aimait. WOW BAM. Ce matin, elle ne l'aime plus. ZING BOOM. C'est l'autre qu'elle aime. L'autre qui prend la fuite chaque fois qu'elle s'en approche d'un peu trop près. L'autre dont elle n'ose pas formuler le prénom dans la pénombre de sa chambre, de peur d'éclater en sanglots. Ni rire ni pleurer, mais comprendre, disait grand-mère Mata quand on venait, en larmes, chercher réconfort auprès d'elle.

D'abord, Marc Brosset, elle ne l'a jamais aimé pour de bon. Elle l'a apprécié, a eu envie de le goûter, de s'accrocher à son bras, de se faire remorquer. Mais elle n'a jamais voulu mourir pour lui.

Elle le sait. Depuis toujours. Depuis ce soir où il dînait seul au Triporteur ; elle était passée pour savoir si le patron ne pouvait pas lui refiler un morceau de pain pour qu'elle se fasse un sandwich en regardant la télé. Encore un soir où elle attendait que le téléphone sonne et que l'autre l'appelle. Marc Brosset était assis à une table du fond, seul, un livre ouvert près de son assiette. Elle avait tordu le cou pour apercevoir le titre du livre, mais n'y était pas arrivée. Après, elle avait oublié et l'avait observé. Bien de sa personne, la quarantaine, le cheveu ras, le dos droit, un polo Lacoste bien repassé et l'air confortable dans sa solitude. François, le propriétaire du Triporteur, avait lancé : « T'as une minute ? Je te présente un copain à moi, un type que j'aime beaucoup... » Elle s'était avancée, confiante en Marc Brosset puisqu'elle avait confiance en François. Et il avait su l'enjôler. Avec des mots. Sa définition de l'intelligence, par exemple. Ou plutôt celle de Malraux. L'intelligence, c'est : 1) la destruction de la comédie humaine ; 2) le jugement ; 3) la faculté d'imaginer. Ou un truc comme ça. Elle avait adoré cette définition. Surtout le premier point. Faire sauter les masques. Aller voir derrière. Le purin sous les roses. Elle était retombée en enfance en entendant ces mots-là. Tout émoustillée devant tant de culture. ZING BOOM ! elle avait basculé dans ses bras le soir même.

Clara Millet adore apprendre. Quand elle est triste, elle se console avec des mots, des anecdotes, des connaissances nouvelles. Des trucs idiots qui lui redonnent le goût de vivre. L'histoire du coucou, qu'elle a lue dans la salle d'attente du dentiste. La femelle coucou parasite le nid des passereaux comme la bergeronnette grise ou le rouge-gorge, pour y déposer ses œufs. Elle repère le nid de l'espèce qui lui convient, sa ressemblance avec l'épervier-prédateur fait fuir les parents, elle avale un des œufs de la ponte en cours et pond un des siens à la place, lequel est de taille et de couleur proches. Puis elle disparaît, laissant à l'autre mère le soin de couver son œuf. Incubé plus rapidement, le poussin coucou naît le premier et évacue les autres œufs du nid afin d'être le seul à ingurgiter toute la nourriture qu'exige son gros appétit ! Une femelle coucou peut pondre jusqu'à vingt-cinq œufs qu'elle place ainsi, au hasard, chez des parents nourriciers, puis elle s'éclipse sans remords. Cette histoire de coucou, relevée dans un prospectus du Conseil général de la Seine-Maritime, l'avait frappée au point d'oublier qu'elle était chez le dentiste. Il devait être normand, le dentiste, ou avoir une maison de campagne en Normandie. Ou bien il s'intéressait aux oiseaux. Petit, il rêvait de devenir ornithologue et ses parents l'avaient persuadé que ce n'était pas un métier d'avenir, que les oiseaux finiraient tous mazoutés, alors que la carie dentaire, elle, avait un bel avenir, avec toutes les saloperies que les gamins engloutissent. Assise dans la salle d'attente du dentiste-ornithologue raté, Clara n'en revenait pas de cet abandon à grande échelle. Ainsi l'instinct maternel n'existe pas dans la nature ; c'est une invention de l'homme. De quoi tartiner des ouvrages et les vendre. Pour culpabiliser les femmes qui se sentent godiches avec un bébé dans les bras. Marc Brosset ne connaît pas l'histoire du coucou mère indigne. Elle n'a pas eu envie de la partager avec lui. Elle l'a racontée comme elle a pu, bouche ouverte et gencives insensibilisées, au dentiste-ornithologue raté mais pas un mot à Marc Brosset. Elle aurait dû se méfier. C'était un signe. Un signe qu'elle n'a pas voulu regarder en face.

Il y en a d'autres si elle réfléchit bien. Les « détails qui tuent », comme elle les appelle. Par exemple, au début d'une rencontre, il y a les détails qui tuent le désir en un éclair. Des trucs sans importance quand on aime pour de bon, à en mourir, ZING BOOM, mais définitifs quand on aime à la légère. Les fautes d'orthographe dans une lettre d'amour. Ou le sac en bandoulière sur l'épaule. Ou une voiture équipée d'un moteur Diesel. Ou encore des clés qui s'en vont curer l'oreille.

Pour les fautes d'orthographe, Marc Brosset est sûr : il est prof de philo. Il excelle en mots, en phrases, en subjonctifs, en effeuillage d'idées. Il n'a pas de moteur

Diesel, ni de sac en bandoulière sur l'épaule. Il ne porte pas de slips Tarzan ni de chaussettes trop courtes. Il ne se nettoie pas les dents avec son couteau. Et elle a fini par le trouver beau, séduisant, intelligent. Par se convaincre qu'elle pouvait tomber amoureuse de lui.

Et oublier l'autre.

C'est la grande affaire de sa vie, d'oublier l'autre. C'est presque une occupation à plein temps. Elle y arrive quelquefois. Avec Marc Brosset, par exemple.

Pendant cent quatre-vingt-deux jours exactement.

La bouche de Marc Brosset glisse de son cou à son sein gauche. La langue de Marc Brosset s'empare du bout de son sein gauche et Clara Millet sent son corps se raidir. Il faut qu'elle lui dise qu'elle n'a pas envie de mourir pour lui. Si elle se tait, elle sait que la colère va monter en elle. La colère contre lui, d'abord, lui qui ne se rend compte de rien et continue à lui sucer le sein gauche, puis le droit, à descendre sur son ventre. Elle connaît la suite par cœur. Il pourrait innover de temps en temps, changer d'itinéraire ! La colère contre elle, ensuite, parce que c'est elle qui s'est mise dans cette situation-là. Et ce n'est pas la première fois. Ce n'est pas la première fois qu'elle se raconte des histoires pour oublier l'autre.

Clara Millet déplace son corps d'un centimètre pour faire déraper la bouche de Marc Brosset. Pour montrer son désaccord, son envie d'être ailleurs, loin de lui. Mais il reprend sa besogne avec l'humilité et la patience d'un moine bénédictin qui recopie d'anciennes formules de distillation de liqueurs sur de vieux grimoires. C'est un bon élève, Marc Brosset. Appliqué, presque efficace. Si elle ne l'arrête pas tout de suite, le plaisir, automatique, va surgir et repousser la colère à plus tard. À une autre rencontre, un autre matin. Mais le problème sera toujours là. Et en plus, il y aura la honte. La honte d'avoir été lâche, de s'être laissé avoir par le ventre.

Il suffirait d'un mot, d'un tout petit mot murmuré à voix basse, un mot qui a la forme d'un prénom, du prénom de l'autre, pour qu'elle l'envoie promener, qu'elle décolle cette bouche-ventouse qui se promène sur elle. Mais ce mot-là, elle ne veut pas le prononcer. Alors elle s'accroche de toutes ses forces à la femelle coucou et admire son égoïsme, sa formidable envie de vivre. Pas question de rester des heures à glander dans un nid, à chauffer un rejeton qui, plus tard, s'envolera sans la moindre gratitude ; elle largue sa progéniture et qu'elle se débrouille. Qu'une autre poireaute à sa place ! Qu'une autre se décarcasse pour le nourrir, le débarbouiller, lui apprendre à voler ! Elle, elle vit sa vie. Elle ne se sacrifie pas. L'abnégation est toujours suspecte, pense Clara en sentant le drap glisser sur ses jambes, suivi par la bouche de Marc Brosset.

Oui mais, se reprend Clara Millet, moi aussi, je vis comme dame coucou. Je ne me suis jamais sacrifiée pour les autres. J'ai toujours suivi mon désir sans écouter les plaintes d'autrui. Alors pourquoi suis-je muette face à Marc Brosset ? Pourquoi est-ce que je ne le somme pas de reprendre ses petites affaires et de disparaître de ma vie ? Pourquoi ? Parce qu'on n'interrompt pas son amant en plein quatre-quatre sexuel ? Parce que ce n'est pas poli ? Parce que ça pourrait le traumatiser et le rendre impuissant avec la prochaine ? Parce que je n'ai rien à lui reprocher ? Parce que ses parents ont le goût exquis de m'aimer et de me cajoler ? Ou parce que, au fond, j'ai la trouille de me retrouver toute seule. Il est beau, c'est un bon amant, il connaît la définition de l'intelligence par Malraux, il n'est pas marié, il ne ronfle pas, il m'emmène dans de bons restaurants, voir des pièces de théâtre en lointaine banlieue où je n'aurais jamais l'idée d'aller, je n'ai pas honte de m'afficher à son bras, il ne dit pas d'âneries dans la file d'attente des cinémas, il écrit des articles brillants dans des journaux intelligents, il n'est pas collant, n'a jamais posé sa brosse dans mon verre à dents, ce verre bleu ciel que nous avions acheté, l'autre et moi, à Murano…

Murano, brosses à dents, verre bleu ciel.

Oh ! je voudrais mourir… se dit Clara en sentant l'eau monter sous ses paupières comme des plumes qui la chatouillent. Des plumes d'oiseaux, douces et légères, à peine salées. Les plumes des mouettes à New York, des plumes blanches et sales que l'autre incorporait dans ses toiles. Je voudrais mourir, je voudrais mourir ! Je n'aurais plus à parler, plus à m'expliquer, plus à attendre. Toujours attendre.

Marc Brosset se pose sur Clara et, dans un doux mouvement de va-et-vient, entreprend la phase finale de l'acte copulatoire. Celui qui doit les mener tous les deux vers le plaisir partagé, le plaisir fou qui fait éclater les tempes et chasse le coucou. Clara Millet pose la main sur le dos de son amant, noue ses jambes autour de ses reins et reconnaît le plaisir familier. C'est bon quand même, se dit-elle, il faut que j'arrête de penser. C'est mon problème : je pense trop. Quand on fait l'amour, on ne pense pas. Mais des plumes volettent dans sa tête, et, toujours arrimée aux reins maintenant puissants et efficaces de Marc Brosset, un autre sujet de préoccupation l'envahit. Hier, elle a lu dans un journal qu'on avait retrouvé un fossile d'oiseau vieux de cent quinze millions d'années en Espagne. Un fossile mi-reptile, mi-oiseau doté d'ailes. Un encadré précisait que les plumes dérivaient des écailles de reptiles. Que l'oiseau, avant d'être oiseau, avait dû être dinosaure, un petit dinosaure, et que ses écailles s'étaient progressivement changées en plumes. Pour le protéger du chaud ou du froid ? Pour mieux attraper ses proies ? Pour échapper aux gros dinosaures qui n'en auraient fait qu'une bouchée ? Mais, en tout cas, les plumes ne sont que des écailles frangées. Et qui est apparu le premier, de l'aile ou de l'oiseau ? Elle n'en a pas soufflé mot à Marc Brosset. Encore un signe que leur histoire est bien finie.

Marc Brosset pousse un râle au-dessus d'elle et elle lui répond en l'imitant. Elle tord un peu ses doigts de pied, étire son ventre sous le sien, enserre le dos de son amant, pousse un petit cri d'oiseau tombé du nid pour qu'il soit satisfait de son labeur matinal. Qu'il ait la preuve matérielle qu'elle l'a bien suivi dans sa quête de l'orgasme. Ce n'est pas la première fois qu'elle fait semblant, il n'y voit que du feu, que du vent. La plume emportée par le vent… Une larme jaillit de son œil droit, celui qui est posé contre l'oreiller. Elle sent l'étoffe douce sous les cils qui battent pour retenir la larme.

— Oh ! je voudrais mourir ! dit-elle encore en se tournant complètement sur le flanc droit pour dissimuler sa larme.

— C'est toujours comme ça quand c'est bon, affirme Marc Brosset en levant la tête vers le réveil à quartz qui indique maintenant sept heures zéro sept. Zut ! J'ai loupé le début des infos… Tu crois qu'il s'est passé quelque chose d'extraordinaire pendant qu'on dormait ? J'aime toujours entendre les premières informations, celles du matin, c'est comme une surprise. Je me dis que je vais apprendre une nouvelle formidable ou terrible !

Non. Elle n'aura pas le courage de le lui dire. Pas maintenant qu'il est si heureux d'entamer cette journée.

Il se lève d'un bond et va prendre sa douche. Elle a de la peine pour lui. Il y a tellement de joie dans ce bond du matin, ce bond plein d'espoir, d'appétit de vivre. Une nouvelle journée en perspective et tant de choses à apprendre, à expliquer, à disséquer. Sur quelle réalité est construit Marc Brosset ? se demande Clara. Sur son travail, ses parents, ses collègues, ses articles… Où est la faille ? Le purin sous les roses ? Elle ne renifle rien. Une légère rigidité dans le cou ? Un manque de caoutchouc dans le visage ? Des cheveux coupés trop court ? Un torse blanc, effilé, glabre ? Elle ne rit pas souvent avec lui. La vie est terriblement sérieuse. Comme un cours professoral. Elle n'a pas souvent l'occasion de parler. Il teste ses idées sur elle mais n'écoute pas la réponse. Elle peut même sentir son impatience quand elle lui donne la réplique : il la coupe avant qu'elle ait fini de développer. Aujourd'hui, il doit terminer un article pour *Le Monde*. Sujet : la France vit au-dessus de ses moyens et ne fait pas ce qu'elle devrait pour s'adapter à un monde compétitif. Il y développe toutes les peurs corporatistes des Français devant l'émergence de l'Europe et des nouvelles lois économiques qui vont régir notre pays. Si on ne change pas, on va tout perdre, y compris notre protection sociale dont nous sommes si fiers. Il ne faut pas laisser la peur s'emparer des Français : la peur du changement, la peur d'une société nouvelle, la peur, ce poison qui nous paralyse. Il a laissé traîner un feuillet près du lit et Clara essaie de le lire, à l'envers. Un feuillet dactylographié, pas raturé : « Une prise de conscience sur la nécessité de s'adapter aurait dû avoir lieu, de la base au sommet. Dans la quiétude de l'État tutélaire, elle ne s'est pas opérée. L'État est aujourd'hui au bord de la faillite. Il n'est plus possible de financer les entreprises en déroute tout en assurant l'éducation gratuite et la prolongation de la vie humaine… » Hier, il lui a lu ce passage dont il est

25

satisfait. Il est intarissable sur le sujet. Il ne veut pas que la France tombe dans le système américain qui ampute sauvagement les programmes sociaux car, prédit-il, la société américaine s'écroulera, victime de son égoïsme et de sa voracité. L'Europe doit être sociale, mais la société française doit accepter le changement. La vraie richesse d'une société, ce sont les gens qui la composent, pas l'économie. Il doit ruminer sous la douche, chercher des chiffres, des faits à se mettre sous la dent pour enrichir sa publication. Elle l'entend siffloter, augmenter le volume de la radio qui pend au robinet. C'est un gadget qu'elle a acheté pour lui. Au début de leur histoire. Pour qu'il écoute les infos de sept heures. C'est la preuve que tu l'as aimé quand même, se dit-elle en étreignant la plume de son oreiller. C'est une preuve, ça. Tu as aimé l'idée que cet homme intelligent, cet homme que tu jugeais d'emblée supérieur à toi, te choisisse et te parle. Tu apprécies qu'un homme brillant, cultivé, se penche vers toi et te cueille. Il est le Prince Charmant qui, dans un baiser, te greffe un cerveau. Tu ne vas pas tout détruire à cause d'une chanteuse islandaise, d'un coucou et d'un dinosaure à plumes. Il faut lui donner encore une chance. Peut-être y reprendras-tu goût, à Marc Brosset…

L'autre disait toujours qu'il ne fallait pas subir, qu'il fallait vivre comme si on allait mourir demain. Et si je devais mourir demain, est-ce que je resterais avec Marc Brosset ?

Clara mâchouille un bord de l'oreiller, se promet d'être objective. De tout bien considérer. Elle reste un long moment, immobile, à écouter les bruits de Marc Brosset dans la salle de bains, puis dans le coin cuisine où il se prépare un café et fait griller ses deux tartines de pain complet, l'enclenchement sec du toaster, le bruit du presse-agrumes électrique quand il y enfonce une orange pour avoir sa dose de vitamine C. Pain complet, vitamine C, orgasme du matin, Marc Brosset est un homme sain et organisé. Elle étend une jambe, étend un bras. Dormir seule ne lui fait pas peur. Elle sait ramener un homme pour une nuit. Aller au cinéma, faire son marché, prendre sa voiture et passer un week-end chez des amis, lire enroulée dans son dessus-de-lit en écoutant Scarlatti et en dégustant une tasse de thé parfumé. Se rouler un petit joint en regardant un film porno, se caresser toute seule devant la télé. Elle peut faire tout ça sans compagnie. Elle n'a pas besoin d'un homme à ses côtés pour participer à la vie du vaste monde.

Elle se demande une nouvelle fois si cette aptitude à vivre seule ne vient pas de l'absence de ses parents. Elle n'a jamais eu de modèle de couple à se mettre sous la dent. Le seul avec lequel elle forme un couple, c'est son frère Philippe. Des moments de vraie intimité qui remontent à leur enfance commune. Et ses amies. Agnès, celle du poulet aux oignons dans son F4 à Clichy, Joséphine, Lucille. Elles ont habité le même immeuble, sont allées dans les mêmes écoles. Philippe, Clara, Agnès, Joséphine, Lucille et l'autre, celui dont elle ne veut pas prononcer le prénom, formaient une bande. Les bandes, il n'y a rien de mieux pour exister quand on est petit.

Ils ont grandi ensemble. Les garçons étaient les chefs, comme de bien entendu. Ils étaient les plus grands, les plus forts et puis c'étaient des garçons. On ne s'est jamais quittés. De temps en temps, on dîne ou on déjeune entre filles et on fait le point. On ne se dit pas forcément grand-chose. On vérifie qu'on est toutes là. Voilà ma famille, se dit Clara Millet en mordillant le bout de son oreiller acheté chez les Compagnons d'Emmaüs. Cinq francs pièce. Brodé main. Elle avait accompagné Lucille qui aime chiner, Lucille qui avait découvert la pile de taies d'oreiller sous un tas de vieux draps jaunis. C'était l'époque où Clara s'installait dans son appartement, rue Bouchut. Ils se voyaient encore, avec l'autre. Par intermittence mais ils se voyaient. Six mois qu'elle n'a plus de nouvelles de lui…

Non, si elle devait mourir demain ou dans huit jours, elle irait chercher l'autre par la peau du dos et lui demanderait vingt-quatre heures ou huit jours de bonheur.

Elle attendra que Marc Brosset ait fini son petit déjeuner, qu'il ait enfilé la chemise posée sur le fauteuil en osier, le pantalon, la parka… Elle lui parlera. Habillé, il sera moins vulnérable. On n'annonce pas à un homme tout nu qu'on ne l'aime plus. Elle lui dira qu'elle doit mourir bientôt et qu'il ne fait pas partie du programme de ses derniers jours. Qu'elle doit retrouver l'autre. Elle ne lui en a jamais parlé. Elle regarde le réveil à quartz : huit heures moins le quart. Il va partir. Elle va lui dire. La sonnerie de l'interphone interrompt ses pensées.

— Tu attends quelqu'un ? demande Marc Brosset en enfilant sa chemise blanche.

— Non, répond-elle, attrapant son peignoir et se dirigeant vers l'interphone.

Elle décroche le combiné placé près de la porte. Et si c'était l'autre qui revenait ? Elle a pensé si fort à lui qu'il a dû l'entendre.

Elle écoute et raccroche, déçue.

— C'est Darty… Pour la cuisinière… Le four ne marche plus…

— Fallait me le dire… J'aurais jeté un œil…

En plus, il sait bricoler, pense-t-elle en soupirant. Qu'est-ce que j'ai ? Mais qu'est-ce que j'ai ? Puis elle se reprend : il faut que je revoie Rapha sinon je meurs… RAPHA. Elle a dit son nom. RAPHA. RAPHA MATA.

Elle entend le bruit de l'ascenseur qui s'ébranle. Ce n'est pas le moment de pleurer. Marc Brosset s'est approché et la prend dans ses bras.

— Je t'appelle, ce soir ? D'accord ? Qu'est-ce que tu fais, ce soir ?

Elle ne sait pas. Elle ne sait plus. Ou si : ce soir, elle voit Rapha. Elle va l'inviter à dîner. Lui cuisiner un poulet Cocody. Elle sourit à cette idée, tend sa joue à Marc Brosset qui a posé sa large main d'amant parfait sur sa nuque et joue avec les petits cheveux qui rebiquent derrière ses oreilles.

— C'est comme ça que tu me récompenses ? Je veux un vrai baiser…

Il lui presse la nuque et sourit tendrement. Elle déteste ses mots, elle déteste sa tendresse, mais s'exécute distraitement. Il la regarde, triste, découragé, entrouvre la bouche pour commencer une discussion, quand la sonnette de la porte d'entrée leur vrille les tympans. Elle se dégage, ouvre la porte à son amant et au technicien de chez Darty. Les deux hommes se croisent en silence. Elle montre le chemin de la cuisine à l'homme en uniforme, agite la main en direction de Marc Brosset qui descend les escaliers, la tête tournée vers elle, crie bonne journée à l'un, j'arrive tout de suite à l'autre, retourne dans sa chambre, plonge sur le lit, cherche à tâtons le téléphone, le déniche enfin sous le sommier et compose le numéro de Rapha.

Clara a le don de parler de n'importe quoi avec n'importe qui. Elle entre de plain-pied dans la vie des gens et reçoit des tonnes de confidences de parfaits inconnus. Dès qu'on la laisse errer dans les rues, elle entreprend de grands débats sur Dieu, l'amour, le désir, le couple, les trous dans la couche d'ozone ou l'alimentation des veaux. Chaque fois que sa sœur part dans de longues digressions, Philippe lui cloue le bec par des réponses terre à terre. Quand elle aborde le problème des anges, du Démon, du Ciel et de l'Enfer – comme on le lui a appris au catéchisme –, il hausse les épaules et réplique : « Le Ciel et l'Enfer, c'est sur terre que tu les vis. Parce qu'on a une conscience. Et que la conscience fabrique du remords et que le remords empêche de vivre. Tu récoltes ce que tu as semé de ton vivant. Tu paies sur terre, un point, c'est tout. »

Clara pose ses pieds contre le pare-brise de la Saab. Elle sait qu'il sera furieux mais n'osera rien dire. Il se moque assez des gens qui bichonnent leur voiture pour se laisser surprendre en flagrant délit de maniaquerie automobile. Elle aime se faire conduire par son frère. Elle aime sa compagnie. Même s'ils ne se parlent pas beaucoup. Ils n'ont pas besoin. Il compte pile deux ans de plus qu'elle. Elle aime tout chez lui, quand il se mouche ou se gratte le nez, quand il rote ou ricane bêtement en klaxonnant, quand il passe en boucle la chanson d'Aznavour *Emmenez-moi*. Il n'a pas besoin de prouver qu'il est le plus grand, le plus fort, le plus intelligent. Elle s'en fiche pas mal. Ce garçon a des limites, se dit-elle quelquefois, mais qui n'est pas limité à part le Ciel ? Et ses limites me vont bien à moi. Je sais ce que cachent son petit sourire narquois vite ouvert, vite refermé, cette application à cultiver la légèreté et à rire des questions existentielles que je soulève à la pelle, sa détermination à ne jamais s'occuper des problèmes tant qu'ils ne deviennent pas montagnes et ne lui bouchent pas la vue. On peut le juger superficiel et léger. Moi, je le soupçonne de n'être superficiel que superficiellement.

Le soleil, un pauvre soleil d'hiver jaune pâle, brille derrière un ciel gris et lourd et Clara se demande qui gagnera du soleil ou des nuages. Elle parie pour le soleil et cette pensée la fait se remmitoufler de plaisir dans la veste en cuir noir qu'elle a achetée pour deux cents francs aux Puces de Bagnolet. « Deux cents francs ! Tu te rends compte ! » avait-elle paradé devant Philippe. Elle virevoltait pour qu'il en apprécie la ligne, tâtait la veste et la retournait sur toutes ses coutures. « N'empêche, ça fait un drôle de genre, lui avait-il répondu. Surtout avec tes bottes noires et ton jean trop court ! Moi, les filles habillées comme ça, je les embarque direct au plumard ! Je ne leur adresse même pas la parole ou juste pour demander le prix ! »

C'est le problème avec Philippe : il ne la met jamais en valeur. Normal, c'est son frère. En plus, lui, il est toujours élégant. Sans faire d'efforts. Sans passer des heures devant sa glace ou dans les magasins. C'est le genre d'homme qu'un rien du tout habille. Même la raffinée Lucille le reconnaît. « Ton frère est si beau, si classe... » Clara se rengorge, telle une mère vautrée sur un banc public qu'on complimente sur son enfant chéri. Bien au chaud dans sa veste, elle pense au soleil et aux nuages, aux toits de Paris. Si le soleil gagne, je serai de bonne humeur, ce soir, et je cuisinerai un poulet Cocody pour Rapha. Il aura entendu mon message et il viendra dîner, c'est sûr. Il faut qu'il vienne dîner et que je lui parle encore une fois.

— J'ai décidé de rompre avec Marc Brosset...

Philippe la regarde, intrigué, puis remarque les pieds de sa sœur et les trouve soudain très grands. Et très dangereux : elle va lui démolir son pare-brise avec ses deux pelles à tarte. Il ne savait pas qu'elle avait de si grands pieds. Il l'examine de profil et se demande quel autre détail physique lui a échappé. Il sait qu'elle est brune, qu'elle a les cheveux courts, une grande bouche, la peau blanche, des petits seins, de longues jambes et…

— Tu mesures combien ? demande-t-il.

— Un mètre soixante-huit…

Mais il n'aurait pas su dire sa taille, par exemple, ou la couleur exacte de ses yeux. Bleus mais pas exactement bleus. Piqués de points marron, peut-être. Ou jaunes. Ou vert et gris…

Clara attrape un Carambar qui traîne dans le vide-poches et le dépiaute avec application, les sourcils froncés, l'air concentré sur le papier d'emballage.

— T'es amoureuse d'un autre ?

— Non… Si j'étais amoureuse, je mesurerais un mètre soixante-quinze !

Elle se renverse contre le siège, froisse le papier, le jette par terre et fait passer le Carambar de la joue gauche à la joue droite. Ça fait une grosse barre à l'intérieur de la joue et un peu de salive marron coule sur son menton.

— Je croyais que t'arrêtais les confiseries ?

— Je commence dans dix minutes. À condition que Martin ne laisse plus traîner ses Carambar dans ta caisse !

Martin, c'est le fils de Philippe. Et de son ex-femme, Caroline. Ils sont restés près de six ans ensemble et ils se sont quittés. Sans rien se dire. Martin avait deux ans. « C'est pour remplir les statistiques, expliqua Philippe. Un couple sur deux divorce. Il en manquait un pour faire le compte. On s'est dévoués… »

— T'es assez dégoûtante à regarder…

— T'as qu'à te rincer l'œil avec le bitume… Y a plein de filles qui défilent !

— En hiver, on les voit pas. Elles sont tout emmitouflées…

32

— Parce que tu ne regardes que l'enveloppe physique… Moi, c'est l'âme qui m'intéresse !

Le feu passe au rouge. Une géante scandinave traverse. Ses longs cheveux blonds s'étalent sur le col relevé de son manteau. Elle a peint ses ongles en vert.

— Tu vois… Pas le moindre bout de chair exposé ! Quant à son âme… soupire Philippe.

Il suit des yeux la géante scandinave puis enclenche la première et démarre. Un chantier éventre l'autre côté de la rue. Des hommes en casque blanc et combinaison bleue travaillent sur des poutrelles. Des planches sont posées un peu partout, dessinant tout un circuit de passerelles. Les ouvriers vont de l'une à l'autre sans avoir peur avec une aisance de ballerine sur sa corde. Au rez-de-chaussée, ils ont allumé un brasero et ils sont quelques-uns à se chauffer les mains, en rigolant, avant de remonter. Le soleil a fini par percer derrière les nuages et Philippe a la vision d'un plan parfait. Des hommes heureux de travailler, sûrs de leurs mains et de leur métier, qui se laissent caresser par le soleil timide de ce début d'après-midi de décembre. Ils s'apostrophent, éclatent de rire, s'envoient des vannes tout en frappant sur des rivets. Dans quelques jours, la grande carcasse du chantier prendra vie. L'architecte verra alors si tous ses plans se réalisent comme il l'a imaginé, penché sur sa table à dessin. Cette troisième dimension qui lui échappe toujours quand il dessine… Cette appréhension de savoir si oui ou non, tout ce qu'il a conçu va prendre forme ou si un bout de ses rêves ne va pas être détourné, donnant une tout autre tournure à l'ensemble. À chaque fois, il a le trac… Il a lu une interview de Woody Allen qui disait exactement la même chose en parlant de ses films. On part avec une idée et elle se perd en route quand on tourne. Le film terminé, on reconnaît rarement l'idée de départ. C'est pareil avec un chantier. C'est pareil pour tout. On tire des lignes droites et la vie fait des courbes, conclut Philippe en observant l'animation du chantier. Il regarde sa montre et se demande s'il va la rappeler. La dernière fois, ils se sont disputés. Il est parti en claquant la porte. Elle ne se décide pas à quitter son mari. « Tu n'arrives pas à quitter son argent, le confort dans lequel il te fait vivre ! a hurlé Philippe. Dis-le, ce serait tellement plus simple et plus honnête… » Elle a répondu froidement : « Exact, et alors ? Qu'est-ce que tu as à m'offrir, toi ? Architecte, c'est plus vraiment un métier d'avenir, non ? » Il est parti, furieux et humilié. Elle doit arriver ce matin ou demain à Paris, il le sait. Putain, qu'est-ce qu'il aime baiser avec elle ! Depuis qu'il s'est séparé de sa femme, il n'a jamais laissé personne s'installer chez lui. Pour elle, il est prêt à faire de la place sur son étagère de salle de bains. Prêt à la présenter à Martin. Prêt à la prendre, elle et tout ce qui va avec… Il ne tombe pas facilement amoureux. Trop méfiant. Et puis, les deux ou trois fois où ça lui est arrivé, ça s'est toujours mal fini. La fille est partie. Il a mis trop de temps à s'en remettre. Des soirées entières, seul chez lui, à bouffer des pâtes au gruyère. À regarder s'étirer les longs filaments de fromage. À s'en faire péter la sous-ventrière. Après quoi, il s'effondrait sur son lit et ronflait. Il n'y avait que les pâtes qui endormaient la douleur. Aujourd'hui, il sent qu'il est à nouveau sur la mauvaise pente. D'habitude, il se force à penser en termes crus pour ramener la femme à des dimensions consommables sans y laisser de sentiments : gros totos, beau cul, un coup d'enfer, une bonne salope. Les mots grossiers exorcisent les tentations de tendresse. Il aime comme un beauf et ça lui va très bien. Sinon, l'émotion paralyse le désir.

— Et qu'est-ce que tu lui reproches à Marc Brosset ? Il y a à peine un mois, c'était, je te cite, le mec le plus intelligent, le plus compréhensif, le plus tolérant, le plus ouvert, le plus cultivé du monde et tout d'un coup, pffft…

— Parce que, ce matin, j'ai compris que je ne voudrais jamais mourir pour lui ! Je ne l'aime pas assez.

— On n'est pas obligé de mourir pour tous les mecs ou toutes les filles qu'on se tape !

— La différence entre toi et moi, c'est que je me tape personne. Je cherche l'amour, le grand amour…

— Ça ne te réussit pas !

— C'est mieux que de se taper n'importe qui…

— Ça dépend. On y laisse moins de plumes !

— Vivre en m'économisant ne m'a jamais intéressée…

Moi non plus, pense Philippe en observant le profil buté de sa sœur. Mais y a-t-il moyen de faire autrement ? Il tend la main vers la boîte à gants de sa voiture pour en extraire un disque compact. Il sent que la conversation va tourner à un grand débat sur l'amour, la vie et le temps qui passe, et il n'a pas envie d'y participer. Si seulement Clara pouvait prendre la vie moins au tragique…

— T'as fait le test, toi ? lance Clara.

— Non.

— Tu fais gaffe ?

— Deux fois sur trois…

— Et pourquoi ?

— Parce que j'y pense pas toujours. Aujourd'hui, si tu crois tout ce qu'ils racontent, tu vis avec une capote dans la tête… Tu bois plus, tu fumes plus, tu baises plus, tu respires plus, tu bouffes plus.

— N'empêche…

Maintenant, elle triture les boutons de sa grosse veste noire et, à coup sûr, envisage sa mort prochaine !

— Arrête de gamberger, petite sœur !

Clara a soudain une envie terrible de se pelotonner contre lui. Envie qu'il la prenne dans ses bras et lui murmure les mêmes mots que lorsqu'ils étaient petits et qu'elle avait peur. « Je suis là, Clarinette, et je te protégerai toujours. » Elle se contente de lui passer la main dans la nuque. Il a de beaux cheveux châtain foncé, ondulés, épais. Elle a le sentiment que par la simple pression de ses doigts contre la chair de son frère, elle reprend des forces. Elle ferme les yeux et laisse reposer sa main sans plus bouger. Elle essaie de suivre mentalement le chemin qu'emprunte Philippe dans les rues de Paris. Elle compte les feux rouges, les virages à droite, à gauche, tente de se repérer. Un jour, alors qu'elle était toute petite, Clara avait brûlé sa poupée Véronique en voulant lui friser les cheveux. Elle avait posé le Babyliss de tante Armelle sur le ventre de la poupée. Le ventre et le bras droit avaient fondu, dégageant une odeur de caoutchouc roussi. Lorsqu'elle avait retiré le fer, de longs filaments roses et noirs s'étiraient du fer à friser jusqu'au corps de la poupée. Clara sanglotait en serrant Véronique contre elle. Elle était allée trouver son frère. Philippe avait ausculté le corps cramé, un mélange hideux de rose et de charbon, et lui avait suggéré de planter sa poupée dans un grand pot de terre, de l'arroser tous les jours, de lui dire des mots d'amour afin que la blessure cicatrise. « … Un matin, quand tu te réveilleras, ta poupée sera non seulement guérie mais elle aura grandi, embelli. Tu la reconnaîtras à peine. » Ils avaient fiché Véronique dans un gros pot en terre et tous les soirs, suivant son conseil, elle avait versé l'eau du grand arrosoir rouge dont se servait tante Armelle pour ses plantes. Un matin, ô surprise, à la place de la poupée brûlée et noircie se trouvait une Véronique pimpante et belle, plus grande que l'autre et au ventre intact. « Tu vois, avait dit Philippe, ça a marché ! » Plus tard, elle avait essayé de lui faire avouer que c'était lui qui avait remplacé la poupée pendant la nuit, mais il lui avait toujours juré que c'était la magie de l'amour. Clara avait fini par le croire. Elle croit toujours ce que lui raconte son frère. Sans lui, se dit-elle, se sentant soudain terriblement sentimentale, je suis perdue. Elle a envie de pleurer mais se retient. Elle continue de parler mais elle a la sensation qu'elle mâche des larmes dans sa bouche.

— J'ai décidé que si Rapha ne revenait pas, je mourrais… Je me donne un mois, non… une semaine… Je ne veux plus vivre sans lui. Ça ne m'intéresse pas…

Philippe émet un long sifflement comme s'il venait d'apercevoir un boa constrictor nettoyant ses anneaux au-dessus du feu rouge. Son regard va du rétroviseur à une place libre dans la rue, il se gare et coupe le moteur. Puis il se tourne vers sa sœur et, très doucement, lui demande :

— Tu l'aimes encore ?

Elle hoche la tête, les yeux pleins de larmes.

— J'ai l'impression que je l'attends toujours…

— Et tous ces types que tu rencontres ?

— J'essaie, je fais tout mon possible mais…

— « La grande tragédie de la vie n'est pas que l'homme périsse mais qu'il cesse d'aimer. » Je cite mais j'ai oublié l'auteur…

— Je ne te savais pas si érudit…

— Tu ne sais rien de moi, soupire-t-il. Ou alors des détails si superficiels que ça ne vaut même pas le coup d'en parler. C'est fatigant, c'est fatigant d'être si mal compris par sa propre sœur…

C'est un jeu entre eux. « C'est fatigant, c'est fatigant… » entonne Philippe, à propos de n'importe quoi en enchaînant sur le thème du mal-aimé, de l'incompris. Mais cette fois-ci, Clara ne lui donne pas la réplique. Elle s'est raidie, dans son coin, minuscule dans sa grosse veste de cuir noir. Philippe se rapproche et la prend dans ses bras. C'est si rare chez lui ce geste de tendresse que toutes les digues qui, depuis ce matin, retenaient les larmes de Clara se rompent d'un coup et elle éclate en sanglots. Il la laisse pleurer, la serre un peu plus contre lui, lui tapote la tête.

Il serait incapable de pleurer comme Clara mais il la garde dans ses bras pour profiter de ses larmes, de sa vulnérabilité, de sa souffrance à vivre sans Rapha. Il envie à Clara cette faculté de s'abandonner. Elle ira mieux après, elle se sentira plus légère quand lui restera lourd de son amour rentré, sourd à son envie d'aimer à nouveau. Il s'est tellement battu, enfant, contre la médiocrité, la cruauté banale de leur vie, leur vie à tous les deux, qu'il s'est blindé le cœur. Il a mis tant d'ardeur à protéger cette petite sœur, toutes ses forces de petit homme, puis de plus grand, qu'il n'en a plus eu ensuite pour se préserver lui-même. Les femmes peuvent le prendre et le laisser, il est sans défense. Quand Caroline a voulu se marier, il a dit oui, quand elle a voulu un enfant, il a dit oui et quand elle a voulu partir, il ne l'a pas retenue. Comme s'il n'était pas concerné. Il a cru, à un moment, que Rapha prendrait la suite. Et Rapha avait pris la suite. Clara, Rapha, Philippe. À eux trois, ils formaient une famille. Philippe aimait Rapha. Il aimait l'amour de Rapha et de Clara. Il avait souffert de leur rupture. Il savait aussi que seule Clara était responsable. L'amour est égoïste, l'amour est brutal, l'amour est dangereux. Clara avait été égoïste et brutale. Sans le savoir, sans doute. À cause de son histoire. Une histoire qu'il avait tenté de gommer, de rectifier, de cicatriser. Il n'avait pas réussi à guérir sa sœur de son enfance. C'était comme une culpabilité qu'il portait depuis… Un poids sur ses épaules. Il le sait. Il n'aime pas y penser. Parce que, alors, il repart dans le passé et devient impuissant, un tout petit enfant.

Mais il ne veut pas non plus que Clara connaisse le même sort que leur mère. Que le passé se calque sur le présent. Il n'a jamais dit la vérité à Clara pour lui laisser l'espoir de vivre sa vie, sa vie à elle, mais là, dans la voiture, la tête de sa sœur reposant sur son épaule, il pense à sa mère, morte d'amour. Suicidée. Parce que son père était parti avec une autre et qu'elle refusait de vivre sans lui. Il donnerait tout, toutes les forces qu'il lui reste, pour que Clara ne connaisse pas la même fin tragique. Tendance morbide, avait déclaré le médecin qui suivait sa mère et la bourrait d'antidépresseurs. Tendance morbide… La poignée de somnifères, la voiture lancée à toute vitesse, le sommeil qui gagne et l'arbre qui attend sa proie. L'amour est égoïste, l'amour est brutal, l'amour est dangereux. Elle était partie pour de bon en oubliant qu'elle avait deux petits enfants. Elle avait à peine vingt-huit ans, les laissant tous les deux à son beau-frère et à sa femme, Antoine et Armelle Millet. Le jour où Clara avait fêté son vingt-huitième anniversaire, Philippe avait ressenti un immense soulagement. La peur, la peur principale de sa vie, s'évanouissait et il avait relâché sa surveillance. La plupart des hommes ont peur. D'habitude, ils ne savent pas pourquoi. Ils ne veulent pas savoir pourquoi. Ce n'est pas un sentiment d'homme, la peur, fanfaronnent-ils, il faut laisser ça aux femmes mais ils crèvent de trouille et avancent les yeux aveugles en jouant leur rôle de bons petits soldats. Ils se couvrent de décorations, de barrettes, de titres, et cachent leur plus gros chagrin de petit garçon sous leur mâchoire carrée. Ce jour-là, dans la salle de restaurant où ils fêtaient l'anniversaire de Clara, il avait pu identifier cette peur sourde et tenace et il s'était senti fort, plus fort que le destin, si fort même qu'il avait failli écraser Clara dans ses bras. Il l'avait serrée contre lui, l'avait fait tournoyer comme une noyée arrachée aux eaux noires, comme un bébé qui vient de naître et qu'on expose, triomphant, à la lumière du jour. Il ne pouvait plus la relâcher tant le soulagement qu'il éprouvait à avoir ainsi terrassé le sort le rendait fort et libre. Peu de temps après, il avait épousé Caroline.

Ainsi, se dit-il, bien à l'abri dans la carcasse de sa voiture familiale, la peur est revenue. La peur ne part jamais très loin. Elle reprend sa place familière.

— Tu ne vas pas mourir, déclare-t-il à Clara. Tu sais pourquoi ? Je ne te le permettrai pas…

— J'ai plus envie de vivre sans lui…

— Et moi, j'ai pas envie de vivre sans toi en ligne de mire… Rapha reviendra ou tu rencontreras un autre Rapha…

— C'est impossible !

— Ou tu rencontreras un autre Rapha, je te dis, mais je ne veux pas que tu joues avec la mort ! JE NE VEUX PAS ! T'AS PAS LE DROIT !

Il a crié. Son corps s'est raidi, sa bouche s'est rétrécie, ses bras sont tendus sur le volant, il regarde droit devant lui. Livide.

— Tu crois qu'il va venir ce soir ? demande-t-elle d'une toute petite voix comme si Philippe pouvait d'un coup de baguette magique faire surgir Rapha d'un pot de terre.

— Il viendra, j'en suis sûr. Quand ? Je sais pas…

— Tu sais quoi ?

— Non ? répond-il, inquiet, tournant la tête vers elle.

— Je t'aime à la folie…

Il soupire, il va dire n'importe quoi pour ne pas montrer qu'il est ému. Elle ne veut pas qu'il dise n'importe quoi. Elle veut que cet instant d'émotion, d'amour pur, dure encore un peu. Elle pose ses doigts sur ses lèvres tout doucement pour qu'il se taise mais il se dégage, gêné. Têtue, elle continue en triturant un bouton de sa veste.

— Tu es l'amour de ma vie. Un autre amour que celui de Rapha, peut-être, mais…

— Il y a de la place pour tout le monde quand on aime… Je t'en supplie, fais pas de conneries !

— Promis, chuchote Clara en lui plaquant un baiser rapide sur la joue. Et toi, mets des capotes !

En ce temps-là, Rapha était le chef de la bande…

Un drôle de chef de bande, fluet et cultivé, qui tirait son pouvoir de sa capacité à réfléchir plus que de sa musculature. Il habitait alors au 24, rue Victor-Hugo, à Montrouge, banlieue parisienne. Un immeuble construit dans les années cinquante, en briques rouges, semblable à tous ceux qui se dressent à la périphérie de Paris. Un immeuble de huit étages qui se déployait en deux ailes autour d'un jardin avec des parterres de roses, des bosquets de verdure et un bassin rond orné en son milieu d'un jet d'eau. Un immeuble « de standing », comme le proclamait la grande affiche en couleurs qui annonçait le nombre d'appartements restant en vente. Le mètre carré y était moins cher qu'à Paris, bien que la rue Victor-Hugo ne soit qu'à une dizaine de mètres de la borne « PARIS ». Ce qui permettait à certains propriétaires particulièrement snobs de dire qu'ils habitaient Paris.

Raphaël Mata était le seul de la bande à vivre au rez-de-chaussée. Non seulement il surveillait les entrées et sorties des habitants de l'immeuble mais il pouvait enjamber le balcon de sa chambre quand l'envie l'en prenait et partir explorer le monde. Le lendemain, il racontait ses aventures nocturnes. Et Raphaël Mata racontait bien.

Il vivait avec ses grands-parents, des émigrés espagnols venus se réfugier en France en 1938 pour y trouver du travail et fuir le franquisme. Son grand-père possédait un garage, sa grand-mère trônait derrière la caisse, le matin seulement. Grand-père Mata lisait tous les jours *L'Humanité* et *Le Monde*. Il avait sa carte du Parti. Grand-mère Mata découpait les fiches-cuisine de *Elle* et dévorait les livres d'Aragon, d'Elsa Triolet, de Federico García Lorca, d'Apollinaire et d'Eluard. « Paris a froid, Paris a faim, Paris ne mange plus de marrons dans les rues, Paris a mis de vieux vêtements de vieille, Paris dort tout debout sans air dans le métro… », récitait grand-mère Mata en épluchant les haricots. « Sous le pont Mirabeau coule la Seine et nos amours, Faut-il qu'il m'en souvienne, la joie venait toujours après la peine. Vienne la nuit, sonne l'heure, les jours s'en vont, je demeure. » Enfant, Raphaël avait appris ces poèmes au lieu de « Maman, les petits bateaux qui vont sur l'eau ont-ils des jambes ? Mais oui, mon gros bêta, s'ils n'en avaient pas, ils ne flotteraient pas », chanson que grand-mère Mata trouvait insultante pour l'intelligence des enfants. Grand-mère Mata affirmait que la culture était aussi importante que la nourriture : on grandit avec de beaux vers, on se calcifie autour de belles symphonies, on se remplit la tête avec les tableaux des grands peintres, on s'en tapisse les cellules, et à vingt ans, on limite les chances d'être bête. On parle avec les mots des poètes, on enveloppe le chaland de boniments bien tournés et c'est encore mieux que tout ce qu'on vous apprend à l'école. « Bien mieux que les vitamines ! » persiflait-elle quand elle écoutait à la radio des pédiatres discourir sur les besoins de l'enfant.

Grand-mère Mata avait aussi un faible pour les Évangiles. Elle aimait plus que tout la parabole des talents qu'elle racontait à son petit-fils, chez qui elle avait détecté un don : celui du dessin. Elle gardait tous les cahiers de Rapha depuis la maternelle et encadrait ses « œuvres » qu'elle exposait sur les murs de l'appartement. Dès l'âge de sept ans, elle l'inscrivit à un cours d'initiation au dessin et surveillait attentivement ses progrès. Il n'était pas question que Rapha manque un cours. « C'est un don que tu as reçu, tu as cette chance, tu dois le faire fructifier. Je me moque que tu sèches l'école mais je ne veux pas que tu manques une classe de M. Félix… »

Et là-dessus, elle lui balançait la parabole des talents.

« *La parabole des talents selon saint Matthieu et Rosa Mata :*

Un homme qui partait à l'étranger appela ses serviteurs et leur confia sa fortune. À l'un il remit cinq talents, deux à un autre, un seul à un troisième, à chacun selon ses capacités, puis il partit. Aussitôt, celui qui avait reçu les cinq talents alla les faire fructifier et en gagna cinq autres. Pareillement, celui qui en avait reçu deux en gagna deux autres. Mais celui qui n'en avait reçu qu'un s'en alla faire un trou en terre et enfouit l'argent de son maître. Puis le maître rentra de son long voyage et appela ses serviteurs. Celui qui avait reçu cinq talents s'avança et présenta cinq autres talents :

— Seigneur, dit-il, tu m'avais confié cinq talents ; en voici cinq autres que j'ai gagnés.

— C'est bien, serviteur bon et fidèle, lui dit son maître, entre dans la joie de ton seigneur.

Vint ensuite celui qui avait reçu deux talents.

— Seigneur, dit-il, tu m'avais confié deux talents : en voici deux autres que j'ai gagnés.

— C'est bien, serviteur bon et fidèle, lui dit son maître, entre dans la joie de ton seigneur.

Vint enfin celui qui détenait un seul talent.

— Seigneur, dit-il, j'ai appris à te connaître pour un homme âpre au gain. Aussi, pris de peur, je suis allé enfouir ton talent dans la terre : le voici, tu as ton bien.

Mais son maître lui répondit :

— Serviteur mauvais et paresseux ! Tu aurais dû placer mon argent chez les banquiers et à mon retour, j'aurais recouvré mon bien avec un intérêt. Tu seras jeté dehors dans les ténèbres : là seront les pleurs et les grincements de dents de paresseux et d'ignorants comme toi ! Heureux celui qui reçoit un don et le fait fructifier. Malheur à celui qui n'en fait rien et se laisse vivre, gouverné par sa peur et sa paresse ! »

Grand-père Mata bougonnait quand sa femme racontait cette parabole.

— C'est un éloge du capitalisme sauvage !

— Tu ne connais rien aux Évangiles, mécréant…

Les grands-parents Mata avaient recueilli leur petit-fils à l'âge de six mois. Au début, il ne s'agissait que d'une prise en pension temporaire, le temps d'un tournage qui avait entraîné le père et la mère de Raphaël dans les îles Vierges. Mais au bout de trois mois, quand ils avaient regagné la France, la mère de Raphaël était entrée en clinique se faire refaire le nez et l'enfant était demeuré chez ses grands-parents. Le provisoire était devenu définitif. Très vite, il avait été évident que les parents de Raphaël étaient trop occupés pour élever leur fils et que ce dernier serait beaucoup mieux chez ses grands-parents. Lucien Mata versait une pension très généreuse à ses parents, leur payait les services d'une bonne trois fois par semaine, veillait à ce que le petit ne manque de rien et lui rendait visite le dimanche. On n'a jamais su ce que Mme Mata pensait de l'arrangement car elle n'exprimait jamais d'opinion personnelle. C'était une de ces femmes tout entières dévouées à leur mari et qui n'existent que par lui. Sa culpabilité – pour peu qu'elle en ait éprouvé – fut vite effacée : Raphaël avait l'air heureux et ensuite, entre conserver son mari et s'occuper de son enfant, elle préférait à coup sûr garder son mari. Dans le milieu où évoluait Lucien Mata, les tentations étaient nombreuses et il valait mieux qu'elle veille au grain.

Ainsi, tous les dimanches, M. et Mme Lucien Mata rendaient visite à leur fils unique, Raphaël. Cela se passait toujours de la même manière. Un taxi les déposait à midi trente devant le 24 de la rue Victor-Hugo à Montrouge et les reprenait à cinq heures et demie. Cinq heures par semaine en famille. M. Mata affirmait que ce n'était pas le temps passé qui importait mais sa qualité. Aussi, à peine avaient-ils pénétré dans le grand appartement du rez-de-chaussée, à peine avaient-ils retiré leur manteau et embrassé les grands-parents, qu'ils s'enquéraient de Raphaël. Ils arrivaient toujours avec un cadeau et un gâteau. Un grand sourire peint sur le visage. Lucien Mata portait un costume, chiffonné, Yvette Mata une tenue élégante et décolletée. Ils posaient le cadeau et le gâteau sur la table et criaient « Raphaël, Raphaël » dans tout l'appartement comme s'ils partaient à la recherche d'un trésor perdu. Raphaël se présentait, disait « b'jour p'pa ! b'jour m'man » en regardant sa grand-mère et en frottant ses pieds l'un contre l'autre. On lui donnait son cadeau et on mettait le gâteau au frigidaire. Il tendait un bras mou vers le paquet puis le laissait sur la table. Il ne touchait jamais au gâteau.

Ils lui demandaient de raconter sa semaine et immanquablement Raphaël leur répondait qu'il ne s'était rien passé. Ou presque rien, ajoutait-il pour gommer un peu de l'agressivité qu'il éprouvait envers ces étrangers, qui prétendaient obtenir en quelques secondes ce qu'il ne délivrait d'habitude qu'au détour d'une phrase lâchée au hasard d'un goûter ou d'un trajet à pied. Rien qu'il pût résumer en quelques syllabes pour faire plaisir à ses parents. Grand-mère Mata prenait alors la relève et récitait les notes, les observations des professeurs, les maux de ventre, les bons mots, les bobos et la longueur des dodos. Car c'était étrange : ils se mettaient tous alors à parler de Raphaël comme s'il était encore un bébé.

Il gardait toujours les poings serrés en leur présence. La bouche se tordait un peu, puis le regard tombait à côté, il glissait un doigt dans le col de sa chemise blanche que sa grand-mère avait lavée et repassée exprès pour cette journée et défaisait le bouton du haut. Puis il passait la main dans ses cheveux que sa grand-mère avait peignés et plaqués avec de la brillantine. Il la passait et la repassait tant et si bien qu'il finissait ébouriffé.

— Rapha… protestait grand-mère Mata.

— Laisse, maman, laisse, disait le père de Raphaël. Les enfants sont comme ça maintenant… Le débraillé est à la mode !

— Fais voir comme tu es beau ! disait Yvette Mata en tendant les bras vers lui comme si elle voulait s'emparer d'une friandise interdite. Regarde, Lucien, il a les mêmes cheveux que moi, noirs et épais…

Raphaël ne se laissait pas approcher. Une fois, elle avait réussi à l'attraper et il avait filé ses bas en lui donnant des coups de pied dans les jambes. Elle ne l'avait pas grondé et il avait eu l'impression de remporter une grande victoire. Si elle n'avait rien dit, c'est parce qu'elle savait qu'elle était dans son tort. Il avait été presque aimable avec elle ensuite.

— Oui mais il aura mon pif ! disait Lucien Mata en éclatant de rire et en se frottant le ventre de satisfaction. Un long pif parfait pour les affaires…

Et il enchaînait sur sa dernière production cinématographique. Citait des acteurs célèbres qu'il avait engagés. Parlait du tournage et des problèmes techniques. Décochait des coups de griffe aux uns, des compliments aux autres en buvant des grandes gorgées de vin rouge.

— Pas mal ce petit vin, pas mal… La prochaine fois, fais-moi penser, Yvette, à leur apporter une caisse de ce bourgogne que j'ai commandé chez Morel la semaine dernière.

Et ce « leur » faisait l'effet d'une flèche empoisonnée, fichée dans la chair trop sensible de l'enfant. Il avait alors l'impression d'être un pauvre que ses parents visitaient par charité. Lucien Mata avait la morgue de ceux qui réussissent. Il traitait tout le monde en vassal. Il s'adressait à sa femme comme à une secrétaire, le bloc sténo posé sur les genoux, griffonnant les ordres du patron. Pris par l'évocation de son personnage de producteur tout-puissant, il ne voyait pas les lèvres de son enfant qui se pinçaient de mépris. Il parlait millions, contrats, dollars, Rome, Londres, Los Angeles, caprices de starlettes, exigences de stars. Évoquait le succès retentissant de *Love Story* et se souhaitait le même. Il parlait comme s'il était face à une assemblée de journalistes avides de détails croustillants. Yvette Mata l'écoutait. Elle buvait ses paroles. On aurait pu croire qu'elle venait de le rencontrer. Elle lui caressait le bras, s'appuyait contre son épaule, emmêlait ses doigts à ceux de son mari. Raphaël pouvait sentir le corps de sa mère aspiré par le corps de son père et cette attraction le dégoûtait. Invariablement aussi, Yvette Mata se retournait vers Raphaël et disait :

— Tu vois, je ne peux pas le laisser tout seul, avec toutes ces beautés autour de lui ! Je dois le suivre partout si je ne veux pas le perdre…

Elle le prenait comme confident. Elle minaudait, baissait les yeux vers son rond de serviette argenté pour vérifier la tenue de son menton, le lissé du cou, humectait ses lèvres et son regard repartait soutenir le flot verbal de son époux. Lucien Mata s'enflait. Il refaisait le monde. Hollywood était à ses pieds. Avaient-ils vu sa photo dans les journaux, le soir de la première de *Trop belle pour être honnête* ? Un film du tonnerre ! Une superproduction franco-italienne ! Comment ? Ils ne l'avaient pas vu ? Un fils d'émigrés espagnols qui prend d'assaut le cinéma français, et son père et sa mère qui l'ignorent ! Tu te rends compte, Yvette ? suffoquait-il en prenant sa femme à témoin. Mais quels journaux lisaient-ils donc ?

Le grand-père lisait *Le Monde*. La grand-mère, « rien du tout, que des livres. Et puis on n'a pas la télé… ».

— Ah forcément ! Si vous n'avez pas la télé… Tu veux que je te la paie, la télé ? demandait-il à sa mère.

— Oh ! pour ce qu'on en ferait… Non, tu es gentil, on est bien comme ça…

— Mais pour Raphaël, ce serait bien peut-être… Ça l'occuperait. Hein ? Raphaël ? Qu'est-ce que t'en dis ?

— Si j'ai envie de la regarder, la télé, je vais chez mes copains…

— Mais qu'est-ce qu'il est raisonnable, mon fils ! disait Yvette Mata en le couvant du regard. Je n'en reviens pas d'avoir fait un fils aussi raisonnable !

Raphaël regardait le ventre de sa mère et se demandait comment il avait pu y rester neuf mois sans protester. Il remuait le civet de lapin dans son assiette et n'avait plus faim. La conversation mourait doucement. Elle se figeait comme la sauce du civet. Grand-mère se levait pour aller préparer le café. Lucien Mata extirpait deux cigares : un pour grand-père, un pour lui. On sortait le gâteau du frigidaire. Raphaël demandait s'il pouvait aller jouer dehors. Yvette Mata disait : « Déjà ? Mais je t'ai à peine vu… » Lucien Mata disait : « Laisse, chérie, laisse… Ils sont comme ça les jeunes aujourd'hui… Allez, fiston, va t'amuser. Va rejoindre tes petites copines… » Il lui faisait un clin d'œil et Raphaël le détestait. Il tirait sur son col de chemise comme si son cou allait exploser. Il partait en laissant le gâteau sur la table.

Il n'y avait personne avec qui jouer le dimanche à cette heure-là. Les autres enfants de l'immeuble étaient occupés ou en famille. Ils descendraient plus tard. Il sortait puis revenait dans sa chambre en enjambant le balcon et fermait la porte à clé. Il prenait un livre et lisait. Ou il faisait un puzzle. Il recevait souvent des puzzles, le dimanche. Il devait reconnaître que les cadeaux laissés sur la table de la salle à manger étaient souvent intéressants. Il avait découvert ainsi les disques des Cream, de Santana, des Who, des Doors, des rééditions de vieux concerts de jazz, un harmonica *made in Nashville*, un roman de Kerouac, *Sur la route*. Lucien Mata portait un amour inconditionnel aux

States, c'est le mot qu'il employait pour désigner les États-Unis.

Un jour, il avait apporté un grand puzzle en couleurs fabriqué d'après une photo de sa femme et lui à Las Vegas en train de boire un verre avec un chanteur, Neil Sedaka. Rapha avait reconstitué la scène : le box du casino en peluche rouge, la nappe blanche, le seau à champagne, le large col de chemise du chanteur laissant apparaître une chaîne en or sur une poitrine velue, le sourire éclatant d'Yvette Mata, le rictus satisfait de Lucien Mata, cigare au bec. Puis il avait pris un compas et crevé les yeux de son père et de sa mère, les avait passés au Corector blanc, remplissant soigneusement les orbites, sans dépasser. Lucien et Yvette Mata ressemblaient soudain à des idiots rigolards. Il avait jeté le puzzle à la poubelle : les idiots rigolards avec leurs yeux blancs devenaient attendrissants, vulnérables, comme ces aveugles remorqués par des labradors dans les rues de Paris.

Raphaël n'en voulait pas à ses parents d'être absents. Il leur en voulait de prétendre remplir leur rôle l'espace de quelques heures hebdomadaires, le dimanche. Il détestait la mise en scène imposée ce jour-là. Tout sonnait faux, le dimanche. Même lui. Il faisait des efforts pour que ses grands-parents soient contents. Qu'il ne leur fasse pas honte. Par-dessus tout, il redoutait que ses parents n'aient l'idée saugrenue de le mettre en pension.

Tous les dimanches, c'était pareil. Sauf quand Lucien et Yvette Mata étaient en voyage. Alors là… c'était la fête ! Ils partaient tous les trois explorer Paris et Rapha se remplissait la tête d'images, de couleurs, de bruits, d'odeurs. Quand il pleuvait, ils allaient au cinéma. Grand-mère choisissait le film, grand-père les places. Grand-mère lui expliquait qui était le metteur en scène, les films qu'il avait réalisés, détaillait la carrière des acteurs et des actrices quand elle la connaissait. Elle avait ses films préférés, ceux qu'ils allaient voir plusieurs fois, tel *The Wizzard of Oz* dont elle savait toutes les chansons. Elle les fredonnait longtemps après être sortie de la salle obscure. Elle dansait dans la rue en imitant Judy Garland et Tin Man. Ou *Chantons sous la pluie* dont elle raffolait aussi. « *Make them laugh, make them laugh, make them laugh!!!* » serinait-elle en vantant les vertus trop oubliées du rire. Grand-père l'interrompait en racontant ce que grand-mère appelait des « âneries ». Il affirmait que Clark Gable portait un toupet, un dentier et des talonnettes, qu'il avait vu des photos de Martine Carol toute nue et que Brigitte Bardot lui avait montré ses jambes « jusqu'en haut ». C'était dans *En cas de malheur* et elle était si belle qu'elle vous ouvrait les portes du Ciel. Gabin avait commencé comme boy avec Mistinguett, et Montand avec Édith Piaf.

— Ce qui montre que les hommes aussi peuvent réussir en couchant ! concluait grand-père, satisfait d'avoir marqué un point pour la cause des femmes.

D'autres fois, il pointait le nom de metteurs en scène américains ayant collaboré avec McCarthy. Grand-mère rétorquait que le talent n'était pas proportionnel à la rectitude morale et que s'il suffisait d'être honnête et courageux pour être un grand artiste, cela se saurait ! Raphaël était assis entre eux, silencieux, les yeux brillants, les sens en éveil. Parfois grand-mère lui faisait lire le livre avant d'aller voir le film et ils discutaient tous les trois de l'adaptation sur grand écran. Ou plutôt il écoutait. Grand-mère s'enflammait quand grand-père n'était pas d'accord avec elle. Elle s'emballait, puis éclatait de rire et disait :

— Mon Dieu, pourquoi je me mets dans des états pareils ! Ce n'est qu'un film ! N'est-ce pas, Rapha ?

C'est elle qui lui avait donné ce surnom. Et depuis, tout le monde l'appelait Rapha. Rapha Mata. Il devenait le héros d'une bande dessinée qu'il crayonnait dans le secret de sa chambre. « Rapha Mata et les quarante-sept bandits », « Rapha Mata, chercheur d'or », « Rapha Mata et la fille du grand sorcier ». Il faisait sonner son nom dans sa tête, se travestissait en pirate ou en poète. Grand-mère l'encourageait en lui achetant ses productions. C'était son argent de poche. Des cours de M. Félix, il était passé à ceux des Beaux-Arts, où il se rendait le mercredi et le samedi après-midi.

Il ne brillait pas par sa force physique ou ses exploits au collège auprès des autres filles. Il ne chevauchait pas de mobylette trafiquée ni n'éclaboussait les autres de ses connaissances. Mais il avait un truc en plus et ce truc-là, aucun des gamins de l'immeuble ne le possédait. Une étincelle qui brillait dans son œil, qui l'illuminait et dont l'éclat rejaillissait sur son interlocuteur. En sa compagnie, on se sentait différent, plus intelligent. Il y a des gens comme ça. Quand on leur parle, on sait trouver les mots exacts. On a les idées claires, précises. On devient même brillant. On prend des centimètres en leur présence. Raphaël Mata était de ces gens-là. « Quand je parle, il comprend, avait coutume de dire Clara Millet. Et quand il parle, j'apprends. Avec Rapha, je suis intelligente. Toujours. »

Il n'y avait qu'une fille que Raphaël Mata ne paraissait pas impressionner. C'était Lucille Dudevant. Mais Lucille Dudevant était impressionnée par peu de monde et peu de choses.

En arrivant chez elle après avoir quitté son frère, Clara jette les clés de son appartement dans le petit panier sur la table de l'entrée. La concierge a glissé le courrier sous la porte et Clara se baisse pour le ramasser. Des factures, des factures et encore des factures. Il va falloir qu'elle se remette à travailler. Ou qu'elle laisse entrer les huissiers. Clara Millet fait partie de ces gens qui ne travaillent que lorsqu'ils y sont obligés. L'homme des cavernes, explique-t-elle, bossait cinq heures par semaine, le temps d'un ravitaillement, sinon il se marrait, jouait aux osselets, peignait ou baisait. Moi, je travaille quand le besoin me saisit. Mais le besoin se fait de jour en jour plus pressant. Son appartement est grand, vide et tout blanc. On voit bien que c'est un appartement de célibataire, se dit-elle, en se laissant tomber sur un canapé. C'est immense et pourtant il n'y a pas de place pour un enfant, ici.

Clara Millet a une âme de midinette. Elle aime les belles histoires qui finissent bien, les princes et princesses qui convolent à la fin. Elle sait que tout cela n'est que pipeau et crécelle, mais c'est plus fort qu'elle. Elle, qui se vante toujours d'avoir les deux pieds dans la réalité, est la première à monter en montgolfière. Elle n'aime pas qu'on le lui fasse remarquer, et se défend. « On peut rêver quand même, la vie est trop triste sinon, et puis, parfois, les rêves se réalisent… »

En remontant de la cave après avoir choisi un bon vin, elle pose les deux bouteilles sur la table de la cuisine et se laisse tomber sur une chaise. Elle se répète tout bas, en boucle, pour s'en convaincre : il n'est plus le Rapha que tu as connu et même s'il l'était, n'oublie jamais ce qu'il t'a fait. N'oublie jamais la douleur que tu as accumulée à cause de lui, et qu'il efface chaque fois qu'il apparaît, chaque fois que tu te remets à croire que tout est possible à nouveau. N'oublie pas non plus que vous êtes en compte tous les deux. Il te fait payer pour l'autre souffrance, celle que tu lui as infligée dans l'insouciance de ta jeunesse, quand tu faisais les quatre cents coups et que tu croyais qu'il te suffisait de réapparaître pour qu'il oublie tout, ces tourments qu'il calcule tel un usurier intraitable et qu'il te fait payer sou après sou.

Oui mais… il y avait toutes ces années passées avec lui qu'elle ne parvenait pas à oublier. Les journées où ils déambulaient dans les galeries, les musées, les cinémas, les cafés. Il lui prodiguait tout son savoir, elle lui montrait du doigt une fontaine tarabiscotée au coin d'une rue ou un pigeon prisonnier dans la vitrine d'une boulangerie. Quand il hésitait à présenter ses premiers dessins à des galeries, c'est elle qui forçait la porte. Quand elle doutait, il l'exhortait à avoir confiance en elle. « Ne pas subir », telle était la devise qu'il avait peinte sur un grand tableau blanc. Ne pas subir… Les nuits où ils veillaient jusqu'à trois, quatre heures du matin. Ils parlaient, ils riaient, ils se caressaient, ils se racontaient leurs blessures secrètes. « Je ne pourrai plus avoir d'amour après toi, lui confiait-elle dans la nuit, parce que je n'aurai plus rien à dire de neuf à un autre. Et je n'ai pas envie de me répéter. – Dis-moi tout, dis-moi tout, insistait-il, comme ça je suis sûr de te garder. » Elle lui soufflait dans l'oreille : « Et toi, tu pourrais en aimer une autre ? » Il ne répondait pas. « Réponds-moi, Rapha, réponds-moi. – Je n'ai pas besoin de te répondre, tu sais déjà… – Même Lucille, Lucille qui est bien plus belle que moi ? – Lucille est parfaite, c'est vrai, mais toi… On a envie de te trousser, de te culbuter. Toujours. Tout le temps… » Elle soupirait, rassurée. Elle préférait inspirer le désir que le respect. Elle n'avait jamais su ce qu'elle voulait avec Rapha. Elle l'aimait mais elle voulait aussi découvrir le monde. « Tout le monde ? demandait-il, amusé et inquiet. – Tout le monde », répondait-elle gravement.

Elle avait connu beaucoup de monde et, un beau jour, Rapha était parti. Avec une autre, lui avait-il annoncé impassible. Elle n'avait jamais su qui était cette autre, elle n'avait pas voulu alourdir sa peine en y collant l'image d'une rivale. Elle était partie à Londres. Elle y avait retrouvé Philippe qui commençait alors à travailler avec ses partenaires anglais. Elle avait suivi des cours à la London School of Design. De retour à Paris, elle avait déménagé plusieurs fois et interdit à ses proches de prononcer le nom de Raphaël Mata. « C'est le seul moyen de me guérir. Le seul. Tu sais, toi, comment je me guéris, tu le sais… », avait-elle confié à Philippe.

Le silence avait été respecté. Elle n'avait plus rien su de lui jusqu'au jour où ils s'étaient revus et tout avait recommencé. Pour s'arrêter aussitôt puis reprendre puis s'arrêter. Elle n'y comprenait plus rien. Elle se contentait de l'aimer et de souffrir. De combler le creux douloureux de ses absences par des présences passagères auxquelles elle s'accrochait, légère. Elle les appelait ses « amants utiles ». Utiles pour oublier son chagrin, utiles pour la renverser et la réveiller de sa torpeur, utiles, il faut le dire aussi, pour ses affaires. Elle avait compris que, dans ce monde d'hommes, une femme seule ne va jamais très loin. Ou il lui faut sans cesse affirmer sa singularité et sa puissance, et elle ne se sentait pas assez forte. Elle avait besoin de protecteurs. Il lui arrivait même de tomber amoureuse. D'attendre près d'un téléphone qui ne sonnait pas. Mais dès que la sonnerie retentissait, l'amour s'évaporait. L'homme dégringolait du mystérieux nuage où elle l'avait hissé. Ce n'est pas ça l'amour, constatait-elle, dépitée. Ce n'est pas encore cet homme-là qui me fera l'oublier. Et puis… dès qu'elle se mettait à comparer Rapha avec l'amant utile, Rapha s'imposait. C'est comme ça, soupirait Clara. Qu'est-ce qui fait la valeur d'un être aux yeux d'un autre ? Qu'est-ce qui rend certaines personnes aussi indispensables que l'air qu'on respire ?

Elle avait grandi avec Rapha, ils étaient tous les deux comme un seul et unique sarment de vigne noueux, formé de deux pieds qui s'enroulent l'un sur l'autre, l'un autour de l'autre. Ils s'étaient nourris, vivifiés, s'étaient aidés à pousser haut, haut vers le ciel. Il y a des gens qui pensent large et d'autres étroit. Il y a des gens qui laissent entrer la vie, le souffle du large dans leurs têtes grandes ouvertes et puis, il y a tous ceux qui se verrouillent et finissent, si on vit avec eux, par vous racornir, vous rétrécir, vous plier en quatre. On finit toujours par ressembler à ce que les autres pensent de vous, avait-elle lu un jour sous la plume d'un écrivain sud-américain. Elle voulait ressembler à ce que Rapha pensait d'elle.

Arrête d'être dupe, ma pauvre fille ! Arrête d'être dupe ! Pauvre pomme ! La vie n'est pas un panier de Carambar, tu le sais bien ! Toi qui te vantes de voir la réalité en face : ouvre les yeux ! Tiens-toi à carreau. Ne le laisse plus te prendre et te reprendre à sa guise !

Le téléphone retentit mais elle ne se lève pas pour décrocher. Si c'était lui ? Pour dire qu'il ne viendra pas ? Le répondeur est branché et elle laisse le mécanisme s'enclencher. Elle se dirige lentement vers son bureau où se trouvent le répondeur, le fax et la photocopieuse couleur toute neuve qu'elle vient d'acheter. Une Canon à 1 690 francs, une vraie occasion. Une voix emplit la pièce.

— Clara, c'est Lucille ! Je suis rentrée ce matin de New York, c'est pour ça que je ne t'ai pas appelée plus tôt. Le lancement s'est très bien passé. J'ai eu des tonnes de papiers dans la presse ! Un triomphe… Bien sûr que je viendrai dîner vendredi. Tu peux m'appeler à la maison ce soir, mais pas trop tard ! Ciao, ciao !

À côté du répondeur, se trouve le fax et, au pied de l'appareil, le papier s'enroule en une large boucle. Clara se baisse pour le ramasser, s'installe à son bureau et lisse le papier de ses deux mains.

Elle a reconnu l'écriture de Joséphine et sourit. Son amie lui manque depuis qu'elle est partie vivre en province, à Nancy. Son mari, Ambroise de Chaulieu, y a monté une clinique dont le chiffre d'affaires florissant réclame sa présence à plein temps. Longtemps Joséphine a résisté et continué d'habiter Paris avec ses trois enfants. Puis il a bien fallu que Joséphine se fasse une raison et la petite famille s'est retrouvée réunie à Nancy. Clara est allée leur rendre visite tout au début de leur installation. Ambroise, que sa femme appelle « Paré » en se moquant de lui, n'avait pas fait les choses à moitié ; il avait loué un bel appartement dans le centre-ville avec hauts plafonds, cheminées en marbre et boiseries patinées. Joséphine s'occupe de ses enfants, de son intérieur, dresse des tables impeccables pour des dîners impeccables, est aidée par une femme de ménage aussi plantureuse que généreuse, mais traîne un ennui que rien ne semble apaiser si ce n'est l'amour véritable qu'elle porte à ses trois petits qu'elle appelle « mes titounets » et dont elle s'occupe avec assiduité. Au téléphone, elle se plaint souvent de la monotonie de sa vie et promet toujours des détails « croustillants » qu'elle ne donne jamais, interrompue par l'un ou l'autre de ses enfants qui l'escalade ou pleure. Clara ne comprend pas qu'elle se laisse ainsi envahir par sa progéniture. « Tu ne peux pas les noyer, le temps que tu me parles ? » suggère-t-elle à sa copine qui répond, offusquée, que ce n'est pas drôle du tout. Elle perd tout sens de l'humour quand il s'agit des titounets. Si elle accepte de confier le soin du ménage à une tierce personne, il n'est pas question qu'elle abandonne sa place auprès de ses enfants. Ce doit être le cas de toutes les mères aimantes et dévouées, se dit Clara, nostalgique de cet état qu'elle ne connaît pas et de cette mère dont elle garde un souvenir assez vague, une longue silhouette brune qui bronze presque nue sur le balcon, ses cheveux noirs tirés en arrière et son beau visage tendu vers les rayons du soleil. C'est quand elle s'offrait ainsi que Clara pouvait épier sa mère, sinon elle ne tenait pas en place, elle sortait, elle rentrait, elle embrassait distraitement ses enfants avant d'allumer une cigarette et de se ruer sur le téléphone. « Maman, c'est un courant d'air, disait Philippe. – C'est quoi, un courant d'air ? demandait Clara. – Quelque chose qui passe très vite et qu'on ne peut pas attraper… »

Clara empoigne le rouleau de papier fax, met les pieds sur le grand plateau de son bureau et en commence la lecture :

Ma Clarinette chérie,

Je profite d'un moment de liberté pour te griffonner quelques lignes… et pour étrenner le fax que Paré a rapporté du bureau. Je pourrais t'écrire plein de choses que je n'ose pas murmurer au téléphone de peur que mes propos ne tombent dans l'oreille d'un enfant. Je ne voudrais pas qu'ils démarrent dans la vie avec mes idées tordues dans leur petite tête innocente. NO FUTURE inscrit en gros sur leurs couches ! On va renouer avec la vieille tradition française des billets par la Poste. Savais-tu qu'au bon temps de Flaubert, il y avait cinq à six distributions de courrier par jour ! Promets-moi seulement de ne pas garder ces fax, qu'ils s'autodétruiront dès que tu les auras lus, sinon je vais refréner mes ardeurs et me censurer. Ce qui serait dommage comme tu pourras le constater plus loin…

C'est un dimanche normal : Paré dort devant la télé, une canette de bière sur le ventre, et maman, qui est chez nous actuellement, a emmené les titounets se promener. J'ouvre une parenthèse : quand maman est là, Paré est un autre. Il s'épanouit, met les coudes sur la table, retire sa cravate en rentrant, il lui arrive même d'éclater de rire ; elle lui fait des petits plats, lui interdit de parler boulot, le bouscule, et il se laisse faire, émerveillé ! Il devient même fréquentable, ce qui, pour un mari, est appréciable. Je finis par me dire qu'il m'a épousée à cause de ma mère. Un jour, je vais le retrouver le nez fiché entre ses seins. Fin de la parenthèse.

Enfin ! Pour une fois que j'ai droit à quelques heures de repos, je vais les passer avec toi et faire ce qui me procure le plus de plaisir : écrire. Tu sais, j'ai commencé un journal mais j'ai tellement peur que Paré ne tombe dessus que je le cache et ne le retrouve plus. Alors j'en recommence un autre… que j'égare. Le jour où je mourrai, Paré va avoir une attaque s'il les retrouve tous ! Dans les journaux des jeunes filles du XVIIIe siècle que j'affectionne particulièrement comme tu le sais, je devrais être occupée à quelque ouvrage, broderie ou raccommodage, utile aux soins du ménage, mais ce bon temps est révolu et je préfère prendre la plume et discourir avec toi. Je ne sais si j'atteindrai à la perfection de style de ces bonnes dames qui m'ont précédée, Mmes de Sévigné, du Deffand, de Genlis et autres commères persifleuses (qu'est-ce qu'elles étaient méchantes entre elles !), mais je tâcherai de faire de mon mieux ! La langue n'est plus la même, hélas ! et je serai bien en peine d'égaler leur lumineuse élégance, tagada tsoin-tsoin.

Ma vie est si ennuyeuse que je ne sais que te dire qui soit susceptible de t'intéresser. Il ne se passe rien à Nancy ou si peu de choses. La droguerie du coin de notre rue (celle où tu aimais tant aller acheter des clous et des tournevis) a fermé ; c'est un McDonald's qui va la remplacer. J'ai déjà interdit à Arthur et Julie d'y aller en leur montrant des photos de gosses américains obèses que j'ai scotchées sur le frigo. Julie a fait la grimace, c'est gagné. Arthur s'est montré plus sceptique ; il est déjà intoxiqué par ses petits copains à l'école. Quant à Nicolas, il a montré les photos d'un doigt barbouillé de bonne compote, mitonnée par mes soins, en disant « vilain, vilain » ! Au dernier dîner chez M. le sous-préfet, on murmurait que la femme du notaire aurait une liaison coupable avec le jeune médecin tout frais arrivé de Paris, celui que j'appelle docteur Hélice tellement il est pressé ! Un beau jeune homme corpulent avec des lèvres épaisses et rouges et un regard brillant. On conciliabule sur son passage et moi, je détaille la belle garce avec envie. Il faut reconnaître qu'elle rayonne et que le balancement de sa croupe émet des signaux de volupté triomphante !

Moi, plus prosaïquement, j'ai dû rentrer mes plants de thym sauvage car ils étaient menacés de geler sur pied et ils décorent joliment le tour de mon évier. Ambroise m'a offert un satellite avec parabole sur le toit. Il prétend que c'est pour me distraire et remplacer Paris. Je sais très bien que c'est pour pouvoir regarder ses matchs de foot, de tennis, de golf, etc. L'hypocrisie conjugale ou l'art de berner son conjoint en lui faisant croire que c'est pour lui qu'on se fend d'un cadeau qu'on ne saurait se faire ouvertement à soi-même ! Tu te souviens quand tu me faisais promettre de n'être jamais dupe ? J'ai retenu tes leçons. J'ouvre l'œil et le bon ! Ce n'est pas comme cette gourde d'Agnès qui s'emploie à sauver son couple en remplissant des petits carnets de doléances ! Le couple ne peut pas être sauvé car le couple est contre nature, point final !

Je regrette tellement d'avoir quitté Paris, ses spectacles et sa lumière sur la passerelle des Arts quand le soleil décline. Quoique Paris avec mes trois petits, je n'aurais guère le temps d'en profiter... Ils sont mieux ici que dans les miasmes des embouteillages parisiens ! Ils ont de belles mines roses, dorment comme des chatons et dévorent les petits plats variés que je leur confectionne. À table, je leur lis les *Maximes* de La Rochefoucauld ou *Poil de carotte*. Ils ne comprennent pas toujours. Ça ne fait rien et moi, je m'évade. Il en restera bien quelque tournure de phrase ou de pensée. Tu te rappelles ce que disait la grand-mère Mata sur la culture moule à gaufres du cervelet ? Elle avait bien raison, la vigoureuse aïeule. Je pense souvent à elle en élevant les titounets. Elle nous disait toujours que rien ne remplace une maman et elle avait bien raison !

Ah si ! Tu ne sais pas la dernière : IL veut un autre enfant. Comme s'il n'en avait pas assez de trois ! Il dit que quatre, ça pose son homme ! À quoi je lui ai rétorqué que ça décomposait une femme ! Il n'a pas apprécié. Il déteste que je fasse de l'esprit. Il a l'impression que je lui résiste. Il lève un sourcil étonné et me traite de féministe. Pour Paré, une femme qui pense est déjà une dangereuse suffragette ! Et elle ne doit exercer son jugement que pour tenir sa maison ou balbutier quelques répliques qui honorent son mari. Pourtant, te rappelles-tu avec quelle admiration béate il me faisait la cour quand on s'est connus en fac ? Quelle ferveur laborieuse s'emparait de nous quand on révisait nos cours ensemble ? Comme on s'embrassait quand nos deux noms figuraient sur la liste des reçus ! Et les projets que nous faisions ! J'avais l'impression d'être son égale à l'époque. Une vraie partenaire. Le mariage s'est chargé d'effacer tout ça. Je ne suis plus que Mme Ambroise de Chaulieu, un bassin qui enfante de beaux bébés, et je la boucle.

Je vais te dire une chose : il m'arrive de le haïr ! Ou, pour être plus précise, de haïr sa suffisance masculine. Je crois que je n'aime pas les hommes. Ou plutôt j'aime leur sexe, c'est tout. Je ne les respecte pas en tant qu'êtres humains. Je n'aime pas la manière dont ils traitent les femmes quand ils ne sont pas en train de les séduire. De se pousser du col, de se parer de leurs plus beaux mensonges pour les rouler dans leur lit. Ah ! cet air qu'il prend pour parler de ses affaires (celles de sa clinique) ! On dirait qu'il dirige la France ! Ou le désordre qu'il laisse partout sur son passage comme s'il était normal qu'une femme ramasse derrière lui, la manière satisfaite dont il se lève de table sans jamais songer à débarrasser (surtout le week-end où je n'ai personne pour m'aider), les mémos qu'il me gribouille le matin comme si j'étais sa secrétaire, avec une longue liste de choses à faire…

Ma colère se nourrit des plus infimes détails : quand il va aux cabinets, il ne rabat jamais la lunette après usage ! Jamais ! La lunette est toujours relevée ! Au garde-à-vous ! Et quand j'aperçois chez Arthur (Nicolas est encore trop petit !) des attitudes identiques, j'ai le poil qui se hérisse ! Je me maîtrise cependant, ne voulant pas influencer ma fille en la dégoûtant de la gent masculine ! Mais les chances que j'y parvienne sont maigres. L'autre jour, Julie a soupiré en sortant des cabinets : « Pourquoi les garçons ne rabattent JAMAIS la lunette quand ils ont fini ? Pourquoi est-ce toujours à nous, les filles, de le faire ? On est leur bonne ou quoi ? » Je n'ai pas pu m'empêcher d'éclater de rire ! Mais en même temps, je me suis dit qu'elle répétait ce qu'elle avait entendu. Ce qu'elle avait entendu de MA bouche. Elle répétait MA colère, à huit ans ! J'en ai eu froid dans le dos…

Pourtant, c'est un brave homme, mon Paré. Il n'est ni méchant ni radin ni cruel, ni ivrogne ni Don Juan. Il m'aime, j'en suis sûre, mais c'est un homme. Voilà le hic ! Il ne me laisse aucune place. L'autre jour, quand je lui ai dit que tu m'avais envoyé un livre, tu sais, le journal d'Eugénie de Guérin, il m'a regardée, étonné, et m'a dit : « Parce que tu lis ? C'est bien, ma chérie ! » Oh ! ce ton paternaliste comme si j'étais une sorte de sauvage analphabète avec un os dans les cheveux et un pagne en raphia autour des reins ! Alors pour me venger, j'ai décidé… de le taxer. Un nouvel impôt domestique assez indolore pour qu'il ne s'en rende pas compte mais suffisamment conséquent pour calmer mon ressentiment. À chaque affront, je pique cent, deux cents, trois cents francs… dans la poche de son pantalon. Ou je subtilise sa Carte bleue (il ne regarde jamais ses relevés). Cela me soulage, dissipe mes bouffées de haine, requinque mon amour-propre qui, comme le disait ce vieux La Rochefoucauld, est le fondement de tous nos sentiments. Ah, maris imbéciles, si vous ménagiez un peu plus l'amour-propre de vos épouses, il y aurait moins de divorces, d'adultères et de rancunes tenaces ! Quelquefois, il lui arrive de dire « Oh ! mais je ne comprends pas ! J'ai pris mille francs ce matin à la banque et il ne me reste presque plus rien ! » Je le contemple, faussement attendrie, et je lui dis : « Mais mon chéri ! si tu arrêtais d'enfourner ton argent n'importe comment dans tes poches, tu ne le perdrais pas ! » Il me regarde comme Arthur quand sa voiture télécommandée lui échappe. Si tu savais la volupté que j'éprouve à mentir avec autant d'aplomb ! C'est comme si une autre s'emparait de moi, que je me dédoublais, que je jouais la comédie... Je suis devenue une experte en mensonge conjugal. Je le flatte à outrance. C'en est presque grossier. Je lui dis qu'il est le plus intelligent, le plus doué, le plus habile de sa clinique, qu'à quarante ans, il a le corps ferme et dur d'un jeune homme, pas un cheveu blanc. Je l'écoute avec de grands yeux de femme éblouie et, après, je peux lui demander tout ce que je veux. Mais il faut, auparavant, avoir bien rampé et ciré les pompes de Son Altesse Zizi Ier. Je dois reconnaître que, si je suis devenue experte à ce petit jeu, il m'arrive aussi de me dégoûter moi-même. Je n'aurais jamais dû interrompre mes études pour me marier. C'est ce que je répète à l'envi à la petite Julie : « Sois in-dé-pen-dan-te, ma fille ! » Je sais, elle n'a que huit ans, mais il faut commencer tôt.

Avec l'argent de mes impôts conjugaux, je m'offre des petits plaisirs : je file cent balles à un SDF (j'imagine la tronche d'Ambroise s'il me voyait !!!), je m'achète des fringues, des crèmes pour le visage et le corps, des parfums, des livres (des tonnes de livres), des CD. L'autre jour, je me suis acheté une boîte de caviar que j'ai dégustée toute seule l'après-midi avec une bouteille de champagne et des blinis. J'avais mis un joli napperon sur la table de la salle à manger, sorti l'argenterie, enfourné un CD de la Callas et je me suis régalée en savourant chaque grain, bien épais, craquant et goûteux. Julie et Arthur étaient à l'école. Nicolas dormait. La femme de ménage était malade. Je n'aspire qu'à ça : être tranquille. Ne pas être corvéable à merci. Mais ce répit a été de courte durée. Mme Ripon (la femme de ménage) a prolongé son absence. Je me suis retrouvée en train de tout faire ! Le ménage, le repassage, la cuisine et les enfants ! Un vrai film d'horreur ! J'aurais pu tous les découper à la tronçonneuse ! Surtout que je me suis aperçue que je devenais maniaque et voulais que tout brille ! Le blanc-propre du ménage m'apaise et si quelqu'un laisse tomber une miette sur mon ouvrage si parfait, je vire à la mégère ! L'autre jour, Paré a voulu faire « péter » une côte de bœuf sur MA cuisinière immaculée et a mis des éclaboussures de gras partout ! Je l'aurais tué. Je crois que c'est aussi parce qu'il ne me saute plus… Tu sais ce que je fais, le soir, quand il ronfle à mes côtés : je me caresse. Je me tords de plaisir à côté de lui et ça ne le réveille même pas. Après, je suis triste et je pleure. Je me dis que je mène une vie misérable, une vie de femme frustrée, oisive, une vie qui ne sert à personne si ce n'est à mes titounets.

DÉTRUIS CE FAX, S'IL TE PLAÎT, APRÈS L'AVOIR LU…

Rassure-toi : il n'y a qu'avec toi que je laisse éclater ma rage. Tu serais même étonnée, si tu me voyais, de ma duplicité. Je suis parfaite en épouse exemplaire ! Comme écrivait Mme du Deffand, en parlant de sa vieille rivale Mme du Châtelet :

« Madame travaille avec tant de soin à paraître ce qu'elle n'est pas qu'on ne sait plus ce qu'elle est en effet. » Il m'arrive de me poser la question. Ce qui me plonge dans une agonie douloureuse où je me laboure la cervelle. Pourtant, parfois, le voile des apparences se déchire mais alors, c'est avec une telle violence que je me demande si c'est vraiment une solution…

L'autre jour, par exemple…

Imagine-toi qu'il a fallu que j'aille chez la mère d'Ambroise, à Strasbourg. Pour une sombre histoire d'argent. Tu sais que ses parents sont très riches. Mais vraiment très riches. L'argent leur sort par les oreilles et les trous de nez. Seulement, en bons Français, ils le cachent et font tout un trafic avec leurs millions. Ils ont des comptes partout : au Panamá, en Suisse, aux États-Unis, au Canada. Parfois, je me dis que je vais les dénoncer au fisc. Tu imagines la panique chez les Chaulieu ? Mais bon… je me calme. Donc, comme Noël approche, grand-mamie désirait nous faire un cadeau substantiel mais ne voulait pas rédiger de chèque, encore moins effectuer un virement bancaire ou envoyer un mandat postal (ça pourrait se savoir !). L'argent doit rester caché et circuler masqué de pile de draps en pile de draps. Il a donc fallu que la bonne à tout faire avec son os dans les cheveux et son pagne en raphia prenne le train jusqu'à Strasbourg pour aller chercher les sous de grand-mamie. Ambroise Paré était trop occupé pour perdre quelques heures, et en plus, il avait besoin de sa voiture (la mienne était chez le garagiste… Pas mal, le garagiste ! Quand je le vois dans son bleu de travail, les mains pleines de cambouis, sec et droit, avec ce regard dur qui me toise parce que je confonds bielles et bougies, je m'allume au quart de tour ! Je me demande ce qu'il ferait si JE le renversais un jour sur l'établi. J'ai très envie d'essayer…). Il m'intima donc l'ordre de me « débrouiller pour faire garder les enfants » et de filer jusqu'à Strasbourg récupérer la galette.

Je ravale ma colère et accepte en me promettant de lui faire payer très cher ce nouveau manque de considération. Tu connais, en plus, les rapports exquis que j'entretiens avec grand-mamie. Elle n'a toujours pas digéré le fait que son fils m'ait épousée alors que j'avais pas un rond ni aucun ancêtre assez prestigieux pour figurer dans un cadre doré de la salle à manger familiale à côté de tous les vieux tarés. (Je ne peux m'empêcher de penser que j'ai ragaillardi la race avec mon sang de prolétaire !) Être née à Montrouge de parents boulangers, ça la fout mal pour l'ancêtre bien née qu'elle se targue d'être ! Tu verrais comme elle parle à ma mère quand il lui arrive de la croiser ! Le choc des cultures ! Et la mienne de mère d'en rajouter dans le genre « Elle est pas fraîche, ma baguette ? » pour faire bondir l'amidonnée !

Dans le train, donc, je ressasse. Je regarde mon reflet dans la vitre du compartiment et songe que mes belles années sont en train de me passer sous le nez. Comme le wagon est pratiquement vide et que j'en ai marre de ronger mon frein dans un comparti- ment désert, je vais m'installer au wagon-bar. Je me commande un thé (il est étrangement bon, le thé SNCF, as-tu remarqué ? Pourtant, c'est du thé en sachet servi dans des tasses en plastique…) et une tranche de cake qui tient bien au corps. Je déplie le papier cellophane qui entoure mon cake avec des soins infinis car je ne veux pas en perdre une miette lorsque, relevant les yeux comme si j'avais flairé une aubaine, j'aperçois un jeune homme plutôt appétissant. Il doit avoir dans les vingt ans. Grand, dégingandé, ténébreux, avec de longs cheveux blonds qui traînent dans le cou, de larges épaules, un ventre plat, des yeux gris, une bouche goulue que j'imagine entre mes jambes, un pull camionneur bleu marine et un blouson de cuir noir. Le tout, ma foi, assez troublant. On se regarde. Je ne baisse pas les yeux. C'est lui qui faiblit le premier. Je reprends donc ma tranche de cake en me léchant les doigts avec gourmandise, tout en ne le quittant pas de l'œil. Je rentre le ventre, fais gonfler mes racines. Je l'entends commander une bière au garçon du bar, puis il vient s'asseoir… à côté de moi. Je ne moufte pas, m'absorbe dans la contemplation du paysage. « Ô Meuse endormeuse et douce à mon enfance ! » Il se rapproche, presse sa jambe sur la mienne. Je ne bouge pas. Il rapproche tout son corps de mon corps, profite des secousses du train pour peser sur moi. Pour s'assurer de mon consentement silencieux. Je tiens toujours ma tranche de cake poisseuse entre mes doigts mais ne sais plus quoi en faire. Plus loin, le garçon du bar parle avec un collègue et nous tourne le dos. Le paysage défile et nous sommes seuls, absolument seuls. J'ai un désir fou qui me brûle les reins. Je ne pense plus qu'à ça. Qu'il me prenne. Qu'il m'écrase. Que je sente sa chair dure et bonne dans la mienne…

Je sais, ma mie, je sais. Tu penses que ce n'est pas raisonnable par les temps qui courent. Qu'on ne doit plus se laisser glisser dans le plaisir sous peine de danger de mort. Mais j'en avais tellement envie ! Et puis que vaut-il mieux ? Mourir à petit feu dans la cocotte-minute conjugale ou partir en tourbillon dans les flammes du désir ?

Pour être honnête, je ne pensais même plus. J'avais le creux des reins incandescent, les lèvres gonflées de désir, la nuque raide et les sens comme des petits becs d'oisillons qui réclament leur pâtée. Je reniflais le mâle lâché dans la savane. Et je voulais être lionne, tigresse ou girafe aplatie sous le ventre du fauve en rut ! On se lève. Sans rien dire. Soudés l'un à l'autre. Chaque cahot du train nous sépare puis nous projette l'un contre l'autre. Il n'y avait personne, je te dis, personne. Pour passer le premier soufflet, il m'empoigne par les cheveux et m'embrasse avec une telle violence que je me laisse aspirer tout entière. On est entrés dans le premier compartiment vide. On a verrouillé la porte et forniqué cul par-dessus tête jusqu'à Strasbourg…

TU ME PROMETS QUE TU DÉTRUIS CE FAX DÈS QUE TU L'AS LU ? PROMIS ? Arrivés à Strasbourg, on s'est rajustés. Sans parler. Pas un mot n'avait été prononcé si ce n'est des injures, des gros mots de cul bien gourmands, des ordres réjouissants qui te retournent le ventre et te rendent encore plus soumise, plus vorace, plus veule. On est sortis du compartiment sans se dire au revoir, à bientôt, comment tu t'appelles ou autres niaiseries de la sorte. J'ai sauté allègrement sur le quai, puis dans un taxi. Je me suis reniflée : je puais le sexe et la luxure. Grand-mamie a l'odorat fin et je me réjouissais à l'idée de sa mine perplexe. Ça n'a pas manqué : elle m'a embrassée en détournant la tête et m'a demandé de m'habiller pour le dîner du soir, les Machin et les Trucmuche étant invités. J'étais bien contente d'éviter le tête-à-tête sinistre avec les beaux-parents et lui ai promis de me rafraîchir sans délai. J'avais envie d'être seule pour me repasser le film. J'ai foncé sous la douche et j'ai savonné ce corps qui, il y a encore quelques minutes, se tordait sous celui d'un inconnu. J'ai fermé les yeux et, rien qu'à ce souvenir, je me suis mise à jouir, à jouir si fort que j'ai fini écroulée dans le bac à douche. Heureuse. Pure. Innocente. Lavée de tout ressentiment, de toute frustration. Pleine d'amour et de reconnaissance pour la race humaine, et pour l'homme en particulier. De la chambre, j'ai appelé Ambroise et lui ai murmuré des mots d'amour, des mots doux, des mots cochons. Il n'a évidemment rien compris et la conversation a bifurqué sur les enfants.

J'ai rejoint grand-mamie et grand-papi une demi-heure plus tard, dans le salon glacial (ils ne chauffent guère par souci d'économie), parfaite dans une petite robe noire avec collier de perles (je connais les goûts de la douairière). Nous avons échangé quelques banalités. Grand-papi réglait l'horloge Louis XVIII de la cheminée pour tromper son envie folle de whisky (il n'a le droit de boire qu'en présence d'invités). Grand-mamie vérifiait l'ordonnancement de la table et parlait d'un invité de dernière minute qu'il faudrait placer. Chouette ! j'ai pensé : une nouvelle proie à me mettre sous la dent. Je me régale à observer leurs amis. Ils sont si convenus, si petits culs serrés, si caricaturaux ! Ils votent tous Le Pen, je t'assure ! Tu dis « arabe » ou « juif », c'est comme si tu disais « bite, poil, couille » ! La sonnerie a retenti. Rosette, la petite bonne mauricienne (les Noirs ne sont tolérés qu'en domestiques sous-payés), a ouvert et les Machin se sont avancés suivis de leur rejeton qui n'était autre, mais tu l'auras deviné, que le jeune homme du wagon-bar !

— Voici Arnaud qui sort juste du train, a expliqué Mme Machin pour s'excuser d'imposer un convive imprévu.

— Quelle bonne idée de l'avoir amené ! a rétorqué grand-mamie, mais n'est-ce pas amusant, ma belle-fille aussi sort du train !

Ah ! Ah ! Ah ! se sont exclamées les vieilles chipies en secouant leurs bijoux. Moi, derrière leur dos, je regardais Arnaud. Il portait une veste, une cravate et une chemise blanche et il avait l'air parfaitement benêt entre ses deux parents. Il m'a dit : « Bonjour, madame ! » en tirant sur sa manche de chemise. J'ai répondu : « Bonsoir, Arnaud » en jouant la belle-fille modèle et je l'ai ignoré toute la soirée. J'avais du mal à réprimer un fou rire quand j'entendais sa mère l'appeler « Nono ». Il paraissait agacé mais ne bronchait point. À un moment, il a lâché un gros mot, sa mère l'a repris avec un petit sourire pincé. Il ne s'est pas excusé, m'a lancé un regard noir et j'ai ressenti à nouveau une boule de feu au fond du ventre. Pour un peu, je l'entraînais dans les chiottes de grand-mamie et on remettait ça ! Mais la conversation a repris sur le meilleur endroit à Paris pour faire monter des lames en inox sur de vieux couteaux en argent qui ne supportent pas le lave-vaisselle (chez Murgey, ma vieille, 20, boulevard des Filles-du-Calvaire. Si tu dis que tu viens de la part du restaurant l'Essile, ils te font des prix. Y a pas de petites économies !).

Voilà, mon ange, un aperçu de ma petite vie provinciale. Je passe du tiède au brûlant, de l'ennui conjugal au grand frisson. « L'équilibre engendre l'inertie. C'est du déséquilibre que naissent les échanges. » C'est un vieux proverbe hébreu et je trouve qu'il me va très bien. Alors au diable la prudence et les bonnes manières ! Mais j'aperçois le brave Paré qui se réveille de sa sieste. Il va s'ébrouer

et sa canette choir sur le tapis. Je cours le secourir…
(Lui ou le tapis ?!)

Sens-tu comme je l'aime davantage quand j'ai pu le faire souffrir ? J'ai l'impression qu'on est à nouveau à égalité, que j'existe en tant que personne. Qu'est-ce que c'est que l'amour, ma bonne et douce ? Et le désir ? Les deux vont-ils ensemble ? Le sais-tu, toi qui erres avec ton Rapha sans jamais arriver à te (à vous ?) décider ? Je te promets que je n'en ferais qu'une bouchée si je le rencontrais dans le train et si je ne te connaissais pas ! Il arbore un petit air « je sors juste du lit où j'ai baisé avec ardeur » qui me déclenche l'appétit depuis que l'eau m'est venue à la bouche au doux âge de treize ans. Mais t'es ma copine et ça, c'est sacré ! Pas vu, pas touché !

Je serai là vendredi prochain. J'espère que Lucille et Agnès seront présentes aussi. Pourrai-je dormir chez toi ? Ainsi, on jouera les prolongations de confidences…

Embrasse la belle Lucille si tu la vois avant vendredi. Ainsi que la bonne Agnès. Un coucou à Philippe avec bisou dans le cou et main dans la braguette ! (Non, je plaisante mais que veux-tu, j'ai trop d'énergie sexuelle non dépensée…)

Je finirai cette lettre demain, lundi, et te l'enverrai fissa par le fax. En attendant, plein de baisers doux d'une amie qui t'aime, qui t'aime et qui t'aime…

Joséphine

P.-S. : Lundi matin, neuf heures. Julie a quarante de fièvre et j'attends le médecin. Elle a gémi toute la nuit et je l'ai tenue dans mes bras. Elle répétait « maman, maman », se cramponnait à moi et je ne savais que faire. Ambroise était comme fou et prescrivait n'importe quoi ! J'ai pleuré en la serrant contre moi. La pauvre enfant a du mal à respirer et je suis dans tous mes états... Je te rajoute un mot dès que le médecin est parti. Ah ! l'épisode du train me paraît bien futile en comparaison de ce que je ressens ce matin !

DÉTRUIS CE FAX, C'EST UN ORDRE !

P.-S. 2 : Jeudi matin : Ça y est, tout est rentré dans l'ordre. Mais j'ai bien cru devenir folle... À demain soir...

Clara sourit et relit le fax avant de le réduire en petits morceaux. Joséphine a toujours aimé écrire. Clara n'avait pas compris quand elle s'était inscrite en fac de médecine. Ou plutôt elle avait compris qu'elle obéissait au vieux désir d'élévation sociale de son père qui rêvait d'avoir une fille médecin. Elle se renverse en arrière dans son grand fauteuil en cuir. Joséphine, Agnès, Lucille et Clara. Joséphine voulait être écrivain, Agnès attendait de pied ferme l'Homme Charmant qui serait son mari « pour la vie », Lucille priait pour réussir, « n'importe quoi mais sortir du rang », et moi ? Moi, je serai spéciale, je me disais. Spéciale en quoi ?

Le téléphone sonne à nouveau. Elle laisse le répondeur se déclencher. C'est Philippe qui veut savoir si elle a démarré la recette du poulet Cocody parce que, sinon, il a une autre idée. Derrière le ton léger de la proposition, Clara décèle l'inquiétude dans la voix de son frère. Elle décroche et le rassure.

— Tout va bien, mon bibi.

— Il va venir, t'en fais pas. Tu n'as qu'à congeler le poulet s'il ne vient pas ce soir...

Une fois encore, elle va l'attendre. Il peut tout aussi bien ne pas répondre, la laisser dans le silence de son indifférence. Je ne vais rien préparer, se ravise-t-elle, sinon, ça va me porter malheur, il ne viendra pas. Mais la gourmandise est la plus forte et elle se dirige vers la cuisine. L'homme de chez Darty a laissé sur le sol la saleté amassée derrière la cuisinière. Clara ramasse une crevette rose presque blanche, recroquevillée, intacte, qui lui rappelle les peintures de Rapha. Elle prend dans ses mains un bloc noir de crasse calcinée : on dirait de la lave de volcan, un bouchon de croûte éjecté du cratère. Dur, dentelé, brillant d'une poussière grise, et friable sur les bords. Elle le palpe longuement, le gratte du bout de l'ongle, cherche une ressemblance avec un animal ou un objet, et le met de côté pour le montrer à Rapha. Puis elle vérifie qu'elle a bien tous les ingrédients en cherchant sa recette dans son vieux cahier noir. Toutes ses recettes ont un point commun : elles lui ont été données par des gens qu'elle aime. Celle du poulet Cocody lui vient de Kassy. Elle l'a collée telle quelle dans son cahier et est toujours émue quand elle déchiffre la grande écriture penchée de Kassy.

Pour huit personnes :
Excuse-moi, ma doudou, je vois toujours les choses en grand ! Tu n'auras qu'à congeler le reste, c'est très bon réchauffé.
1 gros-gros poulet coupé en morceaux, 1 verre d'huile d'arachide, 5 oignons et quelques petits oignons blancs, 4 tomates (les peler dans de l'eau bouillante, la peau ne se digère pas), 1 piment, 1 verre de lait de coco, 6 cuillerées à soupe de pâte d'arachide, sel, 1 courgette, 1 jus de citron.
Frotter les morceaux de poulet au jus de citron. Les faire dorer dans l'huile. Les retirer momentanément pour faire revenir les oignons hachés et les tomates concassées à feu assez doux pour éviter que les oignons durcissent, remettre les morceaux de poulet,

le jus de coco et un peu d'eau pour que le tout « baigne ». Porter à ébullition puis réduire le feu pendant 15 minutes environ. Ajouter la pâte d'arachide amollie dans un peu d'eau bouillante, saler. Ajouter le piment et, coupées en morceaux, les queues des oignons blancs. Faire mijoter pendant 45 minutes. Ajouter un jus de citron à la fin de la cuisson. Servir avec du riz blanc garni de rondelles de courgettes frites à l'huile.

Chez nous, en Afrique, on le mange avec les doigts mais pour vous, hommes blancs, il faudra des fourchettes et des couteaux ! Que veux-tu, ma doudou, à force de vivre ici, je ne sais plus qui je suis : noir à l'extérieur, blanc à l'intérieur... J'essaie de grandir avec les deux couleurs mais de temps en temps je ne m'y retrouve plus ! Pense à moi chaque fois que tu mitonnes la bête, ma doudou que j'aime, ma doudou pour aller danser...

Elle donne un baiser léger à l'écriture raffinée de Kassy, l'écriture que lui ont enseignée les sœurs, en Afrique. Elle débouche les bouteilles. Verse du vin dans un grand verre, le fait rouler en bouche comme un sommelier maniéré, acquiesce de la tête et... Et comme entrée ? pense-t-elle soudain, chavirée. Elle feuillette son cahier noir et se décide pour des pamplemousses saupoudrés de sucre et passés deux minutes sous le gril du four.

— Je t'avais bien dit ce matin en te quittant que je t'appellerais ce soir...

— Oui, je sais.

— Eh bien, j'ai couru et je t'appelle...

Clara ne dit rien. Son silence embarrasse Marc Brosset, et il n'est plus aussi sûr de lui. Il court tous les soirs de sept heures quinze à sept heures quarante-cinq. C'est excellent pour maintenir le corps en forme et cela l'aide à penser.

— En courant, je réfléchissais à plein de choses… Au progrès, à la brebis clonée… Je me demandais si c'était un progrès ou non, si le progrès n'était pas devenu dangereux…

— On est tous en train de devenir des clones, répond Clara, ennuyée.

Il perçoit le ton boudeur, et met tout son entrain à faire rebondir la conversation.

— Comment ça, tous clonés !

— Ben oui… Tout le monde pense pareil, s'habille pareil, vit pareil… On va finir par tous parler anglais, bouffer des hamburgers ou des vitamines, devenir blondes et minces ou bruns avec des dents blanches. Toi, tu es un clone, un clone d'intellectuel qui voit son psy, s'écoute penser, analyse tout…

— Merci beaucoup ! Tu es charmante… riposte-t-il, piqué.

Elle ne répond pas.

— Clara, écoute… En courant, je me suis demandé si on…

Il doit faire attention à ce qu'il va dire. Elle pourrait s'effaroucher. Il faut respecter le rythme de l'autre. Donner quand il est prêt à recevoir. C'est très difficile de recevoir de l'amour. Aussi difficile que d'en donner. On n'y pense jamais. On croit que tout le monde réclame de l'amour à cor et à cri. Ce n'est pas juste. C'est une affaire complexe et il convient de savoir comment donner, comment doser, ne pas encombrer l'autre d'une demande excessive. Aimer… Mais être aimé par qui ?

— … si on ne pouvait pas se voir ce soir…

— Marc, je crois qu'il vaut mieux qu'on ne se voie plus du tout…

Il ne comprend pas tout de suite. Il a l'intuition que ce n'est pas une information agréable, une qu'il aimerait entendre à l'infini. Il s'essuie les mains, encore moites de transpiration, sur le bas de son pantalon, change l'écouteur d'oreille. S'assied, cherche à tâtons une cigarette puis se souvient qu'il a arrêté de fumer juste avant de la rencontrer. Se gratte la tête, se mordille les ongles. Louche sur le Lexomil qui se trouve à côté de sa lampe de chevet.

— Clara… Je ne comprends pas…

— Marc, je t'aime beaucoup mais je ne t'aime pas…

Cette fois-ci, il a entendu. Il a chaud, très chaud. Il a couru trop longtemps. La sueur ruisselle de son front, de ses aisselles, dessine des rigoles sur son ventre. Il fait passer son sweat par-dessus sa tête, s'essuie le front, s'ébroue sans lâcher le récepteur.

— Mais qu'est-ce que je vais dire à mes parents ? lâche-t-il dans un souffle.

— Que c'est de ma faute, que je les aimais beaucoup…

— Mais…

Il se rebiffe. On ne traite pas ses parents avec une telle désinvolture ! Ils l'ont accueillie comme leur fille, ils fondent de grands espoirs sur elle, ils aimeraient bien avoir des petits-enfants avant qu'ils ne soient trop vieux. Elle n'a pas le droit de se conduire de la sorte.

— Tu sais pourquoi tu fais ça, Clara ? se reprend-il tout à coup, se redressant, cambrant les reins dans une position de combat. Parce que tu as peur ! Peur de t'engager, peur d'avoir des enfants…

— Marc, c'est inutile…

Il va se battre. Il a investi trois mois de sa vie dans son histoire avec Clara et il n'entend pas se faire débouter ainsi. Il n'y a aucune raison pour qu'elle mette un terme à leur relation. Ce matin encore… Ce matin…

— Ce n'est pas normal qu'à ton âge tu n'aies pas encore fondé une famille ! Il y a une faille chez toi, une fêlure… Tu devrais aller voir mon psy, il t'aiderait.

— Marc…

— Ce n'est pas moi que tu n'aimes plus, c'est toi. Il y a quelque chose en toi qui ne tourne pas rond, que tu ne veux pas reconnaître… connaître à nouveau. Tu vas passer ta vie à répéter les mêmes erreurs si tu ne fais pas ce travail salutaire sur toi-même…

— Marc, c'est inutile…

— Il faut que tu donnes un sens à ta vie, que tu t'engages avec quelqu'un, qu'on fasse des enfants, qu'on ait un but ensemble… Un véritable but fait de chair et de sang… Des enfants, Clara !

Il s'aperçoit qu'il s'est trahi, arrête son discours, tend l'oreille vers le récepteur. Il entend alors une série de bip. Elle a raccroché. Il se laisse tomber sur le lit, enfouit son visage dans l'oreiller puis tend le bras vers le Lexomil.

Rapha se gare devant l'immeuble de Clara et lève la tête. Ses fenêtres sont allumées. Il reste de longues minutes, le front reposant sur le volant.

Il faut qu'elle soit la première à l'apprendre.

Elle a toujours été la première. Et c'est quand ils ont cessé de se parler que le malheur a pointé sa sale tronche. Des bouffées de souvenirs lui reviennent. Des attitudes, des odeurs, des expressions qui n'appartiennent qu'à eux. « La vie est un panier de Carambar »,

« Que le cul te pèle ! », « La vie, c'est le désir », « Nous, c'est Roux et Combaluzier ». Comme un vaste collage qu'il aurait pu signer « Clara et Rapha sont dans un bateau ».

Un jour, alors qu'ils marchaient tous les deux dans les rues de Florence, que son sac à elle venait cogner contre ses reins à lui, qu'il le repoussait d'un coup de hanche qu'elle prenait pour une invitation à rentrer à l'hôtel au plus vite, à foncer sous les draps et à recommencer encore et encore, ils avaient été arrêtés par une gitane qui leur avait lu les lignes de la main. Elle avait pris la paume de la main gauche de Clara et la paume de la main gauche de Rapha dans ses vieilles mains aux ongles rouges et écaillés, les avait palpées un long moment avant de laisser tomber d'une voix sibylline :

— *La vostra fortuna si fermerà il giorno in cui vi voi lasciati...*

— Qu'est-ce qu'elle dit ? Qu'est-ce qu'elle dit ? avait demandé Clara.

Il avait traduit les mots de la gitane. « Votre chance s'arrêtera le jour où vous vous séparerez. »

— Mais on se séparera jamais ! s'était exclamée Clara en haussant les épaules comme si la diseuse de mauvaise aventure était complètement à côté de la plaque.

— Et alors vous irez tous les deux de votre côté et le malheur vous accompagnera, avait ajouté la femme en laissant retomber leurs mains.

Rapha lui avait donné dix mille lires pour qu'elle s'en aille. Dix mille lires pour conjurer le mauvais sort. Clara riait, disait : « C'est impossible, Rapha ! C'est impossible ! » et son sac revenait lui heurter la hanche mais il ne le renvoyait plus contre sa hanche à elle.

— Allez ! Tu vois bien qu'elle est nulle, elle dit n'importe quoi !

— C'est un mauvais signe… Toi qui crois aux signes, avait maugréé Rapha.

— J'y crois quand ça m'arrange !

Elle avait commandé un Gelati Motta à la vanille avec des copeaux de chocolat.

— Pourquoi es-tu si sûre de toi ? avait-il demandé en tremblant.

— Parce que je le sais. On ne se séparera jamais. Je peux pas vivre sans toi et tu peux pas vivre sans moi. C'est aussi simple que ça. Elle le sait pas, ça, la romanichelle, elle croit qu'on est un couple comme les autres. Et pis d'abord, on n'est pas un couple, Rapha, on est des siamois, et les siamois, pour les séparer, il faut qu'ils soient tous les deux d'accord. D'accord ?

Elle donnait de grands coups de langue à sa glace qui dégoulinait sur ses doigts, se léchait jusqu'au poignet. Puis la glace coulait jusqu'au coude, elle s'essuyait d'un revers de l'autre main et repartait grignoter le bout de cornet en biscuit qui lui restait. Rien de ce qu'elle faisait ne le dégoûtait.

Elle devait avoir dix-huit ans. Ils étaient à Florence. C'était leur premier voyage. Lucien Mata avait payé ce voyage. Comme d'habitude. Il achetait tout. Et chaque fois qu'ils repartaient vers une nouvelle ville étrangère, il insistait pour leur envoyer de l'argent à l'agence de l'American Express. Rapha ne voulait jamais y aller mais Clara l'entraînait. « J'y vais, moi, j'y vais. Je prends l'argent et tu n'as qu'à ne pas me demander d'où il vient. C'est tout. Il a tellement d'argent, ton père, Rapha. Il faut qu'il circule ! Il s'achète une bonne conscience parce qu'il ne s'est jamais occupé de toi, et nous, on se paie de bonnes trattorias et on dort dans des cinq-étoiles… Tout le monde y trouve son compte. »

Clara avait toujours une explication pour tout. « Il n'y a pas de plus gros péché que de passer à côté du désir, Rapha. C'est même un péché mortel… Écoute, on est jeunes, on s'aime, la vie est belle et on irait dormir dans des auberges de jeunesse où on doit s'étreindre en cachette sous prétexte que tu ne veux pas de cet argent ! Rapha, regarde le ciel, regarde la terre, regarde la couleur des murs de Florence, ils nous disent tous de profiter, de s'en mettre plein les yeux, plein la peau, du bonheur ! Profitons, Rapha, profitons ! »

Ils profitaient. Il se disait qu'un jour, un jour, ses dessins se vendraient, ses toiles s'arracheraient et il le rembourserait au centuple, Lucien Mata. Clara s'engouffrait derrière les portes vitrées de l'American Express et en sortait en agitant un paquet de billets. Elle avait la mine joyeuse d'un gangster qui vient de voler une banque. Elle l'embrassait dans le cou, dans les cheveux, sur la bouche, jusqu'à ce qu'il se déride et l'enferme dans ses bras.

Ils en avaient fait, des villes et des villes à la recherche de musées, de petites églises bourrées de chefs-d'œuvre, de remparts ocre et rouge, de palmiers verts ou déplumés, d'amas de pierres brûlantes sous le soleil. C'est Clara qui lisait les guides, lui, il tenait le volant. Elle avait sa collection de cailloux, de cristaux, de fossiles et de minéraux, il grattait des croquis sur ses petits carnets à spirale. Le soir, ils comparaient leurs trésors, les assemblaient, les confrontaient. Il avait découvert le bleu au Maroc, le rouge à Sienne, l'ocre dans les sables du désert au sud de l'Algérie, le blanc en regardant, sur un banc à Brooklyn, Manhattan dans la brume. « Le vert est trop lourd, il entraîne l'humeur vers le bas, il rend triste et irritable alors que le bleu… » Elle approuvait. Il partait vers un univers de bleus, de blancs, porté par son audace à elle qui l'entraînait toujours vers de nouvelles destinations. À New York, il n'avait dessiné que des trous, des craquelures, des carcasses mortes et calcinées, des ouvertures béantes, des silhouettes d'hommes écroulées sous des cartons. Elle était tombée en arrêt devant les gratte-ciel en verre, les angles à quatre-vingt-dix degrés des avenues et des rues, le jaune des taxis, le mélange des turbans, des boubous, des Nike et des jeans. Elle avait été fascinée par les sculptures toutes blanches de Louise Nevelson. Ils avaient eu envie d'Afrique, de l'Afrique sauvage et noire. Leur ami Kassy leur parlait souvent du Soudan, du Mali, de la brousse en Côte-d'Ivoire. Il était arrivé d'Abidjan à Paris, à quinze ans, pour faire des études. Il devait être recueilli par un oncle qui l'avait jeté hors de chez lui, un an après. Il avait échoué dans un squat à Bagneux où il survivait en multipliant les petites escroqueries : Cartes bleues piratées, petits casses, marchandises « tombées du camion » et revendues à bas prix. Ses parents étaient restés là-bas, dans leur case, au nord d'Abidjan, dans la brousse en pleine forêt tropicale. Ses doigts étaient longs, fins, fragiles comme du verre, ses paumes blanches comme le lait. Rapha et Clara se retrouvaient souvent dans le squat de Kassy, rempli d'étoffes bariolées, d'instruments de musique, de bacs à douche, de chaînes hi-fi, de magnétoscopes, d'auto-radios ou de télés qui s'empilaient dans un coin en attendant que Kassy aille les négocier au « marché aux voleurs ». Au début, Clara fronçait le nez. Elle disait qu'on ne vole pas le bien des autres. « Je ne prends qu'aux riches, expliquait Kassy, ils ne s'en aperçoi-vent même pas ! Et même je vais te dire : je touche jamais aux chambres d'enfants ! – Oui mais ce sont des types comme toi qui alimentent le racisme et la peur et la violence et Le Pen et tout et tout... – Très bien, sister, trouve-moi un boulot où ils prennent un nègre sans papiers et sans diplômes ! »

Quand il ne volait pas, Kassy traînait sur les parkings de sa cité avec son Walkman sur les oreilles. Il écoutait du reggae, il dealait de l'herbe, des chemises Lacoste, des parfums fauchés dans les magasins, des sweats avec « marque ». Il n'avait jamais touché aux drogues dures. Quand Raphaël avait quitté le lycée, il avait traîné avec lui. Il voulait être musicien. Il fumait les joints que lui roulait Kassy. Il l'écoutait parler de son pays, de sa mère, de son père, des pagnes dont le tissu venait de Hollande ou de Mulhouse, des gens qui s'endormaient tout ficelés pour éviter, la nuit, la piqûre des moustiques de la brousse, du cri des oiseaux, des margouillats, ces gros lézards à cou orange qui respirent en faisant des pompes avec leurs pattes avant, des mères qui lavent leur bébé à grande eau dans des bassines, qui les tournent, les retournent comme des paquets de linge et les talquent des pieds à la tête. « C'est fou ce qu'on se lave là-bas… Au début, je trouvais les Français très sales… En Afrique, on a une grande idée de la France et quand je suis arrivé ici, les Français m'ont regardé comme si j'étais tout petit… »

Ces images collaient à la musique de Kassy, se mêlaient dans sa tête à l'herbe des joints. Ils passaient des heures sur le parking. À se faire jeter par les minettes de la cité parce qu'ils n'avaient pas de blé, pas le bon look, pas les manières de caïd. Parfois le grand-père Mata venait les chercher et ils prenaient le métro pour Paris. Il les emmenait à Beaubourg, au Jeu de paume, au Louvre, et Rapha se souvient du jour où il avait murmuré à son grand-père qu'il avait l'impression que les tableaux le regardaient, lui, le petit Rapha de Montrouge. La main de son grand-père s'était immobilisée sur sa nuque comme s'il avait remporté une première victoire sur le parking. À la sortie, il lui avait acheté le catalogue de l'exposition. Un gros catalogue sur Braque que Rapha avait gardé dans sa chambre. Il n'était plus retourné sur le parking. Il avait demandé à Kassy de lui faire de la place dans son squat pour « faire sortir les couleurs qu'il avait dans la tête ». Ce n'était rien de précis, plutôt une envie violente d'empoigner la vie. Il avait eu le sentiment qu'à trop traîner sur le parking, il allait basculer dans le vide. Il avait commencé à travailler des couleurs, le rouge surtout. L'orange. Il n'avait plus arrêté de peindre. Et Clara l'encourageait.

Un jour, ils étaient à Venise, c'était des années plus tard, bien des années plus tard, ils n'avaient pas perdu l'habitude de voyager. Il avait son petit carnet de dessins et il faisait des croquis de palais, de colonnes, de visages croisés dans les rues, de linge qui sèche entre deux immeubles, il copiait des couleurs, des formes, des taches de lumière, des ombres. Elle observait les ruelles, les tommettes, malaxait la terre entre ses doigts, effleurait un vieux verre irrégulier, ébréché, l'inclinait pour qu'il renvoie la lumière, elle caressait la pierre, elle faisait des photos. Ils pouvaient parler jusqu'à trois heures du matin de tout ce qu'ils avaient vu dans leur journée. Ils parlaient trop. Le désir se perdait dans tous ces mots et quand ils s'endormaient, ils n'avaient plus la force d'inventer d'autres jeux de peau contre peau, de bouche contre bouche. Clara haussait les épaules quand il le lui signalait, l'air de rien, au détour d'un dialogue. Elle disait : c'est pas grave, on a le principal, on a l'amour qui ressemble à personne. Je ne peux pas vivre sans toi, Rapha, je ne peux pas respirer sans toi, voyager sans toi, apprendre sans toi, rire sans toi, le désir reviendra… Parfois, elle avait raison, il revenait. Il faisait irruption et les clouait au lit, contre un mur, derrière une petite église. Puis il repartait.

Rapha comptait les jours. Clara le traitait d'apothicaire. Comme un comptable méticuleux.

Je n'aimais pas que le temps passe et que le désir s'use. Je lui disais qu'il fallait baiser tous les soirs pour ne pas se perdre de vue. Il m'arrivait de me comporter comme une vraie gonzesse. Je me détaillais dans la glace, de face, de profil, de trois quarts, et je me demandais si j'étais séduisant. Je faisais des mines, je m'arrachais les poils des narines, je fronçais les sourcils. Je me tâtais les muscles des bras. Il y a des filles qui sont folles des biscottos. Je m'étais acheté un rameur. Je m'en suis servi trois fois. À cause d'elle, je me posais plein de questions. Je n'étais plus du tout sûr de moi alors que, il faut le reconnaître, il m'arrivait de me trouver séduisant. Ou, pour être plus précis, de vérifier dans le regard d'autres filles que je leur plaisais. Avec elle, je n'étais plus sûr du tout. Un mec paumé qui dépend du regard d'une seule fille pour avoir sa carte d'identité.

Il la faisait s'allonger sur ses toiles et peignait son corps nu dans toutes les positions comme pour immobiliser le désir. Le retenir. Elle se laissait faire, heureuse et passive. Elle lisait un livre, rêvassait, mangeait une tartine de Nutella, il la plaçait, la déplaçait, la retournait, la barbouillait de peinture. Elle roulait sur la toile ; elle inventait le tourbillon. La peinture de Rapha était devenue un vrai champ de bataille. Ce n'était plus une surface plate recouverte de couleurs. C'était une guerre. La guerre pour figer le désir. Sa seule idée quand il prenait ses pinceaux. Une idée assez confuse mais qui lui donnait envie de démarrer. Ce n'était qu'au fur et à mesure qu'il travaillait et même, parfois, après coup quand la toile était sèche, que les explications arrivaient et qu'il comprenait ce qu'il avait voulu faire. C'était plus fort que toutes les théories. Une fatalité. Et s'il donnait l'impression de faire des séries, de répéter toujours le même tableau, c'était uniquement par maladresse. Parce que le désir ne se laisse pas attraper comme ça. Une toile pouvait partir d'un mégot qu'elle avait planté dans un coin, un mégot suivi d'un regard lourd, un regard comme une bosse, une bosse qui devenait pastèque, et il suivait la pastèque, revenait au mégot, pour oublier le mégot et la pastèque et repartir vers autre chose. Un bras replié ou des yeux qui se ferment de sommeil. Les yeux de Clara piqués de soleil et de taches de mer. Les jambes de Clara qui s'ouvrent. La toison noire, drue de Clara. La bouche de Clara gonflée et saignante comme de la viande accrochée à l'étal d'une boucherie. Une bouche qui donne envie de mordre, de la découper, de tailler dedans, de la faire crier. Clara, c'était sa matière. Sa chair. Douée pour recevoir la vie, pour la faire circuler de son corps à elle à son corps à lui. En un sens, elle avait été son initiatrice. Il portait toutes les cicatrices de son désir pour elle. Elle restait lisse. Elle était libre, si libre. Il lui enviait cette liberté. Libre et solitaire même si elle disait ne pas pouvoir se passer de lui. Elle pourrait vivre sans moi, pensait-il en regardant sa bouche de dévoreuse, et cette pensée lui retournait les entrailles. Je m'éteindrais sans elle. Je deviendrais sec et stérile.

Alors, quand elle voyait passer un homme qui lui plaisait, quand il n'arrêtait pas de marcher dans sa tête, qu'il s'incrustait, quand son regard devenait vague, que ses yeux se perdaient au plafond, elle s'appuyait contre Rapha… « Ça recommence, Rapha, ça recommence. Je crois que j'ai envie… Très envie. Rapha, s'il te plaît… c'est pas de l'amour, je l'aime pas, c'est que du désir… » Elle avait l'air si déchirée, si malheureuse. Elle se frottait les mains pour se laver de sa faute. Elle disait que c'était pas bien, qu'elle avait honte, mais elle préférait encore qu'il sache. Elle voulait pas mentir. Pas pour le faire souffrir mais pour qu'il la connaisse tout entière. Qu'il la prenne tout entière avec sa saleté de désir.

« Tu es bon, Rapha. Tu me donnes tout, tu ne me juges jamais, et pourtant, regarde, je te fais mal. Je te trompe, je te le dis, et même si tu m'en empêchais, si tu m'attachais, me bâillonnais, je partirais… Je sauterais par la fenêtre, je volerais une voiture mais j'irais retrouver l'autre dont j'ai si envie… C'est plus fort que moi, Rapha. Je m'en fiche de te savoir malheureux… et pourtant, je suis sûre que je n'aime que toi. »

Elle ne lui cachait rien d'elle, elle se lavait devant lui, faisait pipi devant lui, se démaquillait devant lui et pourtant, elle restait son mystère. Il la laissait partir. Il se réfugiait chez Kassy, se recroquevillait dans un coin, mettait à fond la musique, il prenait ses pinceaux, il refaisait le parcours du désir autour du corps absent, il attendait qu'elle revienne en fumant l'herbe que Kassy faisait pousser dans des grands pots de terre sur le rebord de la fenêtre, qu'il séchait dans son four pour la rouler ensuite en de longues cigarettes.

Elle revenait. Toujours. Elle se faisait toute petite. Elle lui prenait le bras. Il l'envoyait valdinguer. Elle s'accrochait, lui parlait comme à un petit enfant : « Mais c'est toi que j'aime, toi que j'aime par-dessus tout… » Il partait. Il ne pouvait partir que lorsqu'elle était revenue. Il allait faire un tour. Ça pouvait durer un ou plusieurs jours. Il lui arrivait de baiser d'autres filles. Mais il revenait toujours. Ils se retrouvaient toujours. Et c'était beau quand ils se retrouvaient. C'était comme une première nuit. Personne ne comprenait leur amour. Mais eux, ils savaient. C'était leur manière à eux de rester en vie. Lui, quand elle partait, il était trop malheureux pour faire des discours. Il lui écrivait de longues lettres où il demandait des comptes, des explications, émettait des hypothèses, supputait, calculait. Elle les lisait à son retour. Répondait et expliquait. Les femmes sont bien plus douées pour les mots, pour disséquer leurs émotions, leurs sentiments, leur désir. Il avait appris ça d'elle, aussi. À trouver le mot juste et la couleur qui allait avec.

Un soir qu'ils étaient en panne de désir, c'était ce soir-là à Venise, il se rappelle très bien, c'était le 8 août 1988, que des huit, des huit qui font des boucles, qui tournent en rond, qui se mordent la queue, ils étaient partis traîner dans des bars. Elle était à l'affût d'un regard, d'une main d'homme et il se tenait déjà à l'écart. Il observait son corps à elle tendu et ferme, juché sur ses hauts talons en liège, avec sa petite robe de trois sous, attendant, suppliant que le désir éclate. Aucun homme amoureux ne peut supporter que le corps de celle qu'il aime à la folie soit saccagé par un autre. Elle avait beau me ressasser Jean-Paul Sartre et Simone de Beauvoir, les amours contingentes et l'amour principal, j'avais beau essayer de m'en convaincre, la souffrance restait la même, intolérable et brûlante.

Ce soir-là, un homme était affalé sur le comptoir d'un bar. Il racontait sa vie. Que de la misère ! De la misère bien épaisse et classique. Le boniment d'un inconnu pris de boisson dans un bar, un soir. Tellement convenu qu'il se disait qu'elle ne marcherait pas cette fois-là ! L'homme balbutiait que sa femme était à l'hôpital, que ses enfants n'avaient rien à manger, *piccoli bambini*, qu'il n'avait pas de travail et qu'il n'osait pas rentrer chez lui de peur d'affronter le regard de ses petits. *Piccoli bambini, piccoli bambini*. Il pleurait en agitant ses doigts serrés comme un bouquet de fleurs. Il était grand, fort, débraillé, une lueur sauvage dans les yeux. Clara regardait les doigts qui suppliaient, Clara écoutait, la tête penchée comme pour mieux permettre à ces mots étrangers et pleurnichards de pénétrer dans sa petite tête de Française affamée. Rapha avait détourné le visage. Il ne voulait pas voir. Il ne voulait pas être complice. Jamais, il lui avait dit, jamais je ne serai complice. Je veux bien entendre mais je ne veux pas comprendre. Elle était toute torsadée, tendue vers l'homme et son malheur, avec son grand sac qui pendait sur sa hanche. Il imaginait un tableau tout noir, avec des cercles noirs et rouges, des cercles de malheur et de désir, des cercles bien épais avec des bosses, des cercles qui s'entrechoquent et jamais ne s'apaisent. Il avait envie de rentrer à l'hôtel pour dessiner tous ces cercles. Et puis tout d'un coup, il avait entendu le balancement du grand sac contre le bois du bar. Il s'était retourné pour voir Clara verser le contenu du sac sur le comptoir. D'un grand coup de hanche. Elle lui avait donné tout l'argent liquide qu'ils avaient sur eux. Tout. Elle avait vidé leur argent dans les mains de l'homme sans rien dire. Rapha avait éclaté de rire. Il l'avait soulevée par la taille, l'avait fait tourner dans le bar, Clara, Clara, il répétait comme un fou, et le désir était revenu. Ils étaient sortis dans la nuit noire, il l'avait prise contre le mur. Une illumination dans la nuit. Il entendait les pas de l'homme sur les pavés inégaux, l'homme qui s'éloignait et promettait de loin en loin de les rembourser. « Dans deux jours, je vous le rendrai, c'est promis, dans deux jours. » Il la tenait ferme contre le mur, jambes ouvertes, robe relevée, tête qui bat contre la pierre. « Ici même, dans deux jours… » « Oui, oui… disait Clara. Encore… Encore… » Ils avaient trébuché jusqu'à l'hôtel et toute la nuit, ils avaient fait des cercles rouges avec leurs deux corps. Il chantait en la prenant, la traitait de pute, de chienne, de soleil, de roue noire, il délirait et elle se tordait en une autre arabesque violente et dure. Il avait la tête qui tournait, il ne voulait pas que ça s'arrête, il lui donnait des claques quand elle faiblissait, quand elle interrompait la ronde des cercles, la ronde du plaisir. Elle le tirait par les cheveux quand il criait pouce, le mordait pour lui faire mal, pour qu'il revienne à lui et la reprenne. Il l'agrippait, furieux, et la retournait. Toute la nuit. Toute la nuit. Leur dernière nuit de bonheur innocent… le 8 août 1988.

Le lendemain matin, il avait fait un dessin de l'homme affalé sur le bar, une masse noire, tordue, terrifiante. Il voulait revoir son modèle pour lui voler encore du désir. Ils étaient retournés dans le bar. Ils l'avaient attendu. Un soir, deux soirs, trois soirs…

Il n'était jamais revenu. Clara avait dit : « Tant pis, on inventera autre chose. » Rapha lui avait souri. L'argent du signor Mata était allé nourrir le ventre gras d'un escroc. Juste retour des choses. Il n'y a que les êtres gras qui prospèrent ici-bas. Plus c'est gras, plus ça mange, ça dévore, ça ramasse tout sur son passage. Ils étaient restés assis à la terrasse du café à attendre l'homme toute la soirée. Heureux et repus. Ils se tenaient la main et ils tenaient le monde dans ces deux mains. Autour d'eux, il y avait des dizaines de couples qui buvaient des cafés ou mangeaient des glaces. Des dizaines de couples mais pas un comme Clara et moi, s'était dit Rapha. Il regardait passer les filles. Filles avec des bras nus, filles avec des jambes nues, filles décolletées, filles pas décolletées, filles moches, filles pas moches, filles qui riaient, filles qui attendaient, filles qui le regardaient avec des airs d'allumeuses, filles qui l'ignoraient avec des airs d'allumeuses, filles qui allaient se marier avec des crétins ou des pas crétins, avec des cavaleurs ou des pas cavaleurs, filles qui perdraient leur beauté à force de vivre avec des abrutis qui ne les regarderaient plus jamais comme ce soir-là. Il les imaginait mariées avec un mec qui crie, qui envoie des torgnoles aux *bambini*, qui va pleurer dans des bars. Des types qui mettent jamais les pieds dans les églises et les musées, qui lisent jamais un bouquin, des types qui se traitent d'enculés les uns les autres, qui parlent de leur voiture ou de football, qui font des paris, déversent leur rage et leur impuissance sur leur femme, le soir, à la maison. Et au milieu de toutes ces filles, il y avait Clara qui disait : « Tant pis ! c'est la vie… Mais tu sais, la prochaine fois, c'est sûr, je recommencerai… »

Elle ne savait pas résister. Elle disait que c'était trop tôt dans sa vie pour se faire une raison. Elle devait avoir vingt-huit ans. Elle avait vingt-huit ans, il s'en souvenait bien parce que, après, il avait fait le compte et s'était dit qu'ils avaient tenu onze ans. Onze ans de vie ensemble. Même pas un chiffre rond !

Cette fois-là, après ce 8 août 1988, à cause de ce 8 août 1988, il avait fallu aller chercher de l'argent. Il avait décidé d'aller lui-même à l'American Express. Il n'avait plus le dégoût de son père, il s'en foutait, un point, c'est tout. Lucien Mata lui était sorti de la tête. Grâce à un escroc italien qui leur avait procuré leur plus belle nuit d'amour. Il ne pouvait pas expliquer pourquoi mais, cette nuit-là, il avait touché le Ciel, les étoiles, la Voie lactée et tout le barda qui scintille là-haut. L'ombre de son père ne pesait plus sur ses épaules. Il s'était redressé. C'est drôle comme des événements qu'on souhaite de toutes ses forces, qu'on attend depuis des années se produisent comme par enchantement. « Les idées qui changent la face du monde arrivent sur les pattes d'une colombe. » C'était une phrase de son grand-père quand il racontait la révolution d'Octobre.

Il fanfaronnait presque ce matin-là. Il sautillait dans la chambre d'hôtel, fredonnait *Don't be cruel*, imitait

Elvis le Pelvis en faisant semblant de se passer un peigne dans les cheveux. Clara l'observait, ramassée sous les draps.

— T'es sûr que tu veux y aller ? avait-elle demandé, inquiète.

— Sûr et certain… je n'ai plus peur de rien. *I am the King!*

— Mais je peux y aller, moi. Je sais comment on fait…

— Tu restes là à m'attendre…

— Ça va nous porter malheur que tu touches toi-même à cet argent…

Avec l'argent, il y avait une lettre. Une lettre de Lucien Mata à Clara Millet. Lucien Mata disait à Clara Millet qu'il voulait la retrouver, la toucher comme dans le petit bureau des Champs-Élysées, toucher sa chair chaude et douce ; si jamais, si jamais ça n'allait plus avec son fils, alors il viendrait et ils feraient le tour du monde ensemble. Lucien Mata qui pouvait tout acheter.

Il avait jeté la lettre dans la poubelle du bureau de l'American Express. Il était passé à l'hôtel pour régler la note et lui laisser de quoi rentrer en France. Correct, très correct. Presque détaché tellement il sentait la douleur lui ravager les tripes. Coupé en deux. Le Rapha qui paie, qui consulte l'horaire des avions et celui qui hurle, bouche fermée. Il n'avait pas mis de mot avec l'argent. Elle était devenue une fille comme ces millions de filles qui passaient et repassaient devant lui. Pire même, une qui traîne les savates et joue les princesses, une tricheuse qui fait semblant de tout déballer et se garde une poire pour la soif ! Depuis combien d'années elle faisait le tapin avec le vieux Mata, un tapin bien organisé qui la mettait à l'abri, qui puait le mensonge, les arrangements ? Une mante religieuse qui suçait le blé du père et le recrachait dans le sang du fils. Complicité, caresses, éternité, *I love you, I love you* à en mourir, du charabia où il s'était englué comme un benêt. L'homme est un pauvre couillon face à la rouerie des femmes. Il avait tout gobé, et elle, pendant ce temps, elle s'amassait un petit magot avec les sous du vieux pépé à cigares. Elle n'avait même pas l'honnêteté de la vraie cochonne qui montre son cul et ses mauvaises manières. Du rhabillé, du déguisé, du toc, du Saint-Sulpice qui fait la manche. Et lui, le vieux pépé avec sa carapace chromée de producteur bien assis, bien posé sur ses fesses joufflues, il devait jouir de tenir son fils à sa merci. Par les couilles, il le tenait. Rapha délirait. Il dégueulait sa douleur pour qu'il ne reste plus un gramme d'elle sur sa peau, dans son cerveau. Qu'il devienne sec et cassant. Il dégueulait onze années de mensonges.

À Paris, elle avait dormi sur le paillasson de son atelier jusqu'à ce qu'il lui ouvre la porte. Il l'avait regardée, impassible, et lui avait dit que c'était fini. Fini, Clara, fini. Notre amour n'était pas plus fort que tout. On s'est trompés. Y en a une autre. Ce n'est pas ma faute. Elle avait pleuré, supplié, était restée là, couchée devant sa porte. Il n'avait rien dit. Il était parti tout droit vers l'Afrique, vers la case de Kassy dans la brousse, parce que là-bas ils n'étaient jamais allés ensemble. Il n'y était jamais allé du tout. Il avait passé six mois sans peindre. À faire table rase du passé. À baiser des filles sans importance, des filles drapées dans des pagnes *fancy*, des filles qui venaient du Mali pour chercher du travail en ville, à Abidjan. À regarder des lianes et des arbres moussus, serrés, emmêlés. Du vert, que du vert, du vert bien épais, du vert qui pourrissait dans sa tête, qui l'emportait jusqu'au fond. Il se laissait couler. Il attendait que le malheur le lessive. Il restait prostré dans la case misérable de Kassy, à regarder les gens. Les gens de la forêt étaient trapus, courts sur pattes, musclés. Il se raccrochait à eux, à leur force. Se laissait envelopper dans les bras de la maman de Kassy qui ne disait rien mais le berçait en lui racontant les légendes de la forêt. « Ce sont eux, les petits trapus de la brousse, que les premiers négriers ont raflés en priorité. Mais les plus intelligents sont restés parce qu'ils se sont cachés dans la forêt », disait-elle en lui caressant la tête, en lui frottant le dos, les bras et les jambes avec de l'huile qu'elle tirait d'une grosse jarre en terre cuite. Elle l'enveloppait dans sa chair chaude, elle le nourrissait de foutous ou d'attiéké, elle lui faisait des soupes de poisson claires et parfumées, des poulets tout maigres, des poulets « bicyclettes », rôtis, frottés aux épices. Elle n'avait rien et elle partageait tout.

Petit à petit, il s'était déplié. Il s'était lavé à grande eau dans la bassine de maman Kassy, il s'était levé, il avait mis une chemise propre. Il avait accompagné papa Kassy dans la brousse. Là-bas tout était poussé à l'extrême, il était toujours en déséquilibre, à la limite de tout, sans passé, sans avenir, rien que du présent qui nettoyait sa peau et sa tête par la violence des pluies, des fièvres, des termites rongeurs, des moustiques, des cafards et tout à coup une sorte de bonheur comme un éclair qui lui redonnait le goût de voir, de toucher. Une lumière aveuglante, des milliers de blancs, de bleus, de jaunes, de rouges, qui se posait sur le paysage. Des souches mortes, des mouches vibrionnantes, de la terre, des matières organiques, des racines, des fruits, des fibres, de la nourriture qui en était comme irradiée, illuminée. Le désir de peindre revenait. Mais un désir plus grand, plus universel, un désir qui sortait de son ventre et explosait sur ses toiles. Il peignait sur n'importe quoi, des cartons gondolés, du papier d'emballage, des vieux linges, avec n'importe quoi, du goudron fondu, de la terre rouge, du pollen de fleurs séché, des feuilles vertes écrasées, des gueules de poissons bouillis, des abats sanguinolents. Tout ce que maman Kassy lui rapportait des cases environnantes. Et quand il n'avait plus rien, elle allait voler pour lui des couleurs à Abidjan ; elle savait comme personne se faufiler sur un marché et dérober des pots de peinture, des supports qui lui servaient de toiles, des plaques de bois blanc ou de métal, des peaux tannées, du parchemin, des draps qu'elle piquait chez les sœurs missionnaires ; elle revenait à pied, chargée comme une chiffonnière, des ballots sur la tête, sur les épaules, les pots de peinture dans les bras. Elle déposait ses trésors à ses pieds et s'accroupissait à deux, trois mètres de lui. Elle restait des heures à le surveiller, à chasser les mouches de son visage, sans cligner des yeux pour ne pas le perdre de vue une seconde.

Un jour, il fit un tas de ses dessins, de ses peintures, les roula, les enveloppa et les envoya à Paris chez un type qui avait une galerie et avait exposé ses dessins autrefois, il y avait longtemps, si longtemps... Il montra trois de ses toiles au milieu de celles d'autres artistes. Elles furent achetées tout de suite. Il lui écrivit pour en demander d'autres. Et joignit un contrat. Il aurait signé n'importe quoi.

La gitane avait tort : c'est à partir de ce jour-là que la chance lui avait souri. Le type connaissait une de ces femmes qui font et défont les modes à Paris. Une femme très riche, qui avait une fondation et lançait des jeunes artistes, qui savait flairer le talent là où il se trouvait, et le vendre. On racontait qu'il fallait d'abord passer par son lit mais, pour Rapha, tout le monde sut que ce n'était pas le cas. Cette dispense ajouta au succès et à la légende de Rapha et il fut lancé comme

LE GÉNIE, le nouveau Jean-Michel Basquiat. On murmura qu'il sortait de sa banlieue, qu'il était black, junkie dans la jungle et sa cote s'envola. À la boîte postale à Abidjan, Rapha recevait les comptes rendus, « à la dernière FIAC tes toiles sont passées, dans la même journée, d'un stand à un autre puis à un autre et ainsi de suite, en doublant les prix à chaque fois ». Il lisait les photocopies des articles dans les journaux. L'éclaboussure des poncifs ! Qu'est-ce qu'il se marrait en lisant ce qu'on écrivait sur lui. Une diarrhée théorique ! Des idées d'académiciens anémiés. Des types qui ne font rien de leur vie et qui attendent tout d'une œuvre d'art ! Impitoyables avec l'artiste, si complaisants envers eux-mêmes ! Il n'avait pas d'idées, il peignait comme les mecs de Lascaux. Avec ce qu'il trouvait sous la main.

Le type disait qu'il avait plein de pognon qui l'attendait. Et des propositions d'expositions partout. Leo Castelli s'était déplacé de New York pour voir son travail. On se bousculait pour le connaître, avoir une adresse où le joindre. Mais on ne le trouvait jamais. Il ne répondait pas. Il continuait à peindre. À se laisser porter par la violence qui se déversait sur les toiles, les cartons, les souches de bois, les linges blancs de maman Kassy. Il lui semblait qu'il n'en aurait jamais fini avec sa colère.

Il était encore resté quelques mois dans sa brousse. Il avait demandé qu'on confie son argent à grand-mère Mata. Elle saurait y faire. Elle l'avait toujours soutenu. Quand il avait voulu arrêter ses études parce qu'il n'apprenait plus rien, qu'il s'ennuyait sur les bancs du lycée, que ce n'était pas la vie telle qu'elle lui avait apprise, elle l'avait écouté et, après un long silence, avait déclaré : « Fais ce qui te chante et tout chantera en toi. » C'était simple de se comprendre avec elle. Un jour, il reçut une lettre. Une lettre où elle avait recopié la parabole des talents. À la fin de la lettre, il y avait un point d'interrogation.

Il était rentré. À Montrouge, il avait acheté un atelier. Pas loin de la rue Victor-Hugo. Grand-père Mata et grand-mère Mata se faisaient vieux. Ils avaient besoin de lui et ça aussi, c'était primitif et vrai. Tenir les mains déformées de sa grand-mère dans les siennes, reprendre les vieilles discussions sur l'effondrement du Parti communiste, sur leur banlieue qui changeait, qui allait à vau-l'eau, les mères qui ne s'occupaient plus de leurs petits et couraient les boîtes de nuit bourrées d'ecstasy, les pères qui disparaissaient après avoir craché leur semence, les ados qui traînaient dans les cités, qui répondaient par la drogue et la violence au manque d'amour. « On veut nous faire croire que c'est un problème de loisirs. C'est n'importe quoi ! Du temps libre, ils n'ont que ça, les jeunes. Ce qui leur pèse, c'est la répétition des échecs, les promesses non tenues, la souffrance qui engendre la souffrance, le racisme anti-jeune. »

Grand-mère Mata avait toujours défendu Kassy et ses amis. Elle aidait Zina, une jeune Marocaine de la cité des Hêtres à Bagneux, à animer un centre d'insertion. Elle y allait trois matinées par semaine, donnait des cours d'alphabétisation, de couture. « C'est en faisant des ourlets avec elles que j'apprends à les connaître. L'ourlet, ce n'est pas intimidant, ça permet la confidence. Après on peut passer à l'écriture, à la lecture, à la cuisine, et même, tu serais étonné, à la sexualité… J'ai puisé dans ton argent pour faire vivre ce centre. Je savais que tu serais d'accord… Tu comprends, mon Rapha, la maman, c'est la base. Quand la maman va bien, les enfants vont bien. On ne peut pas lutter contre la délinquance sans travailler avec les mamans. »

Elle était toujours aussi véhémente, s'en prenait aux maris qui empêchent leurs femmes de venir au centre, aux grands frères qui confisquent l'information, aux hommes politiques de droite comme de gauche, au matérialisme ambiant, à la disparition de la vraie culture, et Rapha l'écoutait, rassuré. Tant qu'elle serait en colère, grand-mère Mata serait en vie.

L'oncle et la tante de Clara n'avaient pas quitté leur appartement du troisième étage et c'était comme un coup de poignard de les croiser dans l'entrée de l'immeuble, au Franprix ou au café. L'oncle faisait son tiercé, en buvant un blanc-cassis, la tante cochait ses cases de Loto. Il ne leur parlait jamais. Eux le frôlaient ; ils auraient bien engagé la conversation : il était célèbre maintenant, il avait sa photo dans les journaux. Il aurait pu leur dessiner un petit quelque chose sur un carton de Picon ou au dos d'une enveloppe. Rapha les ignorait. Il ne les avait jamais appréciés, ces deux-là. Ils exsudaient le lâche et le visqueux. De plus en plus lâches et visqueux au fur et à mesure que le temps passait. Ah ! ils ne planquaient pas leur âme au grenier comme Dorian Gray ! On pouvait lire sur leur visage le vice banal de la vie, les petites compromissions honteuses et sales. Il arrivait à Rapha d'avoir envie de tout pardonner à Clara quand il les voyait.

Elle revenait toujours dans sa tête, Clara. Elle était partout à Montrouge. Un cinéma qu'on détruisait et où justement… C'était quand déjà ? Leur première fois tout seuls dans une salle obscure. C'était en 1977. Oui, c'est ça. Il se rappelait. Si on veut oublier, il faut se forcer à se souvenir. Pour tuer les souvenirs un par un, Avec un soin cruel. C'était une sale année, 1977, tous les gens qu'il aimait n'arrêtaient pas de mourir. Comme s'ils s'étaient donné le mot : Nabokov, James Cain, Roberto Rossellini, Groucho Marx, Elvis

Presley, Charlie Chaplin. Ils tombaient comme des mouches. Mais ce soir-là, le premier soir où il était sorti seul avec elle sans la bande, il avait fallu en prendre, des précautions, pour que les autres ne les collent pas, il s'était dit que, même si elle refusait de venir dormir chez lui après, c'était pas grave. Il était presque intimidé, empoté. Il tournait et retournait sa main dans la sienne et se donnait du courage pour lui faire franchir le petit balcon de sa chambre du rez-de-chaussée. Du courage, il en avait eu assez, ce soir-là, pour parvenir à ses fins.

Cette fois-ci, il faut qu'il lui parle.

Qu'il lui raconte comment un soir… il y a un mois ou… il ne sait plus… Il ne vit plus depuis. Il laisse passer les jours sans rien faire avec la trouille au ventre… Un soir, il est chez lui. Il se lave les dents. Regarde le sang qu'il crache dans le lavabo. Faut qu'il arrête de manier la brosse si fort. « Vous allez vous user les dents », lui a déclaré son dentiste. Alors il se les brosse de la main gauche et il ne saigne plus. Un truc comme un autre le brossage de dents, pour se mettre en train avant de prendre ses pinceaux. Il se coupe les ongles ou se lave les dents ou se fait un café bien noir. Et Kassy déboule, déballe tout. « Chérie Colère. Tu sais Chérie Colère… Elle a le dass, mon vieux… Elle n'en a plus pour longtemps. C'est son frangin qui m'a rencardé. Et pour se venger qu'on soit tous passés sur elle, elle le refile à tout le monde… Tu l'as sautée récemment ? » Tout le monde couche avec Chérie Colère. Quand elle est revenue à la cité des Hêtres, il y a deux ans, personne n'a compris pourquoi. Elle était partie s'installer à Paris, avait obtenu un diplôme d'esthéticienne et travaillait au Ritz. Les gamins de la cité racontaient qu'elle gagnait en une semaine, en pourboires, ce qu'un prof se faisait en un mois ! Tout le monde en avait déduit qu'elle s'était fait virer à cause de son sale caractère.

Ce que dit Kassy, il n'aime pas. Pas du tout. Il est sonné d'abord. C'est plus tard que viendra la peur, la grosse peur, celle qui ne se dilue pas après une bonne nuit passée à bosser mais qui, au contraire, se dilate et prend toute la place. Il a fait des exercices d'assouplissement pour se calmer. Pas de panique, Rapha, pas de panique. Faisait pivoter sa tête sur son cou. Entendait craquer ses vertèbres. Puis est allé se laver les dents à nouveau. De la main gauche. Chérie Colère, il passe la voir de temps en temps. Il l'aime bien, elle le laisse dormir sur son épaule. Ils ne se parlent pas. Il connaît son histoire, elle connaît la sienne. Elle ne lui pose jamais de questions. Les jours suivants, il a essayé de la joindre. Il lui a téléphoné plusieurs fois. Il est passé chez elle. Il ne pouvait pas croire que c'était vrai. Il ne l'a pas trouvée. Ses voisins lui ont claqué la porte au nez, et, au salon de coiffure, on lui a dit qu'elle était partie et bon débarras ! Des filles comme ça, y en a bien trop sur terre ! Il est rentré chez lui, terrifié.

Et puis Clara a appelé. Et soudain, tout est devenu si simple : c'est à elle qu'il doit parler, en premier. L'amour existe quand l'autre comprend tout. Quand il trouve le truc le plus incroyable absolument normal. Elle peut tout me faire. TOUT. Je l'aime toujours. Et même si après je me suis vengé, je l'aime encore. Je les ai toutes eues, après elle. Toutes celles que je voulais. Mais pas une, même pas la plus jolie, la plus bandante, n'a pu prendre un gramme de mon amour pour elle.

C'est Clara qui avait provoqué leurs retrouvailles. Elle s'était pointée à un vernissage. Avec son grand sac qui battait sur sa hanche. Elle s'était plantée devant sa dernière toile. RAPHA MATA, 92. Il signait toujours en gros, à l'encre de Chine bien noire. Et sur sa dernière toile, au premier plan, il y avait un corps blanc, un corps nu de femme offerte, le corps de Clara. Elle était revenue dans sa peinture sans qu'il y prenne garde. Et, tout au fond du tableau, il s'était peint. Tout petit dans un coin de son atelier. Elle était restée sans bouger, pendant que les invités caquetaient avec leur coupe de champagne à la main. « Quelle force ! Quelles couleurs ! Vous avez vu l'emploi de la diagonale dans son œuvre… Mais si, regardez la diagonale qui rejoint l'infini, le désespoir… » Elle se bouchait les oreilles et elle regardait. Sans bouger d'un millimètre. Aspirée par ce qu'elle voyait, les bras inertes le long du corps. Avec sa jupe courte, ses semelles compensées, son blouson en jean étriqué, délavé, effrangé, son cul qui rebondissait là où s'arrêtait le blouson et lui qui se rapprochait à travers la foule, qui ne voyait que sa nuque et qui ne pouvait pas s'empêcher de se rapprocher. Il lui avait pris la main, de dos, comme ça. Il avait pris le temps de lui prendre la main. Il avait glissé sa main dans la sienne. Au début, sa main à elle était crispée, et il avait déplié ses doigts un à un, sans bouger, ni se rapprocher de trop près. Il en dépliait un, le maintenait droit puis passait au doigt suivant jusqu'à ce qu'il ait senti l'abandon gagner toute sa main à elle. Et puis, d'un coup, d'un geste brusque, il avait enfermé sa main dans la sienne, l'avait immobilisée.

Ils étaient repartis ensemble. Sans rien dire. Ils ne se parlaient pas. Juste lui et elle et le grand sac qui se balançait entre eux. Ils étaient rentrés à pied à Montrouge. Elle se cassait la gueule sur ses hauts talons. Il s'en fichait. Il la ramenait à la maison.

Mais c'était trop tard.

La peur de l'autre, la peur de la trahison de l'autre, s'était installée entre eux. Ils avaient beau faire les gestes de l'amour, dormir collés l'un contre l'autre, elle avait beau hurler de plaisir dès qu'il touchait le bout de son sein, dès qu'il se glissait entre ses jambes, demander : « Pourquoi, mais pourquoi ? Pourquoi c'est si fort, si violent ? Pourquoi c'est encore plus fort qu'avant ? » Il ne répondait pas. Il la tordait contre lui, il disait : « Tais-toi… Tais-toi… » Il ne voulait pas retomber dans les mots mais il savait pourquoi. Il savait que la douleur décuplait leur plaisir. La douleur de s'être perdus, la douleur qu'elle l'ait trahi, la douleur d'avoir vécu quatre ans, quatre années entières sans se voir, sans se parler, sans se toucher, se renifler, sans rien partager. Cette douleur, ils la portaient en eux comme une plaie béante et dès qu'ils se touchaient, c'est cette douleur qu'ils ravivaient.

Il ne voulait plus parler. Il ne voulait plus expliquer. Il se méfiait. Alors, elle ne le quittait plus, elle restait avec lui. Tout le temps. Elle le suivait partout. Elle le regardait peindre pendant des heures, muette, obéissante. Douce aussi. Si douce… Il n'aimait pas son regard soumis. Il ne l'aimait pas humble et quémandeuse. C'était pas naturel. Il n'y avait plus de défi. La peur suintait de tout son corps. Peur que la faute originelle revienne et balance tout en l'air. C'est ça, exactement, ce qui se passait : elle lui rappelait sa faute. Elle la portait sur ses épaules. Il imaginait les doigts gras de son père sur sa peau blanche, le bout des doigts de son père sur le bout de ses seins, sur son ventre, la bouche de son père collée à sa nuque et il avait envie de la blesser, de l'humilier.

Quand le souvenir était trop violent, il prenait la fuite. Et pour que ça lui fasse bien mal, il partait avec une autre. Il s'affichait avec l'autre. Il choisissait la fille la plus belle, l'actrice de cinéma que tout le monde rêvait de baiser, le mannequin le plus en vue. Ou il se vautrait sur le ventre abusé de Chérie Colère. Son statut de peintre génial attirait les femmes. Il n'avait qu'à se baisser pour les ramasser. Il balançait à Clara de la souffrance en pleine tronche. Parce qu'elle avait cru qu'elle pouvait le reprendre, que sa faute était effacée. Il ne pouvait pas pardonner. C'était plus fort que lui. Et puis ç'avait toujours été ça leur amour : partir et revenir. Elle avait donné l'exemple et le balancier fou ne pouvait plus s'arrêter.

Ce soir, il faut qu'il s'arrête. Il faut qu'elle le délivre de sa peur. Il faut qu'il lui parle, qu'il remette son sort entre ses mains. Il faut que la chance, la vraie chance, celle d'être à deux, l'un contre l'autre, l'un pour l'autre, revienne et le délivre.

Il regarde sa montre, sa bouche est sèche.

Il prend l'ascenseur. Il sonne, pose une dernière fois le front contre la porte. Il n'a plus de forces.

Son maître d'hôtel vient de lui apporter un Wild Turkey bien frappé et David Thyme se détend en prenant le verre où tintent des glaçons. C'est une sensation délicieuse qu'il apprécie car elle est la touche finale d'une série d'autres actes délicieux. Cet après-midi, il a pris son bain en lisant un roman d'Edith Wharton, revêtu sa vieille veste de cachemire bleu ciel achetée chez son tailleur anglais de Flannigan Street, le tailleur de son père, de son grand-père, de son arrière-grand-père, chez lequel sont consignées toutes ses mensurations depuis l'âge de douze ans. Il a flâné dans les rues de Paris à la recherche d'un livre rare, en compagnie de son basset Léon, a rendu visite aux libraires spécialisés qu'il connaît, a feuilleté de nombreux exemplaires, examiné la reliure, la date de parution, l'état des feuillets, le jaunissement des pages, la légère moisissure du temps, l'arrondi du cuir, et ne s'est pas décidé. Il a passé de merveilleux moments en compagnie d'individus en voie de disparition, ceux qui vous laissent le temps de déguster, d'apprécier, de réfléchir sans vous brusquer, ni vous saouler de commentaires, ni mentionner de prix. Tout va si vite dans le monde d'aujourd'hui ! soupire-t-il en remerciant d'un petit signe de tête son maître d'hôtel qui se retire aussitôt, le laissant en tête à tête avec un concerto de Rachmaninov. Lucille, sa femme, vit d'une manière effrénée. À peine rentrée de New York, ce matin, elle est repartie à sa fondation pour « faire le point ». Quelle expression stupide ! Il allume un cigare et se recale dans son fauteuil en pensant à Lucille. La vitesse ! Et l'ambition… Laisser des traces de son passage sur terre ! Quelle idée saugrenue ! Comme si nous étions sur terre pour changer l'ordre des choses ! Comme si on nous avait attendus, nous, infimes poussières, pour influer sur la conduite du monde ! Lucille l'attendrit mais il ne la comprend pas. C'est ce qu'il aime d'ailleurs chez elle. Mais, halte là… pas d'introspection, mon cher ! Réfléchir, c'est déjà mourir un peu. *¡Qué lastima!*

David Thyme extrait délicatement une longue allumette de la boîte enrobée d'un étui de velours placée sur la table. Le cigare, il faut du temps pour le préparer, du temps pour le fumer, l'apprécier. Il y a de moins en moins de gens qui se consacrent à ce loisir, pense-t-il en caressant de la nuque l'appuie-tête du fauteuil Louis XV qui lui vient de sa trisaïeule, Margaret, duchesse de Worth. La dentelle s'effrite sous sa nuque, il peut la sentir, sentir tout le poids du passé crisser sous les mouvements de va-et-vient qu'il effectue avec une volupté familière. Un nouveau riche la porterait à réparer, lui se régale de cette usure du temps. Il imagine la nuque gracile de Margaret se pliant sous le poids d'un baiser… Son regard fait le tour des tableaux accrochés dans son fumoir et il sourit d'aise. Quelles richesses offre le passé ! Quelle délicatesse dans ces toiles de maître ! Quelle joie de les contempler à loisir sans faire la queue dans ces musées ignobles où se pressent touristes en espadrilles et mémés flanquées de guides ! Son basset a remarqué la légère grimace dessinée par la bouche fine et élégante de son maître et saute sur ses genoux. David Thyme proteste doucement d'un « Oh ! oh ! Léon ! » puis caresse de sa main libre la tête de l'animal, lui accordant le temps de se lover entre ses genoux et de s'arrondir. Maître et chien se laissent aller dans un soupir commun de satisfaction.

Il faut que je parle à Lucille, ce soir, se dit David Thyme en aspirant délicatement une bouffée de cigare et en posant la main sur son verre, placé sur la table près du fauteuil. Il faut que je lui parle, se répète-t-il à lui-même alors que Léon lève la tête. « Tu comprends, Léon, il me faut une descendance. Elle doit l'admettre. Huit ans que nous sommes mariés ! C'est un délai décent. Je verrais bien des petits Thyme gambader dans notre demeure sous l'escorte vigilante d'une demoiselle en uniforme. Qu'en dis-tu ? » Léon fixe son maître d'un regard qui se veut le plus bienveillant possible et abaisse à nouveau sa tête dans l'espace qui lui est dévolu. « Le nom des Thyme doit passer à la prochaine génération et je pense qu'il est temps… » Son frère cadet, Eduardo, vient de lui annoncer que sa femme est enceinte. Il a déjà trois filles et attend les résultats de l'amniocentèse pour savoir si l'enfant est mâle ou femelle. Si c'est un garçon, il le gardera, sinon il faudra avoir recours à l'avortement. Pauvre Eduardo ! Il vit entouré de femmes et contemple avec nostalgie la Ferrari rouge miniaturisée qu'il avait achetée pour la naissance de son premier enfant, persuadé que ce serait un garçon.

Pourquoi avons-nous cette assurance de procréer un mâle du premier coup ? Par respect envers notre lignée sans doute, par devoir envers nos ancêtres. Demain, il part chasser en Écosse mais, au retour, il s'arrêtera à Londres et rendra visite à son frère.

Huit heures sonnent à la pendulette en argent qui a appartenu à un grand-duc de Russie, amant officiel de l'arrière-grand-mère Thyme. David jette un coup d'œil surpris aux aiguilles. Déjà huit heures ! Elle n'est pas rentrée ! Il faut vraiment que je lui parle ce soir ! se dit David Thyme en crispant légèrement ses doigts sur le verre en cristal. D'autant plus que cette série de téléphones raccrochés que lui a signalée son maître d'hôtel lui revient à l'esprit. De quoi s'agit-il ? Ou plutôt de qui s'agit-il ? On pourrait laisser un nom, ce serait la moindre des politesses. La politesse est une perte de temps de nos jours. Et le temps paraît si précieux à tous ceux qui veulent faire de l'argent. Ou faire l'amour. Quelle expression horrible ! grimace-t-il en avalant une gorgée de travers. Il tousse et se redresse brusquement, lissant du plat de la main le revers bordé de velours de son veston d'intérieur. C'est tellement plus délicieux d'imaginer, de se laisser envahir par une émotion trouble en découvrant une cheville cachée ou un grain de beauté dans l'entrebâillement d'un décolleté ! « Oh ! Léon ! » gémit-il en s'affaissant à nouveau entre les bras du fauteuil. Il vient de se souvenir de son déjeuner de la veille avec la belle Anaïs de Pourtalet, fraîchement divorcée d'un ignoble Américain qui fricote à Wall Street. Elle portait un chemisier blanc entrouvert sur une sorte de mouche. Une délicatesse de peau, une mouche parfaite et noire qui faisait ressortir le grain blanc de la chair. Il y avait songé tout l'après-midi pendant que la manucure du Ritz lui faisait les ongles. Ce détail lui avait suffi ; son imagination avait fait le reste. « Voilà le vrai désir, Léon, i-ma-gi-ner sans jamais assouvir sa soif bestiale ! Ou ne l'assouvir que plus tard, beaucoup plus tard, comme une conclusion tardive dont on pourrait fort bien se passer... » David Thyme ne séduit pas, il se laisse séduire. Les femmes le prennent, l'abandonnent, reviennent à lui sans qu'il manifeste le moindre élan envers elles. Il s'arrange toujours, cependant, pour que ces manœuvres qu'il qualifie de banales se passent dans la plus grande légèreté et la plus parfaite élégance. Jamais de reproche ni d'acrimonie, une unité de ton et d'humeur inégalable. Il en a été ainsi avec ses trois ex-femmes, Béatrice, Cornelia et Greta. Trois adorables courants d'air. Les deux premières étaient trop jolies, trop délicates. Il n'a jamais forniqué avec elles. Il aurait eu l'impression de les salir. Il se contentait de les regarder, de les parer de bijoux, de robes de grands couturiers, de les observer à l'aide de sa longue-vue puissante et facile à manier. Un petit bijou de collectionneur qu'il transporte partout avec lui. Greta, en revanche, était une solide Teutonne bâtie pour la maternité. Déjà, il pensait à sa descendance mais elle multipliait les fausses couches. Pas de chance ! Il avait dû s'en séparer. Avec Lucille, c'était différent. Le fait qu'elle avait été élevée en banlieue lui conférait, à ses yeux, un aspect canaille qui le mettait en appétit. Il lui arrivait de la traiter en poule, au lit, d'apercevoir le passage fulgurant de la douleur dans son regard levé vers lui tel un point d'interrogation, quand il la brusquait ou lui parlait grossièrement. Il aimait l'humilier, mais n'en montrait rien. Enfant, il avait appris, de sa gouvernante autrichienne, l'art de ne jamais s'emporter ni de se trahir. *You don't show feelings.* Il lui en était infiniment reconnaissant.

Ainsi, ce matin, alors qu'il prenait son petit déjeuner, le maître d'hôtel avait apporté le courrier et il avait aperçu un petit paquet brun ficelé grossièrement. Il l'avait laissé reposer sur le plateau en argent avant de l'inspecter puis de l'ouvrir. Car il lui était adressé. Il avait regardé à deux fois avant de le décacheter, pensant d'abord que l'envoi était destiné à Lucille. Mais non... Il avait alors sorti un minuscule canif Fabergé de sa poche, un canif qui lui venait de sa grand-tante qui habitait Venise et possédait une divine collection de paravents japonais dont il avait hérité. Il avait découpé les bords de l'enveloppe grossière qui contenait un cahier. C'était un vieux cahier, un cahier d'écolière, avait-il décidé. Il l'avait feuilleté, indécis quant à l'usage qu'il devait en faire. Son œuf coque refroidissait et il hésitait entre le désir de le savourer encore chaud et celui d'ouvrir le cahier. Son œil rond et bleu allait de l'un à l'autre. Il avait reconnu une vague ressemblance avec l'écriture de sa femme. Une écriture moins formée, plus ronde mais déjà précise et ferme. En page de garde était écrit en lettres majuscules : JOURNAL DE LUCILLE DUDEVANT. N'y figurait aucune interdiction de lire. Aussi avait-il pris la liberté d'en parcourir quelques pages, laissant à regret l'œuf coque refroidir.

2 janvier 1973,

Aujourd'hui, j'ai eu quatorze ans. Mlle Marie m'a réveillée avec un plateau sur lequel se trouvait mon petit déjeuner. Une tasse de bon chocolat chaud qu'elle fait elle-même avec du chocolat à cuire et du lait, et un croissant. Je dois surveiller ma ligne. J'aime être servie ainsi. Quand je serai grande, j'aurai une bonne qui m'apportera tous les jours mon petit déjeuner au lit. Quand je serai grande, je serai riche, mais vraiment riche... Ou alors pauvre, très, très pauvre. Je veux être carmélite ou milliardaire mais jamais, jamais appartenir à la moyenne. La moyenne me fait horreur.

Quand je serai grande... J'ai hâte de partir d'ici. J'étouffe. Je ne devrais pas dire cela. Mon père est si gentil, il me laisse tout faire. Mais je me demande souvent si c'est par affection réelle ou parce que je l'indiffère. Pareil pour Mlle Marie que papa paie très cher et que je soupçonne de rester chez nous surtout par intérêt. Je l'ai vue l'autre jour loucher sur le portrait de maman, et je me demande si elle ne veut pas prendre sa place. Il faut que je la surveille.

3 janvier 1973,

Hier, j'ai reçu de nombreux cadeaux. J'avais l'impression d'être une reine honorée par ses demoiselles d'honneur et ses preux chevaliers. Clara m'a offert un foulard (j'ai vu le même au Monoprix), Philippe un stylo-plume (j'ai déjà un Montblanc), Agnès un beau cahier relié (il me servira pour tenir mon journal) et Jean-Charles et Joséphine m'ont invitée au cinéma voir *Le Parrain*. Moi, j'ai envie d'aller voir *Le Dernier Tango à Paris* mais Mlle Marie me l'a formellement interdit. Il n'y a que Rapha qui a oublié mon anniversaire. J'avais pourtant pris soin de le rappeler à tous, sans en avoir l'air, bien sûr.

Je me demande quel mérite j'ai d'être une reine à Montrouge, banlieue parisienne ! Quand je vais chez ma cousine Béatrice, boulevard Saint-Germain, c'est moi qui me sens godiche. J'ai même l'impression d'être carrément provinciale. Mais je préfère encore ça à l'inviter chez moi. La seule fois que cela s'est produit, j'attendais, crispée, qu'elle fasse des réflexions et ça n'a pas manqué : dans le hall d'entrée de l'immeuble, elle a lancé un regard circulaire sur la moquette grise et les trois plantes vertes

...s et a déclaré : « Mais c'est pauvre chez toi ! »
ai eu la honte de ma vie.

Pourquoi papa a-t-il choisi de revenir habiter ici ? C'est un choix égoïste. Il devrait penser à moi. Je suis sûre que si maman avait vécu, j'aurais été élevée différemment, comme Béatrice et mes autres cousines. Et Mlle Marie ! Qu'est-ce qu'elle m'énerve, celle-là, avec ses mines de souris trempée dans l'eau bénite ! Et servile avec ça ! Je ne peux rien lui reprocher ! Papa s'en remet complètement à elle. Finalement je crois qu'elle m'aime bien mais qu'est-ce qu'elle est maladroite ! J'ai honte dès qu'elle ouvre la bouche. Plus que tout, j'ai peur qu'on la prenne pour ma mère. Alors je la vouvoie, l'appelle « mademoiselle », lui demande de marcher à l'écart. Elle est bien obligée de m'obéir et les distances sont respectées.

Un jour, tout ça changera, j'en suis sûre parce que je finirai bien par partir d'ici. Quelquefois je rêve de rencontrer un pirate et de partir sur les mers, d'autres fois je m'imagine en Sissi impératrice valsant dans un grand château… Je ne sais pas vraiment ce que je veux. J'envie Clara qui a toujours l'air si décidé. Ou Joséphine. Elle, elle est allée voir *Le Dernier Tango*… Elle s'était maquillée, avait mis les chaussures à talons de sa mère et la caissière l'a laissée entrer. Elle nous a raconté que c'était torride et qu'il y avait une scène terrible mais elle n'a pas voulu nous en dire plus. Clara a juré d'y aller. Elle n'a pas une gouvernante qui lui colle aux semelles comme moi. Elle lit plein de livres en cachette. Moi, je ne peux pas…

13 février 1973,

Hier soir, Clara et Philippe ont donné une surprise-partie. J'ai longtemps fait croire que je n'irais pas, que j'étais invitée à Paris chez mes cousines, et puis la curiosité a été la plus forte et j'y suis allée. Clara et Rapha ont dansé ensemble toute la soirée, je les ai même vus échanger un chewing-gum de bouche à bouche. C'était dégoûtant ! J'ai pensé aux millions de germes et de microbes qui passaient d'une bouche à l'autre ! Ils n'avaient pas l'air gêné… J'ai dû me contenter de Jean-Charles et de Philippe. Philippe, ça va. Il est plutôt élégant et drôle. Je ne sais pas d'où il tire son élégance. Son oncle et sa tante sont d'un commun ! Dans l'immeuble, derrière leur dos, on les appelle « les Thénardier ». Je le sais par Mlle Marie qui, lorsque je suis trop distante, me livre des potins pour m'amadouer. C'est une vraie pipelette… Philippe danse très bien le rock et m'a serrée très près pendant un slow. Je crois qu'il avait envie de m'embrasser. J'ai eu presque envie de me laisser faire. Mais Jean-Charles ! Quel pot de colle, ce garçon ! Toujours à laisser traîner ses mains partout ! C'est de ma faute aussi : je finis par n'être bien nulle part. Ni à Montrouge ni chez mes cousines. Agnès et Joséphine semblaient s'amuser comme des petites folles. Et pourtant elles avaient des robes ridicules, que leurs mères avaient faites pour la circonstance, avec des imprimés violet et vert et des petits volants autour du cou. Il paraît qu'elles sont allées acheter le tissu au marché Saint-Pierre parce que c'est moins cher. On aurait dit des lampadaires. Elles sont vraiment tartes, ces deux-là ! Gentilles mais tartes. J'avais demandé à Mlle Marie de m'emmener rue de Passy choisir une très jolie robe, toute simple, blanche, en lainage et manches courtes, j'avais noué un cardigan noir sur mes épaules, mis un peu de rouge à lèvres mais je n'ai pas eu de succès. En clair : je n'ai pas attiré l'attention de Rapha. C'est le seul garçon qui m'intéresse. Il est différent. Je ne sais pas quoi faire pour attirer son attention. Je suis victime de mes grands airs de princesse. Il ne comprendrait pas que je me rapproche de lui. Et pourtant, qu'est-ce que j'ai envie qu'il fasse attention à moi ! Je sais qu'il emmène Clara avec lui quand ils partent à droite en sortant du lycée. Ils vont vers Bagneux. Clara dit qu'ils explorent. Dans les « mauvais quartiers » comme dit Mlle Marie. Rapha a des copains là-bas. Clara n'a pas peur d'y aller. Je l'envie mais je me demande si j'aurais le courage de suivre Rapha. Il paraît qu'il y a des familles entières d'immigrés qui vivent à treize dans trois pièces. Il paraît aussi qu'ils sont bien plus drôles que nous ! Rapha a un copain, Kassy, dont il parle tout le temps. Kassy est noir. « Tout noir ? j'ai demandé à Rapha. – T'es bien toute blanche, toi ! » m'a-t-il répondu comme si j'avais proféré une énormité. J'imagine la tête de Béatrice si elle était tombée sur Rapha et Kassy, le jour où elle est venue !

L'autre jour justement, chez ma cousine Béatrice, une fille parlait d'un des films produits par le père de Rapha. J'ai été troublée. Comme si on avait parlé de moi. Comme si j'étais la petite amie de Rapha… Je ne serai jamais la petite amie de Rapha. Clara occupe la place. Toute la place. Je suis bien obligée de constater qu'il ne voit qu'elle, qu'il ne s'inté-resse qu'à elle. Elle est souvent fourrée chez lui et la grand-mère de Rapha la considère comme sa fille.

C'est après des soirées comme ça que je suis le plus triste. Je n'ai personne à qui parler. Même si, quand je regarde maman dans son cadre, je doute que j'aurais pu parler librement avec elle. Comment aurait-elle été comme mère ? Aurait-elle été une amie ? Agnès et Joséphine ne sont pas très proches de leur mère. Et Clara, elle, a très peu connu la sienne. On murmure dans l'immeuble que sa mère a eu une « fin tragique ». On dit même qu'elle se serait suicidée. Pourquoi ? Je n'arrive pas à savoir. Mais Clara, au moins, elle a son frère. Moi je suis seule. Le soir, je me raconte plein d'histoires sur maman avant de m'endormir. C'est le moment le plus doux de la journée. Parfois, je m'endors en pleurant parce que je sais que le matin, je vais me réveiller et qu'elle ne sera pas là. Je n'ai personne, personne (souligné deux fois) à qui me confier. Je suis transparente pour papa. J'ai envie de me jeter dans ses bras et de pleurer, pleurer, pleurer. Ça me ferait du bien. J'ai l'impression d'étouffer à force de tout enfouir en moi. Ça fait un gros nœud dans ma poitrine et c'est lourd à porter. Oh ! que je suis seule !

David Thyme avait soupiré et tourné les pages du cahier. Il avait sonné son maître d'hôtel pour qu'il lui apporte un nouvel œuf à la coque. Il ne pouvait se résoudre à manger un œuf tiède ou froid.

2 janvier 1976,

Seize ans ! Je suis toujours seule ! Je déteste qu'on me considère comme une petite fille ! Je me déteste et je déteste les autres aussi. Hier, j'ai embrassé un garçon et sa langue m'a donné envie de vomir. J'en ai marre d'être vierge. Je prends des airs mystérieux et laisse croire que je ne le suis plus… Je me suis inventé un monde de rêve. Je me raconte que je suis une belle princesse, chassée par des bandits et qui tombe amoureuse du chef des bandits. Il me poursuit. Je l'aime mais on ne se retrouve jamais. Ou le temps d'un baiser sans langue.

Papa m'a offert un petit chien pour Noël. Je l'ai appelé Bandit. Je dors avec lui, par terre. Je me noue un foulard autour du cou comme un collier et j'aboie tout doucement dans le noir. Avec sa patte, je me griffe le cou et prends un air bizarre quand les autres filles me demandent ce que c'est. Depuis que j'ai Bandit, je me raconte des histoires épouvantables qui me font vraiment PEUR. L'histoire d'une fille enfermée par son père dans une maison au fond des bois. Son père, qu'elle aime par-dessus tout, la nourrit d'immondices et la frappe à coups de botte. Le soir, il lui fait lécher ses bottes pleines de boue et de crotte puis il l'envoie bouler au fond de sa cachette. Il la bat, il la viole, il lui crache dessus et repart sans jamais lui parler. La petite fille est sale, elle fait ses besoins dans la chambre, elle pue, elle pleure. Un jour, elle réussit à s'emparer d'un couteau qu'il cache dans la poche de son pantalon et elle lui coupe la tête. Puis elle va jeter la tête dans la cuvette des toilettes et, maculée de sang, elle s'enfuit dans la forêt où elle est recueillie par des bandits qui la transfoment en esclave et abusent d'elle à tour de rôle…

David Thyme avait refermé le cahier avec une légère moue de dégoût. *Never explain, never complain.* Sa femme est un être étrange. Toutes les femmes sont étranges, il faut les tenir à distance. Il n'a de souvenir de sa mère qu'en robe longue, le soir, avant de sortir. Elle est morte en Argentine, dans sa propriété, où elle s'était retirée dès qu'elle avait appris qu'elle était malade. Quand il était arrivé, pour les obsèques, le cercueil était déjà refermé. Il y avait déposé une rose blanche, son père lui avait servi un whisky. Ma femme est double, avait-il pensé en refermant le cahier bon marché. Je l'ignorais et je vais continuer à l'ignorer.

Il remit l'envoi dans son enveloppe brune. Un papier blanc s'en échappa. Il lut ces quelques mots : « Vous ne savez pas qui vous avez épousé. Le reste suivra, par la poste également… » Évidemment, ce n'était pas signé. Comme dans les mauvais romans. Il haussa les épaules et décida de ne point en parler à Lucille. Il dissimula l'objet derrière les volumes reliés de Saint-Simon. Là, personne ne le trouverait. Qui lit ce raseur aujourd'hui, à part moi ?

Lucille… soupire-t-il en laissant glisser une gorgée de Wild Turkey le long de sa gorge. Que ma femme est belle et intrigante ! Quelle chance de l'avoir rencontrée à ce dîner à Versailles organisé par Marie-Hélène ! J'aurais pu passer à côté d'elle et l'ignorer si elle ne m'avait heurté au détour d'une galerie alors qu'on se rendait au concert. Elle avait laissé échapper un « Oh ! Pardon… je suis désolée » que démentait son regard froid, puis s'était éclipsée dans un bruissement de soie moirée châtaigne. Elle accompagnait Bruno de Mortay, dont la femme venait d'accoucher, et je n'ai eu aucun mal à la retrouver. Elle terminait des études de commissaire priseur, à l'époque. Elle voulait travailler. Quelle drôle d'idée !

Léon grogne sur ses genoux et David Thyme entend une porte claquer. C'est Lucille qui rentre, les bras encombrés de paquets. Il donne une petite tape à Léon pour que ce dernier descende, se lève et va vers elle pour lui souhaiter la bienvenue.

— Vous avez une petite mine, ma chère…

— Ce doit être le décalage horaire… Et vous, comment allez-vous ?

— Je me porte comme un charme.

— Et Léon ? demande Lucille en effleurant la tête du basset qui frétille de la queue en recevant sa caresse.

— Il a eu des problèmes de digestion, hier soir, aussi l'ai-je mis au régime.

— Je vous ai rapporté quelques douceurs de New York… Voulez-vous vous asseoir, que je vous éblouisse !

David Thyme s'assied dans le vaste canapé recouvert d'un épais châle en cachemire, croise les jambes, balance son pied gauche moulé dans un mocassin d'intérieur en cuir souple et verni et contemple sa femme. Lucille prend son temps et exhibe un petit coussin brodé main sur lequel on peut lire : « *To be rich is no longer a sin, it's a miracle* ». David lui sourit, s'empare du coussin et le cale contre ses reins. Quel bonheur, en effet, d'être riche et de pouvoir gâter une créature si merveilleuse !

— Ce n'était qu'un *appetizer* ! Maintenant, David, si vous le voulez bien, fermez les yeux, comptez jusqu'à dix et ouvrez-les…

Il clôt ses paupières, entend un bruit de porte qui s'ouvre, se referme, des bruits de pas étouffés sur la moquette, compte jusqu'à dix et… mon Dieu ! Un Canaletto ! Un tableau qu'il guignait depuis trois ans, qui circulait de vente en vente et sur lequel il n'arrivait pas à placer des enchères ! Il avait beau feuilleter tous les catalogues de Sotheby's et de Christie's, il lui échappait toujours.

— Mais comment avez-vous fait, Lucille ? Je n'en reviens pas.

Il peut sentir son cœur battre sous sa veste d'intérieur et accroche le pied de la table d'appoint en se levant pour contempler le tableau. Son verre se renverse et Lucille regarde le liquide ambré se répandre sur l'acajou, s'égoutter sur la moquette, y dessinant une large tache sombre. Elle a un brusque haut-le-cœur mais se reprend et, se tournant vers son mari, contemple la joie enfantine qui brille dans ses yeux. Il tourne autour du tableau, fait des petits sauts de cabri en gloussant de plaisir, examine la signature, chausse ses lunettes pour en apprécier les détails et se gratte la gorge pour cacher son émotion.

— Lucille ! Vous ne pouviez pas me faire plus plaisir ! Nous le mettrons à Venise, n'est-ce pas ? Il retrouvera ainsi sa terre natale…

Il s'est rapproché d'elle et lui prend une main qu'il baise avec tendresse. Elle se penche vers lui et murmure dans un souffle :

— David, est-ce que vous m'aimez ?

— Ça ne vous regarde pas, ma chère. Et si nous passions à table ? Je dois reconnaître que je suis en appétit… Je me sens d'humeur festive, ce soir !

Clara ouvre. Il se redresse. Elle est toujours aussi belle et bandante. Avec ses cheveux coupés court, sa bouche rouge, sa peau blanche et ses yeux grands comme la mer froide, la mer du Nord, couleur huître et craie de falaise. Elle joue les désinvoltes. Virevolte. Il n'a plus de forces. Il se laisse tomber sur un canapé blanc. La peur qu'il porte dans son ventre l'alourdit. Elle dit : « Champagne ? On fait la fête ? » Il dit : « Assieds-toi. Arrête ton cirque. Me rends pas les choses trop difficiles. »

Oh ! ce bras nu dans la nuit qui remonte le drap, cette main qui repousse les mèches pour dégager le front et offrir un sourire… Ses épaules étroites et ses poignets si fragiles… Il est submergé par une émotion qu'il ne peut se permettre. Pas en ce moment. Il ne faut pas qu'il s'attendrisse. Il s'exhorte à être méchant. Tsst… Tsst… C'est le vieux pourri qui lui écrivait des lettres d'amour. Elle prenait le blé et elle jetait la lettre. N'empêche qu'il continuait à lui écrire et qu'elle le laissait faire. Qu'elle travaillait avec lui. Avec son blé. Une bouffée de haine. L'envie précise et irrésistible de faire mal. De bousiller sa petite bouille de bourgeoise combinarde. Qui a dit que le malheur rendait meilleur ? Le malheur rend méchant, oui. Tout petit, égoïste, suspicieux. Le malheur est dégradant. La souffrance des autres vous bonifie peut-être, vous fait réfléchir, pas la vôtre ! Je n'ai jamais été aussi méchant qu'en ce moment. J'ai envie de les voir tous et toutes dans le fond de la poubelle comme moi. Qu'ils crèvent ! Que des trous du cul ! Des millions de trous du cul ! C'est pas dur, je suis assis sur un emmenthal ! Ça me rend carrément méchant.

— JE SUIS FAIT, MA BELLE. CUIT. AUX PETITS OIGNONS. BOUCLÉ. FOUTU…

Il a gueulé et il répète. Il a l'impression qu'il parle la bouche pleine tellement ses mots sont lourds à lâcher.

Elle le regarde droit dans les yeux. Sans bouger. Ou presque. C'est à peine s'il remarque qu'elle gratte son index du bout de l'ongle. Petite, elle se rongeait les ongles jusqu'au sang. Aujourd'hui, ils sont propres et lisses. Un petit bruit de rien du tout. C'est tout ce qu'elle lui offre comme désarroi. Tout va devenir important, maintenant, se dit-il. Il est aux aguets. Il connaît les aguets. Elle attend. Elle aussi, elle connaît les aguets. Elle ne laisse rien paraître. Ce n'est pas le genre de fille à perdre le contrôle de ses nerfs. Elle n'est pas pressée. Elle n'a pas peur. Elle est habituée. Elle ne se fait pas encore de souci. Elle se méfie. Elle se demande quelle nouvelle souffrance il lui prépare. Elle demande la suite. Pour voir.

Il crie presque, ce n'est pas un jeu, Clara, cette fois, pas un jeu. On arrête les jeux. Pouce ! Mais il dit :

— C'est la merde, Clara. Et si ça se trouve, tu es dedans aussi…

Elle tressaille mais demeure muette. Elle ne l'aide pas.

C'est beau chez elle. C'est beau et c'est moderne. Un beau parquet qui crisse sous les pieds. Un seul espace avec coin cuisine, coin salle à manger, coin salon et là-bas tout au fond, derrière un paravent, le coin chambre. Ils l'ont inauguré ensemble. Elle venait juste de s'installer. C'était il y a quatre-cinq ans, peut-être, après les premières retrouvailles. Elle y avait vu un signe de bon augure. Combien d'autres mecs a-t-elle entraînés depuis dans son coin de chambre ?

— Tu ne poses aucune question ? Tu m'as appelé… Tu voulais me voir ? Tu ne vas pas être déçue !

Elle est toujours immobile. Elle attend.

— Je te dis que, si ça se trouve, je suis foutu et tu mouftes pas ! Mais y a quoi là ? Hein ? Y a quoi ?

Il montre son cœur, il montre son ventre. Il gesticule.

Elle se tait. Il a toujours eu le goût du tragique, de la mise en scène. Elle tend le cou en avant et son regard attrape celui de Rapha. S'en empare. Dis-moi, Rapha, dis-moi tout, tu sais bien que pas un mot ne sortira de ma bouche pour t'aider à parler. Je me méfie trop. Combien de fois m'as-tu attirée dans tes filets pour me rejeter ensuite, les pattes coupées et le cœur tordu ? Combien de fois y ai-je cru et cru encore alors que tu partais comme un voleur, et que j'apprenais par les journaux que le beau, le séduisant, le génial Raphaël Mata était avec Unetelle, alors que la veille encore, on s'endormait serrés l'un contre l'autre, si serrés qu'on n'aurait pas fait glisser une lame de couteau entre nos deux corps ? Si je t'ai appelé ce matin, ce n'est pas pour recevoir de la haine, du malheur, c'est pour faire la paix. Dans ses yeux passent, fugitifs, larmes et reproches. De la colère pour le temps qu'ils ont perdu et des larmes pour le temps qu'ils vont perdre encore. Elle le sait : ils ne sont bons qu'à ça.

Alors il tombe à ses pieds, met la tête sur ses genoux et il prononce les mots qu'elle ne veut pas entendre. Les mots qu'il murmure tout contre l'étoffe de sa jupe courte, si courte qu'il la remonte comme un rien jusqu'en haut des cuisses, ses cuisses où il enfonce ses mots pour qu'elle ne les comprenne pas tout de suite.

— Tu te souviens de Chérie Colère ?

Il ricane, sa bouche contre la chair chaude de ses cuisses. Il pose sa bouche contre cette source chaude et douce. Il la respire, il s'y colle de toutes ses forces pour pouvoir continuer.

Elle se souvient de Chérie Colère. Elle a son âge. Elle a longtemps été sa copine. Jusqu'au jour où… Carlinguée façon bombe sexuelle. Classée de force dans cette catégorie de femmes qui n'inspirent que le sexe, ne reçoivent que du sexe, ne finissent par donner que du sexe. À l'âge de dix ans, elle énervait tant les hommes qu'ils se branlaient pour elle. Attendaient, la langue pendante, que la décence leur permette de se ruer sur ce corps chiffon rouge qu'elle agitait sous leur nez. Ce qu'ils firent. En troupeau. Une véritable curée. Dans une cave. Le jour de ses quatorze ans. Lui demandèrent pas la permission ni même si elle voulait commencer par l'un ou par l'autre. Une bousculade, la main sur la braguette ouverte, les coudes collés à ceux des autres pour ne pas en perdre une miette, les genoux tremblants de devoir attendre quelques secondes pendant que les plus grands, les plus costauds, les plus féroces la tenaient par les poignets, allongée à même le béton de la cave 24, et étouffaient ses cris. Les plus fragiles se donnaient du courage en tétant une canette de bière. Bientôt d'ailleurs, elle lui avait raconté, parce que au début elle racontait encore, elle ne crie plus.

Elle a peur, elle crève de peur, mais elle ne crie plus. Elle les regarde et elle sait qu'elle ne peut rien changer. Elle doit y passer. C'est écrit dans le roulement de ses hanches, de son cul, de ses seins qui ballottent depuis qu'elle est formée. C'est normal. Elle ne connaît que des histoires comme ça à la cité des Hêtres. C'est le rôle des femmes de redouter le mâle, le mâle qui vous guette et vous accule dans un coin sombre, les mâles en bande qui vous apostrophent, vous bousculent et vous forcent en s'encourageant. De la brutalité normale. Elle ne ferme pas les yeux, ne prend pas l'air d'une princesse renversée. Elle attend d'avoir mal. Elle sait que la première fois, ça fait mal. Ça fait mal, mais pas si mal que ça. Et quand ils sont tous partis, sans un mot ni un sanglot, elle rabat sa jupe sur ses cuisses et s'essuie. Ce n'est que ça, elle se dit. Ce n'est que ça… Tous ces mâles affolés par cette petite fente de chair chiffonnée. Quels connards ! elle se dit. Quelle bande d'abrutis ! Et c'est ça qui fait tourner le monde ! Sylvie Blondelle, c'était son nom. Au début, en tout cas. Puis ce fut Sylvie la Blonde, Sylvie la Bonne, la bonne à tout faire, bientôt si experte qu'elle tarifa ses services et élut domicile dans la cave. Elle l'avait aménagée, sa cave : un vieux matelas, un oreiller, des couvertures et un broc d'eau pour s'asperger entre deux clients. Ras le bol d'avoir le bas du dos écorché par toutes ces brutes qui s'agitaient sur elle et de se sentir l'entre-jambe poisseux. Mais il fallait payer maintenant. Et sans tricher ni baratiner. Sylvie la Bonne était devenue Chérie Colère. Bonne à sauter si on obéissait mais toutes griffes dehors si on essayait de l'entourlouper. Elle n'avait plus peur. Elle se faisait respecter. Tout était tarifé : le baiser sur les seins, la bouche, ses petites spécialités. Elle gagnait ses sous avec une autorité qui intimidait les plus baraqués. Avec la même brutalité, la même sauvagerie qu'eux. Chérie Colère... Sa force en imposait. Clara la respectait. Elle avait renversé le sort, elle avait fait de son malheur un commerce. Ils filaient doux devant elle, les gamins qui l'avaient terrorisée la première fois. Mais ils revenaient toujours. Goûter à cet amour primitif et sauvage, où les corps se déprenaient sans caresse, ni tendresse, ni le moindre abandon. Anonymes, indifférents, s'ignorant, une fois l'étreinte terminée. À dix-huit ans, elle ferma sa cave et alla suivre des cours d'esthéticienne à Paris. Elle prit un studio et des amants plus vieux, plus riches. On n'avait plus entendu parler d'elle. Jusqu'au jour où elle était revenue, sans rien dire, et avait loué un studio dans la cité.

— Elle a le dass... Le sida, si tu veux... Et elle est revenue aux Hêtres pour se venger, pour le filer à tous ceux qui ont abusé d'elle... C'est Kassy qui me l'a dit. On est plusieurs sur sa liste... Y en a déjà deux de contaminés.

Et comme elle ne comprend toujours pas, comme elle garde toujours les bras droits, tout droits le long de son corps, comme elle ne se penche pas pour lui prendre la tête, la caresser ou la rejeter en signe d'horreur – il a tout imaginé, sauf ce silence interminable :

— Je l'ai sautée, Clara... Depuis qu'elle est revenue, je l'ai sautée. Pendant que je te voyais, je l'ai sautée... Il y a trois mois encore, j'ai fini la nuit avec elle. Parce qu'elle me faisait bander, qu'elle ne posait pas de questions, que c'était facile, apaisant... Et je ne me suis pas protégé !

D'abord, elle ne pense à rien. Ou si : au poulet Cocody qui doit brûler dans le four.

— J'ai la trouille, Clara, je meurs de trouille... Je n'ose pas aller me faire faire ce test. Je reste enfermé toute la journée et j'en parle à personne. J'ai si peur, Clara, si peur...

Elle a mal au ventre et tout se vide dans son corps, elle n'est qu'un grand trou d'air où tourbillonnent des typhons violents. Ses mains cherchent dans le vide quelque chose à quoi s'accrocher.

— Clara, dis quelque chose. Donne-moi du courage... Comme avant... Comme avant... Clara... Oh ! Clara...

Alors son corps se casse et se penche sur celui de Rapha, l'enveloppe en une étreinte douce et tendre. Elle glisse contre lui, ils tombent sur le tapis rugueux et s'allongent. Ils se déplient, les jambes de l'un cherchent les jambes de l'autre. Leurs bras s'enroulent, leurs mains s'attrapent, leurs corps se rejoignent en une longue étreinte profonde comme le sommeil. Une vague menaçante leur passe sur le corps et ils plongent ensemble dans le creux de la vague pour ne pas se noyer. Emmêlés. Retrouvés. La vague s'éloigne. C'est un répit avant qu'un autre rouleau ne les terrasse et ne les roule. Une paix douce les enveloppe. Ils se bercent, ils s'embrassent. Ils roulent et roulent sur le tapis. Cognent contre la table basse, reviennent cogner contre le canapé.

— Je suis là, elle murmure dans ses cheveux. Je suis là. Je te protégerai toujours.

Il est devenu son enfant, son frère, son amour. Elle est la Vierge miraculeuse qui guérit. « Je suis la Madone qu'on prie à genoux, qui sourit et pardonne, chez nous, chez nous... » Elle oublie qu'elle aussi, peut-être... Puis elle se rappelle et frissonne. Une autre vague se dresse, haute et menaçante. Il sent le frisson courir sous ses doigts et l'empoigne plus fort, l'encastrant contre lui. Ils rentrent la tête chacun dans l'épaule de l'autre et laissent passer la vague. Ils restent là.

Longtemps. Les vagues déferlent et ils s'agrippent. Ils restent là. Elle sent des larmes couler le long de ses joues mais ce ne sont pas ses larmes. Elle ne sait plus. Et puis, elle se dit que peut-être, peut-être elle le gardera pour toujours maintenant. Qu'ils sont liés à jamais. Que rien de pire ne peut leur arriver et que devant la menace de la mort, il sera bien obligé de lui pardonner. Le péché originel qui entraîne la fuite hors du paradis. C'était sa faute à elle s'il était parti. Elle avait compris ça depuis longtemps mais n'avait jamais osé en parler de peur de provoquer à nouveau sa colère. La colère toujours enfouie entre eux. La colère qu'ils évitaient de réveiller en en faisant le minimum. Ils ne se parlaient plus. Ils se prenaient et se laissaient. Avec toujours cette faute entre eux. Sans véritable intimité parce qu'elle les séparait comme une étrangère. Maintenant ils vont pouvoir parler comme avant.

Maintenant, ils sont à égalité.

Et ses larmes deviennent une eau purifiante. Elle tend son visage à ses larmes à elle, à ses larmes à lui. Elle ne sait plus. Il se dégage et la regarde. Toute sa rage est tombée. Il se dit aussi qu'il l'a retrouvée. Comme avant. Il est revenu au port. Il la regarde, il regarde ses yeux remplis de petits points jaunes et verts, ses yeux liquides, et il a le vertige. Il a l'impression de tomber, de tomber en enfance, et il ferme les yeux pour que la chute n'en finisse pas, n'en finisse plus.

Plus tard, bien plus tard, alors que Rapha s'est endormi contre elle, dans son grand lit blanc, Clara se dégage des draps et des couvertures. Tout doucement, elle repousse le corps de Rapha, retire le bras qui barre son ventre. Il dort profondément. Elle dépose un baiser sur son épaule nue et le recouvre avec la couverture. Ils ont fait l'amour sans jamais se perdre du regard, comme au ralenti. Sans presque bouger, pour rejoindre l'éternité. Ce n'est qu'à la fin, lorsque Rapha a roulé sur le côté en poussant un soupir, un long soupir d'apaisement, de réconciliation, un soupir de joie intérieure, que Clara a vu la capote. Le plaisir avait été si aigu et si simple, une évidence qui s'imposait à eux, un long manteau qui les recouvrait, qu'elle ne s'en était pas aperçue.

Les larmes se remettent à couler sur ses joues. Elle se sent tout à coup vieille, fatiguée, sale. Elle a peur. Une peur atroce qui la tord. Elle baisse la tête vers son ventre, son sexe et se dit que le mal est peut-être tapi, là, qu'il va prendre tout son temps pour les exterminer. Elle frissonne. Passe la main dans ses cheveux, baisse la tête. Son regard revient sur Rapha. Il dort, les bras tendus vers elle.

Elle va jusqu'à la cuisine et sort le poulet Cocody du four. Il n'est pas brûlé. Le minuteur a marché. Elle sourit au minuteur. Engouffre le poulet dans le four à micro-ondes. Elle a faim, elle a soif. Attrape une bouteille de vin et s'en sert un grand verre. Et pendant que le poulet réchauffe, que les minutes puis les secondes s'égrènent au compteur, elle pense à toutes les femmes qu'elle a été depuis qu'elle connaît Rapha, et elle n'en aime aucune. Elle n'en respecte aucune. Ou si, peut-être : la petite Clara, qui voulait tout savoir et ne jamais tricher. Celle-là, elle l'aime, elle voudrait la retrouver. Avec sa colère en étendard, les questions qu'elle lançait tels de petits poignards pointant les mensonges des grandes personnes.

Elle n'est pas fière de ce qu'elle est devenue. J'ai triché, se dit-elle en buvant le vin à petites gorgées, accoudée sur la table de la cuisine, frissonnant dans la longue chemise écossaise de Rapha qu'elle a enfilée. J'ai été lâche, ignorante, paresseuse. Ma vie était facile, si facile. Je trouvais tout normal : l'amour de Rapha, les sous qui dégringolaient grâce au vieux Lucien Mata, les voyages, les musées, les palaces. Je ne pensais qu'à moi. Moi, moi, moi. Le monde tenait dans mon nombril. Rapha, Rapha… Tout va recommencer encore mieux qu'avant parce que je sais maintenant… J'aime pour deux.

J'aime pour deux…

Après qu'il l'eut plantée là, sans explication, à Venise, elle était retournée à l'agence de l'American Express et avait demandé à la fille brune derrière le comptoir s'il ne restait rien au nom de M. et Mme Mata. « Vous comprenez, je suis sa femme… » avait-elle murmuré en guise d'excuse. C'est la seule fois où elle avait prononcé ce mot-là. « Non, j'ai tout donné à votre mari », avait répondu la fille en replaçant une mèche de cheveux bruns et en ôtant sa boucle d'oreille pour se masser le lobe. « Tout ? avait répété Clara, le cœur battant. – Oui, la lettre et l'argent… » Puis elle s'était tournée vers un touriste américain qui voulait connaître les horaires des bateaux pour Murano, avait remis sa boucle, pris un dépliant et récité des horaires en les soulignant au Stabilo jaune. Une lettre. Lucien Mata savait que c'était toujours Clara qui allait chercher l'argent. Il lui avait écrit. Et Rapha avait appris.

À Paris, sur le paillasson, c'était trop tard pour expliquer. À quoi bon mettre des mots bout à bout, il n'écoutait plus. Il ne la regardait plus. Il nettoyait un pinceau avec un vieux chiffon et attendait, ennuyé, la hanche appuyée au chambranle de la porte. Elle l'avait perdu. Il se tenait droit, loin, loin, impassible, avec son éternelle chemise à carreaux et son jean raide de peinture. Il l'avait rendue muette. Son ton si froid, si détaché. C'est au timbre de sa voix qu'elle avait compris que c'était fini. Elle avait préféré croire à l'histoire de l'autre fille.

Ce n'était plus de sa faute, alors. Elle n'était plus responsable.

J'étais responsable. J'aurais pu éviter cette histoire lamentable avec Lucien Mata. Je l'ai laissé rôder autour de moi.

Lucien Mata, père de Raphaël Mata… Elle a longtemps été en affaires avec Lucien Mata. Après avoir arrêté ses études, elle avait commencé comme métreur sur des chantiers puis elle avait été engagée dans un cabinet d'architectes. C'était une promotion et l'homme qui l'avait embauchée le lui avait bien fait comprendre. Elle s'était donnée à corps perdu dans son travail sans que jamais personne la remercie ou la félicite. Tout était normal : ses heures supplémentaires, les week-ends où elle était « charrette », les déjeuners et les dîners pris toute seule dans son bureau en mangeant un sandwich sans goût, sous cellophane. Le jour où elle vit débarquer un petit nouveau qui, d'emblée, fut engagé à un salaire supérieur au sien, elle alla trouver son patron. « C'est à prendre ou à laisser, vous n'avez pas ses diplômes. » Quand on n'est pas capable d'être intelligent, on utilise la force. C'était surtout le ton sur lequel il lui avait répondu qu'elle n'accepta pas. Une voix légèrement comminatoire ou arrogante la met hors d'elle. Elle peut supporter les réflexions les plus dures et les plus critiques si elles sont émises avec une tonalité courtoise si ce n'est respectueuse. Ce n'est pas qu'elle soit trop sûre d'elle, au contraire, mais elle veut qu'on la respecte. Elle s'en fait un point d'honneur. Elle n'est pas assez forte pour résister à la brutalité imbécile assenée par un tiers qui se pense supérieur. Il faut, à chaque fois, qu'elle relève le gant et que justice lui soit rendue. À elle ou à un plus petit qui se fait maltraiter. Elle est toujours en train de défendre le pauvre et l'orphelin avec une obstination qui ressemble parfois à de l'entêtement enfantin. Ce jour-là, elle donna sa démission. Elle se retrouva, sans ressources, à battre le pavé des petites annonces. Elle avait vingt-cinq ans, des envies, des élans mais ne savait que faire. C'est en se promenant dans Paris que l'idée lui vint de se lancer dans la restauration d'habitats décrépits. En parlant aux concierges, elle découvrit la partie haute d'un vieil immeuble dans le Xe arrondissement, qui était à vendre pour une bouchée de pain. Elle en parla à Lucien Mata. Il avait toujours aimé Clara. Elle l'épatait. C'était la fille qu'il aurait désiré avoir. Il lui avait proposé de travailler avec lui, dans la production cinématographique, il lui aurait appris le métier, mais elle avait décliné son offre. Elle lui avait répondu qu'elle ne faisait plus confiance aux hommes. Sa franchise l'avait touché et il lui avait promis de l'aider si elle avait un projet en tête. Elle lui exposa aussitôt son idée. Elle craignait seulement d'être trop jeune pour inspirer confiance à un banquier. Lucien Mata trouva l'idée attrayante et lui conseilla de créer une SCI. Il avançait l'argent, il s'occupait du juridique et des relations avec la mairie de Paris ; pas de problèmes : il avait ses entrées dans le petit monde politique qui faisait son beurre dans l'immobilier. Il lui présenta son banquier et lui conseilla de gonfler ses devis pour se voir prêter la totalité de la somme des travaux. « Un banquier ne finance qu'à 80 %, il va te falloir établir un devis à 123 %… Comme tout le monde ! Tu ne perds rien à essayer et si ça marche, tu me reverses une petite commission », avait-il ajouté en avançant ses lèvres brunes et épaisses qui mâchouillaient un gros cigare. il ressemble à Charles Laughton, se disait Clara, chaque fois qu'il l'approchait de trop près. Il avait les ongles friables et, quand il lui attrapait le bras, il laissait de longues traces de griffures. Un banquier, séduit par l'audace de Clara (et rassuré par la garantie bancaire de Lucien Mata), lui avança les fonds nécessaires. Elle se mit à la tâche. Elle dessina des plans, cassa des murs, monta des carreaux de plâtre, assembla des PVC, coula le béton avec l'aide d'une main-d'œuvre au noir qu'elle embauchait au coup par coup, sans scrupules. Son premier projet fut une réussite. Elle remboursa son emprunt et investit ce qui lui restait dans l'achat d'un espace dans le Marais. Le banquier récidiva. Les immeubles à restaurer pullulaient dans certains quartiers de Paris, dans les années quatre-vingt. Des immeubles noircis par le temps dont les propriétaires étaient expulsés pour laisser place à de jeunes couples qui remplaçaient les vieilles armoires normandes par des ordinateurs. Les banques misaient sur l'immobilier, la jeunesse de Clara séduisait, son enthousiasme était contagieux. Ses plans devenaient de plus en plus audacieux. Elle ne voulait pas devenir une grande entreprise mais faire ce qui lui plaisait, travailler « à sa main ». Gagner suffisamment d'argent pour prendre des vacances régulières.

C'était la belle vie dans ces années-là, et Clara avait l'impression que le monde lui appartenait. Elle était son propre patron. Quand elle avait à nouveau besoin d'argent, elle se remettait sur un projet, et repartait dans les gravats et les coups de masse. En salopette, couverte de plâtre, brassant des idées de lumière, de ciel incorporé, de jardins. Elle se sentait l'âme d'un sculpteur. Elle aimait les matières rudes, la texture du bois, le froid du ciment, le lissé calme et reposant des faux plafonds, l'odeur des peintures, des vernis et des colles. Poncer des panneaux, brosser des poutres, lisser un plâtre, assembler des parquets et les entendre craquer la première fois qu'on y pose le pied, choisir des carrelages et des frises, jouer avec les mosaïques d'une salle de bains ou un mur nouille en pavés de verre la remplissait d'une joie sauvage. Elle aimait son métier, elle en connaissait les règles et avait l'impression de resserrer les liens entre elle et le monde.

Quand un espace était fini, elle le revendait. Lucien Mata, le plus souvent, lui présentait des clients. Parfois, c'était Lucille. Elle se disait, en soupirant, que ça ne durerait pas toujours mais elle entendait en profiter sans trop réfléchir. Elle savait, car elle n'était pas dupe, qu'une grande partie de son succès reposait sur les relations et la confiance que lui témoignait Lucien Mata. Elle devait bien de temps en temps manœuvrer pour échapper à ses avances. Il essayait toujours de poser ses grosses mains sur elle. Elle le repoussait en le ménageant. Elle se détestait d'être aussi complaisante mais ne pouvait se permettre d'être blessante. Un jour, il lui faudrait payer cette compromission mais elle ne voulait pas y penser. Ou elle se disait qu'elle y penserait plus tard.

Puis le marché s'était ralenti. Le client se faisait plus rare et chicaneur. Les étrangers délaissaient la capitale et l'immobilier était en pleine crise. Elle avait gagné beaucoup d'argent mais avait presque tout dépensé. Les temps étaient révolus où, lorsque sa tante Armelle la suppliait de se marier, de faire une fin, de se trouver un homme riche qui s'occuperait de tout et d'elle en particulier, elle la regardait droit dans les yeux et lui répliquait : « Mais, tante Armelle, je suis un homme riche ! »

Elle n'était plus un homme riche.

Elle dépendait de plus en plus des relations et du bon vouloir de Lucien Mata.

Un jour, je me souviens, maintenant je me souviens… oh, les souvenirs qui remontent, les souvenirs qu'on cache sous le tapis parce qu'on a honte… un jour, il m'a embrassée. J'avais oublié. J'étais paralysée sur ma chaise dans le petit bureau qu'il m'avait attribué, à côté du sien. Je n'ai rien dit, je lui ai permis de mettre sa langue épaisse dans ma bouche. J'ai laissé sa grosse langue me fouiller, attraper ma langue, la forcer à s'emmêler à la sienne. Et ses mains… ses mains qui me touchaient, ses doigts qui glissaient dans l'échancrure de ma chemise et essayaient d'attraper le bout des seins… La petite bête qui monte, qui monte, qui monte et hop !… les doigts qui courent, qui m'effleurent et me tâtent comme une marchandise. J'étais fascinée. Attirée comme par un aimant. Plus fort que moi. Et puis c'était si commode. Si facile. J'étais flattée que cet homme puissant bave de convoitise devant moi. Ça me rendait importante, belle, fatale. Sotte vanité ! Je croyais, en ballerine experte, m'en tirer par des pirouettes.

Et elle s'était fracassée face contre terre.

La sonnerie du micro-ondes retentit. Le poulet fume sous le couvercle de protection. Clara retire le plat, retire le couvercle, place le poulet sur la table de la cuisine, se ressert un verre de vin, allume une bougie, tend le verre à la lueur de la bougie et boit une longue gorgée de vin, repose délicatement le verre sur la table et attaque à pleins doigts son poulet Cocody, déchire le pilon de ses dents, aspire la sauce sur la chair dorée du poulet. La vie n'est pas finie, la vie recommence, on va se battre, on va se battre à deux, on est enfin redevenus ce chiffre magique. On ira faire le test ensemble. Il faut qu'il y aille. J'irai avec lui. Je n'ai pas peur, moi.

Si, j'ai peur… Je meurs de peur.

DEUXIÈME PARTIE

Yves n'aime pas du tout ces soirées entre filles. Il tourne autour d'Agnès. Agnès se tient debout près du lit, face à la penderie, en petite culotte et soutien-gorge. Elle se demande si elle met son pantalon en cuir noir ou pas. Le problème est simple : il lui va très bien, il est même flatteur et cache les deux kilos qu'elle a pris, mais ce n'est pas du vrai cuir. Lucille le remarquera tout de suite et ne pourra s'empêcher d'en déduire que, forcément, cette pauvre Agnès ne peut pas se payer du VRAI cuir de chez Mac Douglas à 2 500 francs pièce. Et ça, il n'en est pas question ! se dit Agnès, en rejetant le pantalon en faux cuir sur le lit. Le dessus-de-lit est un peu défraîchi. Il faudrait le changer. À quoi bon ? Lucille n'est jamais venue chez elle. Ni à Clichy ni à Montrouge. Agnès avait honte de la moquette usée, de la cuisine où ils prenaient leurs repas, des meubles en formica de sa mère et des fleurs en plastique dans les vases.

— Mais qu'est-ce que vous pouvez bien vous raconter ? Et pourquoi on ne peut pas être là, nous les hommes, hein ? Pourquoi ?

— Parce qu'on est entre filles et que même s'il n'y a qu'UN seul homme, ce n'est plus pareil, on ne parle plus pareil…

Elle remet donc son jean délavé 501. C'est un VRAI 501. À quatre cent cinquante francs pièce. À New York, d'après Lucille, il coûterait la moitié. Puis elle file à la salle de bains se maquiller. Yves lui emboîte le pas et s'assied sur le bidet. Elle trace deux traits d'eye-liner sur chaque œil en faisant d'horribles grimaces, pose son rimmel à l'aide d'une vieille brosse à dents, se poudre, et soulève son pull angora rose pour s'asperger de son parfum favori, Shalimar de Guerlain, qu'Yves lui achète à chaque anniversaire, à chaque Noël, à chaque date importante pour eux.

— Et pourquoi tu te fais belle comme ça ?

— Pour épater mes copines, pour leur montrer que je ne suis pas un vieux trognon, même si je suis mariée depuis treize ans au même homme que j'aime et qui est rongé par la jalousie…

— Tu ne te fais plus belle pour moi !

— Menteur…

Elle se penche vers lui, l'embrasse. Il colle sa bouche contre la sienne, l'enlace, fait tomber son corps contre le sien et s'y raccroche avec une force qui traduit plus le désespoir que le désir. Agnès se dégage doucement et d'une voix égale, d'une voix qu'elle veut à tout prix sans tremblement ni colère, elle lance, légère :

— Une chose de plus dont il faudra qu'on discute, mon chéri ! Tu peux le marquer dans ton cahier dès ce soir !

Il hausse les épaules, baisse les yeux. C'est plus fort que lui. Il tend le bras vers elle, veut la retenir, un dernier baiser s'il te plaît, mais à ce moment-là, Éric, leur fils, entre dans la salle de bains et bougonne :

— On a faim, nous ! Tu viens dîner, p'pa ! J'ai encore plein de travail à faire, ce soir !

Il tire sur les manches trop longues de son sweat-shirt rouge Chicago Bulls et pose sur sa mère un regard lourd de reproches. Lui aussi est inquiet, ces soirs-là ; il la suit du coin de l'œil, inspecte sa tenue, son maquillage avec l'air de dire « Est-ce vraiment nécessaire ? ». Il n'y a que Céline qui comprend ce que signifie « entre filles ». Elle a mis la table, préparé le repas, des spaghettis et une salade, et elle attend en regardant la télé.

— J'arrive, j'arrive, dit Yves en se levant à regret.

Il jette un dernier coup d'œil à Agnès qui se remet du rouge, se repoudre le nez, vaporise de laque le dessous de ses mèches pour leur donner du volume ; leur baiser a tout saccagé. Il prend la main de son fils et tous les deux vont s'installer, le pas lent, dans la cuisine en attendant que Céline les serve.

— Et arrêtez de faire cette tronche ! On dirait qu'elle part faire la pute dans un cabaret ! Elle n'est pas *gogo-dancer*, que je sache ! fulmine Céline. Putain ! Vous êtes lourds, vous les hommes !

— On dit pas « putain »... Pas devant son père en tout cas ! souligne Yves qui tente de faire preuve d'un peu d'autorité.

Un gros paquet de spaghettis fumants tombe dans l'assiette d'Yves, il empoigne sa fourchette et la fait glisser sur les pâtes.

— Tu es trop jeune, tu ne connais pas la nature humaine, dit-il pour se justifier.

Lui, il sait. Parce qu'un soir... un soir, c'était il y a à peu près un an... juste avant qu'ils ne commencent leurs réunions de couples et les cahiers qu'on s'échange... Il était à Chalon-sur-Saône, pour son boulot, et il avait appelé Agnès pour lui dire de ne pas l'attendre cette nuit-là. Il dormirait au Novotel sur la route. Il avait un client à voir le lendemain. Un pépin de dernière minute sur un marché important : il ne rentrerait pas avant le lendemain après-midi. « Allez, souhaite-moi bonne chance ! lui avait-il demandé au

téléphone. Dis-moi les cinq lettres… Tu sais les-
quelles… » Elle lui avait dit « Merde ». Elle avait dit
aussi : « Ne t'en fais pas, les enfants sont grands maintenant, ils peuvent se garder tout seuls… Je ne ren-
trerai pas tard. » Et puis, elle avait ajouté « Je t'aime »
et il avait dit « Moi aussi, je t'aime ». Il avait raccroché, pas très fier de son stratagème. Il savait que ce
soir-là, elle dînait chez Clara. Il avait pris une chambre
au Novotel. Avait laissé l'empreinte de sa Carte bleue
pour pouvoir partir dans la nuit. Il n'était pas allé dans
la salle à manger se payer le menu gastronomique sur
le compte de la boîte. Il avait l'estomac trop noué. Il
était resté dans la chambre. Pas fier, pas fier du tout.
Jusqu'à la dernière minute, il avait hésité. C'est pas
bien ce que je fais. C'est pas bien. Il ne faut pas mettre
le doigt dans l'engrenage… Il avait marché dans la
chambre, du lit à la porte, de la porte à la télé posée sur
un long meuble en bois blanc, de la télé au lit. Il zap-
pait en pianotant sur la télécommande. Le film porno
de Canal Plus n'était pas décodé mais il pouvait
reconstituer des bouts de vulve, des bouts de bite trem-
blotants. Ça faisait un bruit de scie métallique, c'était
étrange, une vraie boucherie. Au bout d'un moment, il
était arrivé à suivre l'action. Mais le générique de fin
avait défilé… Il avait bu les petites bouteilles du
minibar, avalé les Vache-qui-rit, les cacahuètes et les
noix de cajou, les olives vertes, les olives noires collées
dans leur sachet en plastique sous vide. Les minutes et
les heures passaient, lumineuses, sur son petit réveil de
voyage. Il se raisonnait, se disait : non, je n'irai pas.
NON. Je vais m'enfermer à clé et jeter la clé par la
fenêtre. Je vais prendre un somnifère et m'écrouler sur
le lit. Je vais… Je dois m'enlever cette idée de la tête.

Il aimait Agnès, elle l'aimait, il allait tout gâcher.
Tout ça pour une sale petite curiosité. Une sale pulsion.

Douze ans de mariage presque parfait, ça valait le coup qu'on les respecte. Agnès, il l'a connue au standard de la boîte où il travaille, chez Water Corp. Elle répondait au téléphone, apportait une tasse de café au client qui attendait, notait les messages, retenait une table au restaurant quand les secrétaires des patrons étaient débordées. Toujours le sourire, toujours pimpante. Un soir, à un pot donné pour fêter la nouvelle année, culture d'entreprise oblige, nous sommes une grande famille et nous nous aimons, il s'était enhardi et l'avait invitée à dîner. Elle avait dit oui tout de suite, la bouche pleine. Plus tard, au restaurant, elle lui avait avoué qu'elle n'attendait que ça, qu'elle avait remarqué ses regards coulissés et son léger bégaiement quand il était intimidé. Et elle l'intimidait, n'est-ce pas ? Il avait dit oui en exagérant son bégaiement. Elle avait éclaté de rire et il l'avait embrassée par-dessus le magret de canard. Une histoire simple comme Fripounet et Marisette. Les enfants étaient déçus quand ils la racontaient. Ce n'était pas romantique pour deux sous, le grand dadais ancien joueur de rugby dans l'équipe de Dax qui s'éprend de la jolie téléphoniste de Paris. La suite non plus n'était pas romantique. Ils s'étaient mariés. À la mairie, en petit comité, le troisième couple dans la file d'attente. Clara était le témoin d'Agnès, lui, il avait demandé à un type de la boîte, un dénommé Levasseur, à peine un copain. Agnès avait repris des études. Elle avait choisi d'être comptable. « Les gens auront toujours besoin de compter leurs sous et de faire des bilans. » Elle avait profité du temps où elle faisait ses études pour avoir ses deux enfants, Céline d'abord, Éric ensuite. Dès qu'ils avaient été en âge d'aller à l'école, de manger à la cantine, dès qu'ils avaient su écrire leur nom en entier et se défendre dans la cour de récré, elle avait trouvé un emploi. Yves était resté chez

Water Corp, au même poste : technicien après-vente.
« Quel manque d'esprit aventurier ! s'exclamait Céline.
Un répulsif pour le Prince Charmant ! – Parce que tu
crois au Prince Charmant ! lui avait rétorqué Agnès. Le
Prince Charmant tu te le fabriques petit à petit comme
le Lego d'Éric. » Un répulsif pour le Prince Charmant... Ces mots de Céline étaient revenus cogner dans
sa tête, ce soir-là au Novotel. Il ne savait pas pourquoi.
Certains mots s'inscrivent dans votre mémoire, au fer
rouge. Des années plus tard, ils sont toujours là. Des
mots en apparence anodins. Cette année-là, c'était le
grand mot de Céline, répulsif. Elle l'employait à tout
propos. Alors, la sale bête à l'intérieur de lui s'était
réveillée et avait réclamé son dû. « Allez, vas-y, allez...
Juste une fois. Ça te fera du bien. Après tu oublieras, tu
n'en souffriras plus... » Il avait pris sa veste, refermé
son sac, sauté dans sa voiture et avait conduit comme
un fou jusqu'à Paris. Un peu étourdi par tous les
mélanges qu'il avait faits. Il s'était arrêté deux fois sur
une aire de parking pour courir autour de la voiture au
pas de course et se tenir éveillé. Ça lui avait rappelé
l'entraînement avec ses potes de ballon ovale au petit
matin, dans la brume froide de la campagne autour de
Dax. Il avait dû arriver vers trois heures du matin dans
l'appartement endormi. Il avait enfoncé tout doucement
la clé dans la porte pour ne pas réveiller les enfants,
avait glissé le long du couloir jusqu'à leur chambre,
tourné délicatement le bouton de la porte. Avait regardé
le lit conjugal. Vide. Elle n'était pas là. La sale bête
avait raison : elle le trompait. Les dîners chez Clara,
c'était du bidon. Elle voyait son amant. Il était cocu.
Cocu, le chef de gare.

Il n'avait pas osé appeler chez Clara.

Il l'avait attendue. Elle était rentrée à six heures et
demie du matin. Juste avant que les enfants ne se

réveillent. Juste le temps de se glisser dans les draps sans se démaquiller ni se brosser les dents. Quand elle était trop fatiguée, elle ne se démaquillait pas. Il râlait parce que les oreillers étaient tachés. Il s'était caché derrière la porte entrouverte de la chambre. Il l'avait vue envoyer valser ses chaussures, son jean, son chandail, son soutien-gorge et son slip. Il avait attendu qu'elle soit dans le lit, entendu le gros soupir qu'elle avait poussé une fois le corps bien allongé sous les draps. Il avait refermé la porte et elle avait poussé un cri. Un petit cri d'effroi.

— Mais je croyais que tu restais là-bas !

Un demi-aveu, s'était-il dit. Je la tiens, cette fois.

— C'était pour savoir. Et maintenant je sais…

— Tu sais quoi ?

— … Que tu n'as pas dormi ici. Alors ? T'étais où ?

Il se sentait presque soulagé. Il était venu s'asseoir sur le bord du lit, de leur lit. Elle s'était redressée, les draps plaqués contre sa poitrine comme s'il ne devait pas la voir nue. Il avait arraché le drap.

— T'étais où ?

— Mais chez Clara !

— Jusqu'à six heures du mat ? Tu me prends pour un con ?

— Vas-y… Téléphone-lui. Demande-lui à quelle heure je suis partie de chez elle…

C'est elle qui était en colère. Qui remettait le drap sur sa poitrine et se recouchait comme si ce qu'il lui racontait ne l'intéressait pas du tout. Puis elle s'était redressée à nouveau et avait demandé :

— Tu n'appelles pas ?

Il avait secoué la tête. Il était jaloux mais il avait encore son amour-propre. Surtout vis-à-vis de ses copines qui devaient le considérer comme un raté. Un petit salarié de rien du tout. Chargé d'entretenir les chantiers sur lesquels il y avait des problèmes. Des problèmes aussi bêtes que des arroseurs qui se coincent à cause du tartre, des programmateurs qui ne démarrent pas, des pressions d'eau insuffisantes. Un petit salarié qui se cramponne à sa place, qui a peur de réclamer une augmentation de crainte de se faire virer. Quand elles lui demandaient combien il gagnait, il était obligé d'inclure ses défraiements pour ne pas avoir l'air ridicule. Il n'était pas le génial Raphaël Mata, ni le grand chirurgien Ambroise de Chaulieu et encore moins David Thyme, l'héritier des brasseries ! Le jour de son mariage, il était mal à l'aise. Elles se pressaient autour de lui. Elles le dévisageaient et lui posaient une foule de questions plus ironiques les unes que les autres. « Mais c'est parce que je suis la première à sauter le pas ! » avait expliqué Agnès en l'entraînant vers Ambroise de Chaulieu et Joséphine. Joséphine était la seule avec laquelle il se détendait. Elle était fille de boulanger et le répétait à tout bout de champ, ce qui embarrassait le digne Ambroise qui tirait sur sa cravate quand elle insistait sur la manière de reconnaître un bon pain à la mie crémeuse et collante ou comparait les temps de fermentation du pain industriel et du bon pain, « l'un c'est quinze minutes, l'autre ça peut aller jusqu'à cinq heures ! Hein ? Ça vous en bouche un coin ! ».

— Tu veux que je fasse le numéro pour toi ?

Elle avait mis la main sur le téléphone. Il l'en avait retirée doucement. Il s'était déchaussé, s'était couché en boule contre elle, tout habillé.

— Je suis si malheureux… si malheureux d'être comme ça… Prends-moi dans tes bras…

Le lendemain, ils avaient décidé de rejoindre leur groupe d'amis qui suivaient une thérapie de couple. Ils s'étaient retrouvés, deux semaines après, dans un grand manoir loué pour l'occasion. Mille francs le week-end par couple. Ceux qui pouvaient payer plus le faisaient. Ceux qui ne pouvaient pas donnaient selon leurs moyens. On leur apprenait à décrire leurs émotions en disant « je ». Chacun devait parler de ce qu'il ressentait et toujours d'une manière positive. Il s'agissait surtout d'expliquer ses sentiments à l'autre pour qu'il les comprenne. Ils s'étaient acheté un petit cahier et avaient appris à disséquer par écrit leurs mauvaises humeurs, leurs blocages, leurs colères. Une fois par trimestre, ils se retrouvaient avec les autres couples lors d'un séminaire ; chacun parlait de ses problèmes et des solutions qu'il avait trouvées. Ils se disputaient moins. Ils se parlaient davantage. Yves faisait des efforts mais la sale bête dormait toujours en lui. Agnès ne l'envoyait plus balader quand le mal le reprenait mais elle n'avait pas renoncé pour autant à ses soirées entre filles. « J'ai besoin d'avoir un jardin secret, expliquait-elle dans son cahier. C'est mon enfance, mes copines, Montrouge, mes racines. Tu as bien le rugby et tes copains de Dax ! Je ne te fais pas la tronche, moi, quand tu vas aux matchs et traînes avec eux après jusqu'à des heures pas possibles ! ».

— Bonsoir, mes amours ! lance Agnès sur le pas de la porte de la cuisine en leur faisant un petit geste d'adieu. C'est bon, au moins, ce que vous a fait Céline ?

— Des pâtes comme d'hab… bougonne Éric.

— T'avais qu'à te remuer les fesses, demi-portion ! réplique Céline.

— J'te tague l'anus, pauvre meuf !

— Tu as entendu comment ils se parlent ! soupire Yves, dépassé par l'énergie de ses deux rejetons. Si j'en avais dit la moitié chez moi, j'aurais dégusté !

Céline hausse les épaules et lance un long regard complice vers sa mère.

— T'es belle, mamoune ! Amuse-toi bien ! ajoute-t-elle pour bien marquer dans quel camp elle se trouve.

— Bonsoir, mon chéri, ajoute Agnès en se baissant vers Yves et en déposant un baiser sur ses cheveux noirs et épais.

Elle aime l'odeur de ses cheveux, une odeur d'enfant propre qui lui donne envie de le protéger, de le câliner.

Il lui adresse un pâle sourire qui signifie : ça va mieux, j'assume ; elle a un immense mouvement de tendresse envers lui et manque de lui proposer de l'accompagner chez Clara. Jusqu'à la porte de Clara afin d'atténuer ses angoisses. Puis elle se souvient qu'il ne faut surtout pas qu'elle s'immisce dans son problème. Il doit trouver de l'aide à l'intérieur de lui-même. C'est ce que répète toujours l'animateur.

Elle envoie un dernier baiser à la ronde et fait claquer la porte de l'appartement.

Dans la voiture, elle sort de sous son siège une bouteille de champagne enveloppée dans du papier de soie. Une bouteille pour quatre, ce sera suffisant ? se demande-t-elle brusquement, le cœur battant. Elle aurait peut-être dû en prendre deux… Cela aurait fait plus riche. Elle la pose délicatement sur le siège à côté d'elle. La bouteille est encore toute fraîche. Elle l'a achetée au magasin Nicolas proche de son bureau. Elle s'en veut d'être obligée de se cacher mais soupire, à voix haute : « On ne peut pas tout dire… » Elle aime Yves. Même si… La vie la plus simple peut être parfois compliquée. Elle n'est pas jalouse. Elle n'a jamais été jalouse. Elle n'imagine pas Yves dans les bras d'une autre femme. « Je crois qu'il serait impuissant, se dit-elle en allumant le contact de sa R5 blanche et en déboîtant, non sans avoir vérifié que la voie est libre. C'est peut-être pour ça que je l'ai choisi. Je savais que je serais la plus forte, que j'aurais la situation bien en main... » Elle n'aime pas cette idée, qui diminue son amour pour Yves. Depuis qu'elle dissèque ses états d'âme dans son cahier, il lui vient des réflexions étranges. De plus en plus souvent, elle entend une petite voix intérieure qui lui répond. C'est dangereux de réfléchir. Elle était plus tranquille, avant.

Elle se regarde une dernière fois dans le rétroviseur. Ça va, ma fille, ça va. Le feu passe au rouge et elle se demande pourquoi les femmes se font belles quand elles se voient entre elles. Compétition ? Séduction ? Rivalité ? Il y a encore un an, elle ne se serait pas posé la question. Elle s'est préparée comme pour un rendez-vous galant. Yves a raison. Le conducteur derrière elle s'impatiente et klaxonne. Elle regarde le feu : il est redevenu vert. Elle hausse les bras en signe de « y a pas le feu au lac » et l'autre la dépasse en la traitant de conne et de poufiasse. Elle incline le rétroviseur intérieur vers elle. Il n'a pas vu que j'étais belle, ce soir ? Oh bien sûr... pas comme Lucille. Ou Clara. Ou Joséphine qui semble offerte à tous les mâles qui l'approchent. Pauvre Ambroise ! Elle le plaint et il l'irrite. Il a toujours l'air d'être à côté. Soutenu par son costume, sa cravate et ses belles manières, son nom de famille à rallonge. Ambroise de Chaulieu de Hautecour. Joséphine a commencé par en couper un bout. Ça ne rentrait pas sur les feuilles de Sécu, expliquait-elle. Puis un autre bout en le baptisant Paré. Et pourtant, elle en est presque sûre, c'est ce nom, cette belle prestance qui ont emporté Joséphine Brisard, fille de boulanger à Montrouge, jusqu'à l'autel. Elle n'oserait jamais le lui dire en face mais elle soupçonne son amie d'avoir été éblouie par la galerie d'ancêtres, l'argenterie de famille, la position sociale des Chaulieu.

Les hommes croient séduire une femme mais c'est la petite fille qu'ils emballent. Elle se souvient de la boulangerie familiale. La mère de Joséphine derrière la caisse, le père au fournil et Joséphine servant les clients aux heures de pointe. « Mets ta blouse, souris, tiens-toi droite… », serinait la mère Brisard à sa fille qui traînait les pieds en présentant les baguettes. À Jean-Charles, l'aîné, elle ne demandait rien. Il révisait ses cours dans l'arrière-boutique ou plutôt il feuilletait *Lui* ou *Playboy* en matant les filles à poil. L'arrière-boutique tenait lieu de salon, de salle à manger, de cuisine. Ils mangeaient sur la pointe des fesses, toujours prêts à se lever si un client entrait. « Même pas le temps de faire pipi ! » se vantait Mme Brisard. Joséphine avait toujours un livre en train qu'elle cachait. Après son bac, elle avait voulu s'inscrire en fac de lettres mais « la littérature, ce n'est pas un métier, disait la mère Brisard, c'est un passe-temps pour paresseux ». Elle ne chômait pas, Mme Brisard. Il faut dire que leur pain était vraiment bon. Tout Montrouge venait faire la queue chez eux. À la sortie de l'école, quand ils ne mangeaient pas les crêpes de la grand-mère Mata, ils se retrouvaient dans l'arrière-boutique, sur la table avec la toile cirée imprimée de roses rouges. Jus d'orange, croissants, pains au chocolat pour tout le monde ! Ils dévoraient puis réclamaient de la baguette, l'ouvraient en deux, plongeaient le nez dedans, tartinaient la mie encore chaude de bon beurre qui venait tout droit de Normandie où les parents de Mme Brisard avaient une ferme. « Et c'est pas du beurre aux hormones, trompettait Mme Brisard, c'est de la bonne baratte à l'huile de coude ! Avec des vaches qui bouffent de la bonne herbe verte et grasse ! » Lucille en oubliait son régime, Rapha posait des questions sur la fabrication du pain, Clara ajoutait de la bonne confiture, Jean-Charles lorgnait les jambes des filles sous la table.

Agnès ferme les yeux. C'était hier ! Et elle, la petite Agnès, « sage comme une image, celle-là, toujours d'accord, pas contrariante », disait Mme Brisard. J'avais pas les moyens d'être autrement, répond en écho Agnès des années plus tard, en donnant un coup de volant pour éviter une mobylette qui a tourné à gauche au dernier moment. Elle se retourne et jette un regard noir au type sur la mobylette en vissant son index sur sa tempe. J'ai tout de suite su que je ne pourrais pas rivaliser avec les autres. Pourtant, je les avais choisies ! J'aurais pu me trouver des copines à ma mesure. Je me suis fait une raison mais je n'étais pas malheureuse pour autant… Je ne me souviens pas d'avoir été jalouse ni envieuse. J'étais même fière d'être leur copine ! Un peu complexée tout de même, répond la petite voix du cahier. Pas vraiment à l'aise. Toujours la dernière à parler et encore ! Pour acquiescer. Une petite fille si fausse, si avide de plaire, de ressembler à l'image que les autres se faisaient d'elle. Merde ! répond Agnès à la petite voix qu'elle ne peut plus arrêter.

Parfois elle se demande si elle a bien fait de s'inscrire à ces séminaires de couple. Au début, c'était pour soigner Yves et sa jalousie maladive mais, petit à petit, c'est elle qui est remise en cause, sans s'en apercevoir. À force d'employer le « je », elle ne peut plus éviter les problèmes. Elle se cogne à son passé. On ne lui a jamais appris à dire « je ». Ou « moi, je ». Sa mère était intraitable. Elle disait qu'il ne fallait jamais commencer une lettre par un pronom à la première personne. Agnès avait mené sa vie en pensant à « elle », cette femme parfaite qui réussissait, maîtrisait tout, refusait de s'apitoyer sur elle-même ou de se remettre en question. Elle avait de beaux enfants, un mari qui l'aimait, un boulot qui marchait bien. Grâce à son salaire, ils pouvaient se payer tous les petits agréments de la vie, les vacances au Club ou aux sports d'hiver, la seconde voiture, les cours de théâtre de Céline, les leçons de tennis d'Éric, leurs week-ends de communication…

Tu aurais eu envie que toi aussi, on te remarque, on te félicite, mais tu étais toujours transparente et si convenable, tu voulais plaire à tout le monde et tu as oublié qui tu étais en route. C'est pour ça que tu te sens en sécurité avec Yves : il ne te juge pas, il te trouve toujours la plus belle, la plus intelligente, la plus efficace. Il te vaporise de l'admiration, il te sert de piédestal. C'est ça que tu baptises du beau nom d'amour ?
— Ta gueule ! hurle Agnès en arrivant en bas de l'immeuble de Clara. Je le laisse vivre, moi, je ne le soupçonne pas de me tromper dès que j'ai le dos tourné. Je le respecte… — Bien sûr que tu n'es pas jalouse ! Tu ne le regardes pas, tu ne sais pas qui il est, tu lui demandes seulement de t'aimer à la folie… Tu prends tout et tu ne donnes rien. Tu vis en parfaite célibataire ! C'est facile de lui réciter de beaux discours sur sa jalousie, son manque de confiance en lui, facile de jouer les madame je-sais-tout. Tu ne te demandes pas pourquoi il souffre ? Tu y es peut-être pour quelque chose. Il a peut-être raison de penser que tu ne l'aimes pas. « Ça suffit ! » crie Agnès en cherchant une place dans la petite rue sombre de Clara. Une pluie fine tombe sur le pare-brise et elle actionne les essuie-glaces. Elle n'y voit rien et se penche en avant pour ne pas heurter de piéton. Ils pourraient mettre des réverbères, merde ! Je ne vais encore pas pouvoir me garer ! Le temps de marcher jusqu'à chez Clara et mon brushing sera foutu ! Elle aperçoit une place, freine brusquement, enclenche la marche arrière, faisant grincer la boîte de vitesses, se casse un ongle en essayant de faire son créneau, éclate en sanglots et cale.

Là-haut, dans la cuisine, Clara et Joséphine finissent de découper un saucisson et de placer des petits biscuits salés pour l'apéritif. Joséphine observe son amie. Ça ne lui ressemble pas de leur servir des chips du Shopi. D'habitude, c'est la farandole des entrées chez Clara : petites crevettes grises encore frétillantes passées à la poêle avec du gros sel, fines tranches de mimolette vieille achetée à l'autre bout de Paris, terrines de saumon ou de thon, fritures de tofu dans sauce de soja et graines de sésame. Elles se plaignent toujours de ne plus avoir faim quand vient l'heure de passer à table. « La bonne chère amollit les cœurs et favorise la confidence », pérore Clara, les reins ceints d'un large tablier bleu foncé de cuisinier. D'habitude, elles auraient commenté son fax en hurlant de rire. Clara aurait réclamé des précisions sur la taille du sexe du passager du train, le profil droit, le profil gauche, crocheteur ou bretteur ? Ou le menu détaillé des turpitudes sexuelles effectuées sur la banquette SNCF. D'habitude, Clara aurait allumé les bougies sur la table en claironnant : « Que la fête commence ! » et en faisant péter un bouchon de champagne. D'habitude, elles auraient dansé en hurlant « Que je t'aime ! » imitant Johnny. D'habitude, elles auraient déjà piqué trois fous rires au détriment d'Ambroise, d'Yves ou de David Thyme, le mari de Lucille. D'habitude, avant que les autres n'arrivent, elles se seraient roulé un joint avec l'herbe que Kassy refile à Clara, d'habitude…

Elle ne lui a même pas demandé des nouvelles de Julie.

Ce soir n'est décidément pas une soirée comme d'habitude.

Et l'humeur ne s'améliora pas. Agnès arriva en sanglotant : d'après ce que parvinrent à comprendre Joséphine et Clara, elle avait eu une violente prise de bec avec elle-même dans la voiture et s'était cassé un ongle.

— Cent quarante francs, la *french manucure* ! Sans compter le pourboire obligatoire, et toute ma vie foutue en l'air, ânonnait-elle, hoquetante. J'ai honte, j'ai honte, j'ai tout faux depuis le début, tout faux.

Elle se frotte le nez sur son pull angora rose. Les poils du pull se couchent, formant un tapis gluant, le rimmel coule en longues traînées noires, la poudre vire en plaques roses et épaisses lui dessinant une tronche de grande brûlée. Joséphine attrape un Kleenex, la fait asseoir sur le canapé et l'entoure de ses bras.

— Allez, ma biboune, pleure, ça fait du bien… Pleure un bon coup comme quand tu étais petite et que ta maman te faisait un câlin après…

Elle retrouve les mots qu'elle emploie avec ses titounets, les mots qui consolent, renvoient à l'enfance, et Agnès se laisse aller à gros bouillons.

— Mais elle me faisait jamais de câlins ! Elle avait pas le temps ! Tu le sais bien !

Elle faisait des ménages chez tout le monde, Mme Lepetit. Seule à élever ses trois enfants, plaquée par son CRS de mari qui était allé vivre avec la voisine du dessous. Le genre d'homme qui fait pleurer sa famille. Sans la frapper, sans lui hurler après comme d'autres. Juste en changeant d'étage. Et en les ignorant. Il n'avait même pas pris la peine d'aller cacher son bonheur – leur malheur – ailleurs. Il l'affichait juste en dessous d'eux. Il installait son désir pour une autre, pour une autre vie, sous leurs pieds. Leurs pieds qu'ils osaient à peine traîner sur le sol tellement cela leur semblait irréel qu'il puisse faire ses mots croisés en dessous, rire en dessous, déshabiller une femme en dessous et s'allonger sur elle. Il les avait condamnés au silence. Le silence des larmes qu'ils n'osaient plus verser de peur qu'il les entende. Condamnés à avoir honte de leur souffrance. Agnès aurait préféré mourir plutôt que de marcher sur le bonheur de son père. Tout son corps tremblait quand elle descendait les escaliers ou prenait l'ascenseur, à l'idée de tomber sur lui ou sa maîtresse. Elle envoyait ses frères en sentinelle. Une fois, une seule fois, elle avait osé se jeter sur lui et l'avait traité de salaud. Il lui avait retourné une torgnole qui l'avait envoyée rebondir dans les escaliers. Tout l'immeuble en avait parlé. Quand sa mère l'avait appris, Agnès avait reçu deux autres torgnoles. « Je me tue à vous élever pour que vous ne manquiez de rien, pour que ça soit comme avant et tu fais parler de toi dans tout l'immeuble ! Fais comme moi : ignore-les ! Je me fiche de ton chagrin, tu crois que je n'en ai pas eu, moi, du chagrin ! Et si je m'épuise à faire des ménages, c'est pour payer le loyer, pour ne pas déménager et perdre la face, pour que toi et tes frères ayez une chance dans la vie ! Tu préférerais aller vivre dans une cité à Bagneux ! Mais, bon Dieu, ma fille, on reste droit dans l'adversité ! » À table, quand Agnès ou ses frères ne se tenaient pas bien, c'est à coups de fourchette que Mme Lepetit rectifiait les coudes avachis ou les doigts dans l'assiette. Ses enfants se voûtaient en sa présence. Les deux frères aînés avaient pris la poudre d'escampette dès qu'ils avaient pu ; l'un s'était établi comme électricien à Montpellier. De l'autre on n'avait presque pas de nouvelles et Mme Lepetit avait toujours peur en ouvrant les journaux de le retrouver mêlé à un sale fait divers.

Les sanglots d'Agnès redoublent et Joséphine la serre de plus près. La berce contre elle jusqu'à ce qu'elle se calme un peu et recommence à tire-bouchonner l'ourlet de son pull qui perd ses poils. Ça fait une petite pelote rose qu'elle roule entre ses doigts tout en parlant.

— Tu comprends, c'est depuis que j'écris dans mon cahier… Depuis qu'Yves et moi, on a décidé de se joindre au groupe de thérapie conjugale, tu sais ?

Joséphine opine de la tête.

— Et Dieu sait que ça nous a fait rigoler, Clara et moi !

— Tout me saute au visage et je suis pas assez forte… Je pensais pas que j'en avais besoin, moi aussi. Mais c'est trop dur, trop dur… Et, ce soir, dans la voiture, je ne sais pas pourquoi, c'est comme si j'avais entendu une petite voix qui me parlait… et qui me disait des horreurs. Pas des horreurs, en fait, plutôt des vérités. Des trucs que je sentais venir sans les éclaircir… Et j'ai pas supporté…

Clara s'est assise sur l'accoudoir du canapé et écoute parler Agnès. Ce matin, quand Rapha est parti, il lui a caressé la joue, ses doigts ont glissé sur ses yeux, son front, ses cheveux. Comme s'il l'apprenait par cœur avant de la quitter pour un long voyage. Elle a frissonné et s'est serrée contre lui. Ils se sont longuement embrassés et séparés à regret. Elle lui a demandé s'il avait toujours peur, il n'a pas répondu.

Elle se laisse tomber à côté d'Agnès, déroule ses bras pour l'enlacer. Elles sont toutes les trois les unes contre les autres, comme autrefois sur le canapé rouge de la grand-mère Mata quand elles se serraient et se faisaient en chuchotant bouches contre cheveux des serments d'amitié éternelle. Quand, comme toutes les adolescentes paralysées par la peur de grandir, elles tremblaient et se rapprochaient, se tenaient les mains, les bras et pleuraient tout emmêlées. Elles ne savaient pas exactement pourquoi mais elles étaient pleines de désespoir. Ou d'espoir. Ça dépendait des jours. Elles passaient des rires les plus fous, les plus stridents aux larmes les plus irraisonnées. Elles avaient peur de tout, envie de tout, elles ne savaient pas vraiment comment s'y prendre avec la vie et se raccrochaient l'une à l'autre.

— Je me croyais si parfaite, si équilibrée. Je me disais que c'était lui le malade, lui qu'il fallait soigner. La petite voix était pas d'accord… Elle dit que je l'aime pas… Enfin pas pour de bon… Qu'il me sert de faire-valoir, que je le regarde pas. Elle dit que j'aime personne… Et même par rapport à vous, je vais vous dire, mais vous m'en voudrez pas ? Promis ?

Elle les regarde avec crainte, les cils collés en petits paquets noirs. Clara et Joséphine secouent la tête négativement et l'encouragent du regard.

— Je finissais même par me trouver supérieure à vous… Je me disais que ma vie à moi était bien propre, bien nette par rapport à la vôtre. Que tout ça avait un sens, allait dans la bonne direction alors que toi, Clara…

Elle hésite, guette son amie avec un air de chien battu qui va en reprendre une tournée.

— … toi qui te vantais d'être spéciale… t'as pas d'enfant, pas de mari, pas de boulot, t'as tout foiré avec Rapha… et tu vas avoir quarante ans ! Et ça sera trop tard !

— Merci bien, répond Clara piquée au vif, j'en ai que trente-six d'abord et il n'est jamais trop tard !

Et puis je préfère encore ma vie de bohème à ton grand mari qui te suit comme un toutou fidèle, ajoute-t-elle pour elle-même. Mais ça, ce n'est pas le moment de le dire à Agnès.

Agnès renifle, en tripotant sa petite boule de laine rose.

— … Ooh ! j'arriverai jamais à tout vous dire… Toi, Joséphine, tu t'ennuies avec ton mari et tu te fais sauter par n'importe qui pour oublier… Tu prends l'air affranchi, tu t'en vantes, mais je trouve ça assez lâche et facile de ta part. Tu veux tout : le bon mari, la belle maison, l'argent, le confort et les amants… Une vie de faux jeton…

— Si mon mari me regardait davantage, je n'aurais peut-être pas besoin d'aller voir ailleurs ! réplique Joséphine dans un réflexe d'autodéfense.

— Tu vois, je pense des trucs comme ça et je me dis que moi, je vous ai rattrapées… Je ne vous envie plus… Y a que Lucille qui… mais Lucille, elle a toujours été à part… Elle était pas comme nous…

Agnès se mouche dans le nouveau Kleenex que lui tend Joséphine. Joséphine, pour détendre l'atmosphère, lui tirelipote le nez comme à un bébé, tente de réparer les dégâts du maquillage sinistré en lui essuyant le visage et la reprend dans ses bras. La description d'elle faite par Agnès l'a blessée mais elle décide de la consoler plutôt que de la remettre à sa place.

— Ben dis donc… C'est en écrivant sur ton petit cahier que tout ça est arrivé ? C'est dangereux, l'écriture ! Je comprends pourquoi les écrivains picolent ou se droguent… Tu devrais peut-être arrêter !

— Non, dit Clara qui saute sur l'occasion pour s'expliquer. C'est excellent au contraire. Tu vas apprendre à te connaître et ça te fera le plus grand bien. Tu t'es juste fait une séance de flagrant délit.

Agnès lève le visage vers son amie. Elle s'est redressée. Elle essaie de comprendre. Elle sait que Clara a de l'avance sur elle. Elle a envie de lui faire confiance.

— Flagrant délit de quoi ?

— Flagrant délit de mensonge sur toi-même ! Tu te racontes des histoires depuis le début, c'est tout ! C'est douloureux, surtout la première fois…

— Elle est peut-être pas obligée de recommencer si ça doit la mettre dans cet état ! proteste Joséphine en agitant les mains comme le fada de la crèche.

— Mais c'est comme ça que tu apprendras à rectifier le tir et à devenir une personne plus intéressante, plus vraie, quelqu'un qui te plaît à toi… Sinon à quoi ça sert de vivre si on fait du surplace, si on se dit qu'on est merveilleuse et que c'est toujours la faute des autres ? Et tu vas voir, c'est passionnant, ce petit travail à faire sur soi-même ! Un vrai feuilleton ! On en apprend tous les jours…

— Oh ! toi… marmonne Agnès, t'es toujours en train de tout positiver… Tu m'énerves ! Tu peux pas savoir à quel point tu m'énerves ! C'est trop facile ! Tout a toujours été trop facile pour toi !

— Non ! C'est pas facile, justement… Faut être impitoyable et ne rien se laisser passer. C'est en étant lâche qu'on devient courageux, en étant méchant qu'on devient plus gentil, en étant radin qu'on devient généreux… à condition de se prendre en flagrant délit ! La main dans le sac de ses mauvaises pensées ou de ses mauvaises actions ! Mais faut pas avoir peur d'aller voir tout au fond de soi ! Tu ne peux jamais connaître quelque chose sans connaître son contraire ! Ou alors tu triches… Tu te racontes des belles histoires sur toi-même et c'est pas intéressant !

— Mais ça fait mal ! soupire Agnès. Ça fait trop mal. Et puis je sais pas si j'en suis capable…

Elle a un pauvre sourire brouillé par les larmes et renifle en tirant sur son pull angora.

— Ça fait mal mais c'est bon, dit Clara en souriant. Tu vas voir comme c'est bon d'avancer dans son petit intérieur crapoteux et de faire le ménage… Tu ne changeras pas d'un seul coup mais tu rectifieras détail après détail et, un jour, tu seras fière de toi. Tu auras atteint une cohérence, tu seras unique, et la vie s'ouvrira devant toi. Tout aura un sens, tout sera lumineux. Mais il faut du temps, de la patience…

— C'est pire : je crois que j'ai la trouille… J'ai envie de tout arrêter.

— C'est pas toujours agréable, ça c'est sûr… et ça fait peur, poursuit Clara, mais je suis persuadée que ça vaut le coup.

— Merde alors ! s'exclame Joséphine. Moi qui pensais qu'on allait passer une soirée douillette et drôle ! C'est raté ! On ne va pas commencer à se faire la morale ! Personne n'est parfait ! Tiens, vous connaissez la dernière histoire de Jerry Hall à qui on demandait comment elle avait réussi à retenir Mick Jagger…

Clara la coupe dans son élan :

— C'est peut-être plus intéressant que de parler de fringues ou de raconter toujours les mêmes histoires de cul !

Joséphine se tait, stupéfaite. C'est la première fois qu'elle sent une telle agressivité de la part de Clara. Il y a même un léger mépris dans sa remarque. Elle est blessée et soupire, dépitée. Pourquoi tous ces reproches de la part de ses meilleures amies ? Sa vie est-elle aussi minable que ça ?

— Bon, j'arrête… Mais si ça doit continuer, autant aller se coucher tout de suite !

— Non mais… écoute… c'est intéressant ce qui arrive à Agnès, non ?

— Ce qu'a répondu Jerry Hall aussi, c'est intéressant. Ça peut servir à tout le monde ! Et au moins ce n'est pas douloureux…

— C'est douloureux au début quand on n'est pas habitué, poursuit Clara, obstinée. Et puis après, c'est grisant… Parce que tu empoignes une réalité, ta réalité.

Tu apprends à te connaître et à connaître les autres, tu n'es plus dupe des apparences.

— Mais les apparences, ça a du bon aussi ! proteste Joséphine. On ne pourrait pas vivre sans elles !

— Moi, c'est ce qu'on m'a toujours appris… marmonne Agnès. Toujours !

Clara n'a pas le temps de répondre. L'interphone a retenti. Elles se redressent toutes les trois comme des collégiennes surprises par le prof en train de copier et n'ont qu'une seule pensée : Lucille !

— Il faut pas qu'elle la voie comme ça ! déclare Joséphine.

Elle se tourne vers Agnès :

— Viens avec moi à la salle de bains, je te refais une beauté…

Clara retape le canapé, ramasse les Kleenex, jette un dernier coup d'œil au bel ordre de la pièce. Elle a mis trop d'eau dans le vase de tulipes blanches apportées par Joséphine, et elles piquent du nez.

— Clara ! crie Joséphine de la salle de bains. T'as pas un pull à lui prêter parce que l'angora, c'est plus ça !

— Dans ma penderie, réplique Clara en montrant son coin chambre.

L'interphone résonne à nouveau. Cette fois-ci, la sonnerie est longue et impérieuse. Lucille s'impatiente. Clara se dirige vers la porte et répond. Un dernier regard au salon, au coin salle à manger où la table est dressée. Elle a oublié d'allumer les bougies et de mettre le champagne au frais ! Un coup d'œil dans la glace de l'entrée : elle n'a pas l'air trop ravagé et pourtant, depuis hier soir, elle a l'impression qu'elle a passé trois fois le cap Horn à la nage sans gilet de sauvetage.

Chaque fois que Lucille fait son entrée, c'est un coup de théâtre. Clara a beau s'y attendre, elle est toujours éblouie. C'est l'irruption dans le quotidien du luxe, du rêve et de la beauté. Une apparition longue, mince, presque irréelle. Des jambes comme deux rubans, une taille si fine, des seins qu'on devine fermes et libres, des yeux gris-vert, immenses et profonds, des pommettes haut placées qui creusent les joues, un teint parfait. Et par-dessus tout, une impression d'élégante facilité. Ce soir, elle porte un long manteau blanc en lainage sur un pantalon en cuir noir et un gros pull blanc en cachemire. Je me demande si Lucille sait qu'un pull peut ne pas être en cachemire, se dit Clara. Du pull dépassent les pans d'une longue chemise blanche en soie dont les pointes se dressent sous le col, et dont les poignets sont retroussés sur les manches. Des bracelets qui tintinnabulent, une large montre qui pend à son poignet droit. Ses longs cheveux blonds sont lâchés sur les épaules. Elle ôte son manteau, le tend à Clara qui, avant de le ranger dans la penderie de l'entrée, jette un coup d'œil sur l'étiquette : Cerruti. Un soir, Lucille a laissé un imperméable noir Saint Laurent chez Clara et ne l'a jamais réclamé. Lucille n'achète pas des vêtements pour les porter mais pour les retirer du marché…

Puis Lucille baisse la tête en un geste familier qui fait cascader ses cheveux vers le bas, les ramasse d'une main habile et les dépose sur son épaule gauche. Clara reconnaît chaque geste, chaque note des bracelets en or qui s'entrechoquent, l'odeur même du parfum, celui qu'elles ont toutes porté parce que Lucille l'avait élu, lui, et pas un autre. Shalimar… Pendant quelques secondes, elle repart des années en arrière. Elle redevient la petite Clara Millet qui louchait sur sa belle amie. Elle se sent moche soudain. Moche, naine, trois poils sur le caillou, des boutons sous la poudre, des dents jaunes et trop de rouge à lèvres. Moche et pauvre. Une sous-femme qui appartient à une autre race. Jamais elle n'éprouve aussi fort le sentiment d'inégalité et d'injustice que lorsqu'elle est face à Lucille. C'est pas vrai qu'on naît tous égaux. C'est pas vrai que l'argent ne fait pas le bonheur. L'argent permet d'accéder aux rêves. Il délivre du quotidien. Mais en même temps, elle note, pour s'en servir plus tard, le détail de la grande chemise dont les pans dépassent du gros pull. Et les bottines en daim noir, fines et hautes. Rien qu'avec le prix de ces bottines, se dit Clara, Kassy pourrait vivre trois mois sans passer par le marché aux voleurs.

— Les autres ne sont pas là ? demande Lucille, étonnée.

— Si, elles sont dans la salle de bains… Elles essaient des produits de beauté.

— Je suis contente de te voir. Comment ça va ?

— Très bien. Et David ?

— Il est parti ce matin chasser en Écosse… Arrêt à Londres et il rentre demain soir.

— Ils n'ont pas annoncé une grève d'Air France pour demain ?

— Il est parti avec son avion privé…

— Mon Dieu, c'est vrai ! Que je suis bête ! J'oublie toujours que je m'adresse à des extraterrestres !

Elle prend un air de Bécassine contrite. Lucille lui donne une tape sur l'épaule et se laisse tomber sur le canapé.

— Ouf ! Ça fait du bien d'être ici ! Les extrater-restres, je commence à en avoir par-dessus la tête !

Elle a laissé tomber son sac à côté d'elle. Un sac Hermès, une besace ; pas de la vulgaire marque qu'on trouve reproduite chez tous les vendeurs clandestins. Ce doit être un modèle unique, fabriqué exprès pour Mme Thyme. Mme David Thyme. Clara fixe le sac et sent le découragement l'envahir à nouveau. Il lui faut toujours un moment pour se remettre de l'onde de choc provoquée par Lucille.

— Tiens, j'ai rencontré un client pour toi dans l'avion du retour… Un Américain qui cherche un grand espace à Paris. De l'original… Je lui ai donné ton téléphone.

Depuis que Clara a pris ses distances avec Lucien Mata, c'est Lucille qui lui présente des clients. Ou lui signale des affaires.

— Je trouverai. J'ai vraiment besoin de travailler en ce moment…

— Les temps sont durs ?

— Plus que durs… Je me demande si je ne devrais pas changer de métier mais c'est partout pareil ! Le bâtiment est sinistré. Tout le monde rame. Même dans les grandes agences d'architectes, on licencie à tour de bras. Les mecs n'osent plus aller faire pipi de peur qu'on leur pique leur place ! Ils sont vissés à leur chaise et restent jusqu'à neuf heures du soir ! Alors tu t'imagines pour moi… c'est encore plus dur…

Elle soupire, et Lucille ne peut s'empêcher d'être étonnée. Ce pessimisme soudain ne ressemble pas à Clara. Clara l'a toujours épatée par sa force vitale, son originalité et sa bonne humeur. Elle l'envie. Aussi aime-t-elle détecter chez son amie ce léger sentiment d'infériorité physique qu'elle déclenche par sa seule présence, cet imperceptible dégoût d'elle-même qui l'envahit quand elle se compare à elle, Lucille. Si Clara prend des notes sur la manière dont s'habille Lucille, Lucille observe la manière dont Clara aborde la vie. Si j'avais son âme et ma beauté… pense souvent Lucille.

Agnès et Joséphine jaillissent de la salle de bains. Joséphine a fait du beau travail. Agnès n'a plus l'air d'une bouée crevée. Elle a enfilé une longue chemise écossaise qui appartenait à Rapha. Il en porte toujours dans son atelier. Il en a toute une collection. Elles viennent de chez Stock Chemises à Montrouge. Il dessine un petit signe cabalistique sur l'étiquette pour que la femme de ménage les lave à part : programme lainage. Il peut être maniaque avec ses affaires. Clara la lui a piquée. Il n'a rien dit mais n'a pas apprécié qu'elle prenne la chemise sans le lui demander. Clara n'aime pas que quelqu'un d'autre qu'elle porte cette chemise. Elle la met pour dormir quand le manque de Rapha est trop fort. Il ne faudrait pas qu'Agnès l'emporte chez elle et oublie de la lui rendre. Je vais y penser toute la soirée... Elle se ressaisit et chasse cette pensée mesquine de son esprit.

— Oh ! C'est drôle ! J'ai la même chemise ! s'exclame Lucille en se dirigeant vers Agnès et Joséphine pour les embrasser.

Puis elle se reprend comme si elle avait fait une gaffe.

— Enfin presque la même...

— Bon alors, on le boit, ce champagne ? s'impatiente Joséphine, qui craint plus que tout que le silence ne s'installe et qu'Agnès ne se remette à pleurer.

Dans la salle de bains, elle a eu un mal fou à chasser les idées noires qui n'arrêtaient pas de tourner dans la tête d'Agnès. Elle n'a pas pu placer son histoire sur Jerry Hall. Agnès ne l'écoutait pas. Elle répétait :

— Tu n'es pas fâchée pour ce que j'ai dit tout à l'heure sur toi et Ambroise, dis, tu n'es pas fâchée ? C'est vrai que je l'ai pensé mais je t'aime aussi très fort, tu sais, très fort... C'est comme Clara. Tu crois qu'elle s'est vexée ? Oh ! Je vous aime tant toutes les deux et, en même temps, parfois, je vous en veux. Vous m'énervez. Tu crois que je suis jalouse ?

— Mais non, a répondu Joséphine en lui appliquant de la poudre sur le visage, mais non, ma biboune, on a toutes de vilaines pensées parfois. C'est quand tu es triste et découragée que tu penses ça. Quand tu regardes en arrière, que tu revois ton enfance, ta maman et ton papa, alors tu as un grand coup de tristesse et tu te dis que la vie n'est pas juste. Mais je sais que tu m'aimes, au fond. Allez, fais-moi un sourire !

Agnès lui avait fait un pauvre sourire en reniflant et il avait fallu qu'elle retouche le nez qui brillait. Ça se voit qu'elle a pleuré, se dit Joséphine en lorgnant Agnès qui fait des efforts pour se contenir devant Lucille. Pourquoi font-elles toujours des efforts dès que Lucille est là ?

— On boit ou pas ? relance Joséphine pour briser le silence qui s'est installé.

— J'ai laissé ma bouteille dans la voiture, gémit Agnès. Du Dom Pérignon que j'ai acheté exprès pour vous…

— C'est pas grave ! Tu la boiras avec Yves ! On va prendre une des miennes ! intervient Clara d'une voix faussement enjouée.

Elle devine, elle aussi, que la situation risque de déraper à nouveau.

— Il faudra ajouter un glaçon parce que j'ai oublié de le mettre au frais !

— Mais je l'ai achetée pour vous ! s'effondre Agnès. Je le lui ai même pas dit !

Lucille les écoute, interloquée.

— Ne te mets pas dans cet état-là, biboune, dit Joséphine. Je vais aller la chercher ta bouteille. Passe-moi les clés de ta voiture… T'es garée où ?

— Je sais plus… gémit Agnès, qui éclate à nouveau en sanglots.

— Quelqu'un peut m'expliquer ce qui se passe ? demande Lucille. Vous faites vraiment de drôles de têtes…

— Explique-lui, Clara. Je pars à la recherche de Dom Pérignon avec Agnès. Allez, viens, lance-t-elle à cette dernière, prostrée sur le canapé.

Elles sont à peine sorties que Lucille se tourne vers Clara et attend qu'elle s'explique. Clara hésite et décide de tout lui raconter. Lucille écoute, puis, baissant la tête, attrape dans sa besace une cigarette qu'elle allume nerveusement en s'y reprenant à plusieurs fois. Clara perçoit une émotion terrible ainsi qu'un immense désarroi derrière la belle façade de Lucille.

— Moi aussi, je devrais tenir un journal. Je l'ai fait longtemps et ça m'aidait… Avec toutes les questions que je me pose actuellement !

— C'est ce que je pense aussi, répond Clara, ahurie par la confidence de Lucille. À condition de ne pas tricher…

Elle n'ose pas s'aventurer davantage. Autant elle peut brusquer Agnès ou Joséphine, autant elle est muette face à Lucille. Les rares fois où celle-ci s'est laissée aller devant elle, c'était toujours par inadvertance. Sans que Clara ait posé la moindre question. Des bribes de confidences qu'elle laissait tomber et que Clara ramassait et conservait, petits indices qui, mis bout à bout, peut-être un jour, ouvriraient la porte d'une vraie intimité. Si Clara est toujours intimidée par l'apparence physique de son amie, elle ne l'envie pas. Pour rien au monde elle ne vivrait dans l'univers de David Thyme. Et encore moins avec David Thyme. Un homme qui mène une vie si facile, si vaine qu'elle finit par être funeste et mortelle. David Thyme est un très bel indifférent qui n'a jamais connu le besoin de travailler, qui a reçu des milliards à sa naissance, qui fait venir sa viande de sa propriété en Argentine « parce qu'on la mange à la fourchette », affrète un avion pour livrer les sablés de la cuisinière de son château dans le

Sud-Ouest à un goûter d'enfants à Paris, a son propre chef dans chaque résidence, le portrait de sa mère peint par Balthus dans les toilettes de son hôtel particulier à Paris, une sculpture de Rodin posée sur le canapé d'un de ses salons, sans compter les Gainsborough, les Holbein, les Renoir, les Matisse, les Corot accrochés aux murs pendant que des Warhol moisissent dans son garage. Il possède un château en France, un *palazzo* à Venise et la propriété familiale en Argentine où il se rend régulièrement. Là-bas, il joue au polo, visite ses terres en avion, fait de grandes randonnées à cheval avec son intendant et organise de gigantesques piqueniques où les invités sont transportés en bimoteur. Son père, lord Edward Thyme, était anglais, sa mère, Anna Maria, argentine et héritière des célèbres brasseries Bareno qui ont le monopole de la bière sur le continent américain. Il préfère séjourner en France parce que la vie y est plus douce, et que l'Angleterre, l'Italie et l'Espagne sont à une heure de vol. Il habite un bel hôtel particulier rue de Varenne. Enfin… quelques mois par an. David ne peut vivre qu'au soleil. L'été, il navigue sur son voilier, l'hiver, il skie à Cortina ou à Zermatt. Gstaad est trop « nouveau riche ». Il porte des costumes usés, de vieux shetlands (plus c'est rapiécé, plus c'est chic), n'a jamais d'argent sur lui (il fait envoyer les notes à son bureau où un homme de confiance rédige les chèques), fuit les premières et les soirées mondaines et préfère recevoir chez lui les mêmes amis, avec lesquels il entreprend d'interminables et ruineuses parties de bridge. Parfois, il invite des personnages dits « cocasses » : Clara qui l'amuse par son franc-parler, Rapha parce que c'est un peintre connu, ou une pute japonaise qu'il a rencontrée dans un avion. L'intrus est exhibé comme une bête curieuse dont tout le monde s'amuse avant qu'il ne soit rejeté quand le petit cercle s'en est lassé. Parce que ces gens-là restent entre eux. Quand il a rencontré Lucille, il a trouvé « follement original » qu'elle ait habité un immeuble en briques à Montrouge. Il est allé demander sa main à son père avec un émerveillement de gosse de riche qu'on promène dans les quartiers pauvres. Il trouvait la rue Victor-Hugo « pittoresque ». Il ne parle jamais d'amour ni de sentiment mais évoque avec volupté le « spasme ». Il aime raconter l'anecdote de Rivarol qui se vantait de pouvoir résoudre un problème de géométrie tout en faisant l'amour. David Thyme passe de longues heures à lire dans sa bibliothèque et ne se lasse pas de l'esprit français qu'il trouve délicieusement décadent. « Quand les Français pensent, les autres font des affaires ! » Il ne va jamais au cinéma, sauf si c'est un copain qui a réalisé le film, mais est un assidu des théâtres, ballets, opéras qu'il considère comme des arts nobles et encourage en signant de gros chèques. Il prend l'avion pour aller voir une exposition à New York, qu'il visite avec le conservateur, en privé, parce qu'il a prêté de nombreux tableaux dont la provenance n'est jamais mentionnée. Il ne vote pas : il n'est pas résident français, ça coûte trop cher. Il ne parle jamais d'argent : c'est vulgaire. Lucille a libre accès à sa fortune et, grâce à l'argent de David, elle a pu financer sa fondation où elle lance des jeunes peintres, des sculpteurs, reçoit des écrivains connus, des scientifiques nobélisés ou presque, des musiciens, des danseurs. Cette fondation amuse David, qui est reconnaissant à sa femme d'illustrer le nom des Thyme. C'est un être au sang froid, que rien ne touche ni n'embarrasse. On ne peut jamais avoir une vraie conversation avec lui, il se dérobe tout le temps ou répond par l'ironie. Il arrive à Clara de se demander ce qui l'a si fortement blessé pour qu'il tourne ainsi tout en dérision. À la dernière fête donnée par Lucille, dans leur palais à Venise, il est parti se coucher avec son chien à dix heures du soir après avoir fait une courte apparition, vêtu d'un jean et d'un blazer bleu marine et brandissant une coupe de champagne à la santé des invités qu'il avait l'air de découvrir. « Ma femme donne une soirée ! Quelle bonne idée ! On ne s'amuse jamais assez ! » Lucille n'avait témoigné ni étonnement ni réprobation. Clara s'est souvent demandé ce qu'elle éprouvait pour ce mari excentrique et infantile.

— Clara, il faudrait qu'on se voie, un jour, toutes les deux seules, lâche Lucille dans un soupir si bas que Clara n'est pas sûre d'avoir bien compris.

Lucille joue avec son briquet et évite le regard franc et étonné de Clara.

— Je sais… J'ai toujours été à part… mais j'en ai marre. Je ne supporte plus le monde dans lequel je vis. J'ai besoin de parler à quelqu'un de réel, de normal…

— Quand tu veux, bien sûr. Je me doute que ce ne doit pas être facile tous les jours même si apparemment…

— Je peux t'appeler demain matin ? Et on décide d'un jour où on peut déjeuner…

Clara hoche la tête. En quelques phrases, Lucille est devenue humaine. Lucille a des problèmes ! Clara est presque heureuse. Non qu'elle se réjouisse de la tristesse de son amie mais soudain c'est toute sa vie à elle qui prend un sens, toutes les questions qu'elle se pose sans arrêt sur l'existence qui ne sont plus vaines. Elle s'est toujours demandé pourquoi Lucille venait à leurs dîners de filles. Il lui arrive d'en oublier certains, bien sûr, mais dans l'ensemble, elle s'est montrée plutôt fidèle. Et généreuse avec ses amies. Elle prétend que ça ne lui coûte rien. Elle déteste qu'on la remercie. Lucille a trouvé un emploi de secrétaire à la mère d'Agnès dans les bureaux de sa fondation, prêté de l'argent au père de Joséphine lors d'un contrôle fiscal. C'est elle qui a organisé la première exposition des œuvres de Rapha à sa fondation, elle qui a introduit Philippe auprès de riches clients anglais, amis de David. Elle ne les a jamais laissés tomber. L'air de rien, sans grande démonstration de tendresse, elle les protège. Une manière discrète et efficace d'être présente. Nous savons toutes, sans nous l'avouer, que l'argent de Lucille est là, en cas de coup dur. Elle nous procure cette insouciance légère et enfantine, ce sentiment que rien de grave ne peut nous arriver. Pour la première fois depuis qu'elles se connaissent, Clara se sent de plain-pied avec Lucille. Elle a envie de la prendre dans ses bras, de l'embrasser mais se retient.

— Je boirais bien une petite coupe quand même ! dit Clara emplie d'une joie inexplicable. On les attend ou pas ?

— On ne les attend pas… On est capables de venir à bout de deux bouteilles toutes les quatre, non ?

Elle éteint sa cigarette, en rallume une autre.

— Je suis en train de devenir une vraie alcoolique, tu sais…

Toute la soirée, elles ont bu. Elles ont à peine touché au plat cuisiné préparé par le traiteur. Un goulasch épais accompagné d'un riz collant. Clara n'avait pas eu la tête à cuisiner. Agnès ne pleure plus. Le champagne lui a rendu une apparente gaieté mais il persiste une lueur sombre dans son regard. Elle fait des efforts. Elle s'en veut d'avoir attiré l'attention sur elle d'une manière aussi pitoyable. Clara ne peut s'empêcher de remarquer que Lucille est le centre d'attraction. Chacune, à sa façon, tente de la séduire, de la faire rire, de l'intriguer. Aucune de nous n'est naturelle en sa présence, se dit Clara. On s'escrime à donner le meilleur de nous-mêmes. Elle nous intimide et on ne veut pas le laisser paraître. On parle faux. Joséphine s'agite et rit d'une manière un peu forcée, comme si elle s'encourageait elle-même à être drôle.

— Bon alors… C'est l'histoire de Jerry Hall à qui on demande comment elle a fait pour retenir Mick Jagger et se faire épouser par lui…

— C'était un mariage bidon, proteste Lucille. Je ne sais même pas s'il est légal…

— N'empêche : il lui a fait trois enfants et il est toujours avec elle. C'est ça l'important dans l'histoire… Alors elle a répondu : « C'est très simple, dès qu'il a l'air tourmenté, absent, préoccupé par quelque chose, je laisse tout tomber et je m'occupe de lui… Mais attention, il ne faut pas avoir peur de se salir les genoux ! »

Joséphine éclate d'un rire sonore, place sa main sur son thorax comme si elle allait vomir de rire, Agnès pouffe, Clara sourit. Lucille acquiesce sans lever un sourcil :

— Toutes les femmes d'hommes riches savent bien qu'elles gardent leur mari en étant de parfaites courtisanes… C'est tout un art. On ne doit jamais relâcher ses efforts !

— Oh ! Lucille ! dit Agnès, gênée. C'est toi qui dis ça ?

Agnès rougit et son regard évite celui de Lucille.

— Oui, parce que moi, je sais de quoi je parle… Ils nous épousent pour notre élégance et nos belles manières mais réclament des porte-jarretelles qui claquent et des putes au lit.

— Ça peut être gai de faire la pute, suggère Joséphine, alléchée. Paré, je peux lui faire tous les plans de porte-jarretelles que je veux, il s'endort, épuisé, en prétextant une matinée surchargée le lendemain matin !

— Moi, je n'ai jamais aimé ça, lâche Lucille. Vous vous souvenez quand vous étiez toutes frétillantes quand un garçon vous embrassait ? Je ne comprenais pas.

— Alors tu fais rien ? demande Joséphine, intriguée.

— Oh si ! Je suis bien obligée. Je suis devenue une experte… mais je ne ressens rien. Je joue la partition, je mets les nuances, le ton, mais c'est purement mécanique…

— Et il ne s'en aperçoit pas ? s'exclame Joséphine.

— Apparemment non puisqu'il me garde…

— Et si tu essayais avec un autre ? Si tu prenais un amant ? Pour le plaisir ?

— Avec la trouille d'attraper le sida ? Tu parles d'un plaisir ! rétorque Lucille.

La violence du mot choque Clara et l'immobilise. Agnès et Joséphine se taisent aussi, abasourdies par les confidences de Lucille. Jamais elles ne l'ont entendue parler ainsi. Elles la contemplent, gênées, déroutées, puis leur regard dévie. Elles tournent leurs verres de vin dans leurs mains et fixent le fond des verres. Silence. Long silence. Silence insupportable à Clara. Hier soir, en mangeant son poulet Cocody, elle s'était juré d'affronter toute seule cette épreuve. Ce matin déjà, elle a appelé Philippe, son téléphone était sur répondeur. Elle a essayé d'en parler à Joséphine mais elle était partie faire des courses et n'est rentrée que pour préparer le dîner. Elle a hésité. A failli se confier. Il aurait suffi d'un silence pour qu'elle dépose son secret mais Joséphine n'arrêtait pas de bavarder, réclamant un verre de vin et du saucisson, éclatant de rire sans raison. Regardant le tas de boue noire exhumé par le technicien Darty et le frottant entre ses doigts. Grimaçant, demandant : « Et il était comment cet homme ? Appétissant ou pas ? » Clara s'est refermée, réprobatrice, détestant la crudité de son amie, lui en voulant de ne pas sentir son désarroi mais répondant malgré elle : « Il portait son jean trop bas sur les hanches et on voyait son slip ! » Joséphine a renversé la tête en arrière et s'est esclaffée. Un rire de femelle mauvaise qui conspue tout le sexe masculin, qui lui enlève sa dignité, ce rire de femme négligée par son mari et qui réclame vengeance. Et Clara de redoubler de colère. Colère et honte de révéler une part d'elle qu'elle n'aime pas, tu as regardé son jean, hein ? tu l'as regardé, et cette marque de slip qui dépassait du jean, ce slip bleu en coton, tu t'es dit que c'était un slip de grande surface, un slip que sa femme avait dû acheter en remplissant son Caddie. L'espace d'une seconde, tu l'as méprisé ce brave type pour ce détail infime. Il n'a plus eu droit au titre d'homme qui te fait fantasmer… Colère ensuite contre Joséphine qui ne lui offrait pas d'espace pour qu'elle s'y coule et livre son désarroi. Il n'y avait pas eu ce temps mort, ce silence apaisant qui prépare la confidence, qui permet de changer de ton, de dire avec des mots tout simples une chose très grave.

Elle n'arrive pas à calmer son corps qui tremble. Elle s'entoure de ses bras et se berce mais la peur est plus forte. La peur du pire. La peur que son amour, que leur amour ne connaisse un dénouement tragique. Et s'il lui avait menti ? S'il se savait déjà contaminé et n'avait pas osé le lui dire ? C'est pour ça qu'elle a composé le numéro de Philippe, ce matin. S'il avait voulu la ménager ? Ne pas lui dire toute la vérité ? Elle met la tête entre ses mains et pousse un gros soupir.

— Clara ! s'exclame Joséphine. Ça va pas ?

Clara revient à elle et regarde son amie en écarquillant les yeux. Le mensonge brouille tout. Elle le sait, elle le revendique. Elle a envie de se confier, pour ne plus être seule. Pour mettre de l'ordre dans ses pensées.

Elle hésite cependant. Elle se demande si elles supporteront d'entendre ce qu'elle voudrait leur dire.

Elles sont toutes les trois tournées vers elle, maintenant. Elle ne peut plus reculer, plus faire semblant. Trahie par ce corps qui tremble, n'arrête pas de trembler.

— Je crois que je devrais... Enfin... J'ai un truc à vous dire...

— Un truc gai, j'espère, dit Joséphine, parce que je me sens devenir tout doucement neurasthénique... Il reste du champagne ?

— Pas vraiment gai...

Elle se demande comment formuler sa phrase. Elle a l'impression de donner la main au Diable. Elle regarde ses amies l'une après l'autre et se dit que c'est la dernière fois qu'elles se tournent vers elle avec tant d'innocence.

— Hier soir, Rapha est venu dîner et...

— C'est fini entre vous ? lance Joséphine, qui ne tient pas en place.

— Il se marie ? murmure Agnès.

— Non, les interrompt Clara qui s'est levée et leur tourne le dos.

C'est peut-être plus facile si elles ne sont pas toutes les trois face à elle. Son regard traverse la rue et elle aperçoit les décorations de Noël dans l'appartement d'en face. Une famille normale, sans doute. Avec des enfants qui ont préparé le sapin et la crèche, décoré leur chambre, allumé les petites bougies qu'elle aperçoit sur le rebord des fenêtres.

— Vous vous souvenez de Chérie Colère ?

— Sylvie Blondelle ? La bombe sexuelle qui faisait commerce de ses charmes ? demande Joséphine en avançant la bouche comme pour avaler un gâteau.

Clara acquiesce.

— J'étais fascinée par elle, continue Joséphine, en se tournant vers Agnès et Lucille. Absolument fascinée. Elle avait une manière de marcher en balançant son corps… Elle dansait en faisant des huit avec sa poitrine, ses fesses, ses hanches…

— Moi aussi, j'étais fascinée, répond Clara à voix basse.

— … Éblouie par sa vitalité, sa force, son bras de fer avec la vie, poursuit Joséphine. À quatorze ans, en plus ! Quand on était toutes des gamines sentimentales qui défaillaient en pensant à leur premier baiser, elle, elle les menait à la baguette, les mecs ! C'était quelqu'un, Sylvie Blondelle ! Je crois même qu'elle m'a servi de modèle à un moment… Elle les a bien eus quand même !

— Oui, mais elle s'est fait avoir à la fin…

— Ah, mon Dieu ! Qu'est-ce que tu veux dire ? gémit Agnès, pour qui Sylvie Blondelle a toujours représenté la pécheresse, la Marie Madeleine à qui on jette la pierre.

— Elle a le sida et si elle est revenue aux Hêtres, c'est pour se venger et le filer à tous ceux qui sont passés sur elle… C'est Rapha qui me l'a dit… Il le tient de Kassy… Elle a fait une liste de tous ces types et couche avec eux en sachant que…

— Mais c'est dégueulasse ! s'exclame Joséphine. C'est dégueulasse !

— Cela peut même être considéré comme un crime, note Lucille en s'adossant contre le canapé et en ramenant ses épais cheveux sur le côté.

Elle n'allait jamais traîner aux Hêtres, elle. Elle n'a aucun souvenir de Sylvie Blondelle.

— Et Rapha a couché avec elle. Plusieurs fois. Depuis qu'elle est revenue… Et il y a encore pas si longtemps… Et moi, j'ai couché avec Rapha !

Le danger, soudain, s'est rapproché et c'est comme si Chérie Colère était parmi elles. La cité, avec ses traverses en béton, ses longs corridors remplis de poubelles, de graffitis, les gosses qui traînent, les cris des mères énervées couverts par les bruits de la télé, les sacs en plastique qui gonflent et volent sur l'herbe jaunie, s'engouffre dans le salon blanc.

— Rapha ? Il couche avec Chérie Colère, répète Joséphine qui ne comprend pas, mais pourquoi ? Pourquoi ?

— Pourquoi un mec couche avec une fille bandante ? Tu le sais pas, toi ? répond Clara, tendue.

— Il a fait le test ? demande Lucille, blême.

— Il l'a fait ? répète Agnès.

— Il n'a pas le courage… Il meurt de trouille… Il imagine le pire et le pire prend corps… prend toute la place dans sa tête. Il ne pense plus qu'à ça…

— Penser, ce n'est pas suffisant, dit Joséphine en faisant une grimace. Il faut qu'il y aille. Et toi aussi, Clara !

Clara n'entend pas. Clara n'entend plus. Elle a l'impression qu'en répétant les confidences de Rapha, elle a confirmé la sinistre nouvelle. Hier, c'était un rêve, un mauvais rêve. Ce soir, c'est officiel. Ce n'est plus un secret. Les mots sont lâchés. Imprimés dans trois autres têtes. Les bras de Rapha, la bouche de Rapha, la peau de Rapha contre la sienne avaient étouffé la réalité, l'avaient presque effacée. Arrimés l'un à l'autre, ils étaient forts. Elle n'avait alors pensé qu'à la joie de le retrouver. Il revenait à elle. Il l'aimait. En partant, il lui a laissé sa trouille. Grise, froide et lourde. Ce soir, devant Lucille, Agnès et Joséphine, c'est le côté clinique, médical de la nouvelle qui résonne dans la pièce. Il n'y a plus l'amour de Rapha pour amortir le choc. Oh ! Je veux bien tout, mais avec lui ! Pas toute seule. Je ne veux plus qu'il me laisse seule.

— Comme c'est étrange ! murmure Joséphine, soudain calme et réfléchie. Je me dis souvent que je devrais aller faire ce foutu test. J'y pense, j'y pense. Cela revient régulièrement dans ma tête… Quand je joue avec les enfants, quand ils me disent « maman » avec tellement de confiance, comme si une maman était éternelle, qu'elle ne devait ni être malade ni mourir. L'autre jour, mon gynéco m'a demandé quand je l'avais fait pour la dernière fois. J'ai menti. J'ai rougi et j'ai menti. Je lui ai répondu que c'était à Paris… Mais j'ai la trouille… Je n'ose pas. Je me dis qu'il vaut mieux vivre sans savoir… que si je l'ai attrapé, autant profiter de ce qui me reste à vivre !

— C'est pas malin, dit Clara. Alors tu es comme Rapha : tu as peur…

— Je suis comme tout le monde. Tu l'as fait, toi ?

— Non. Je me protège… sauf avec lui…

— Quand est-elle retournée aux Hêtres, Sylvie Blondelle ? demande Agnès, le regard fixe.

— Il y a deux ans, dit Clara.

— Mon Dieu, gémit Agnès, toute pâle.

— Et il ne s'est jamais protégé ? murmure Lucille, ses longues mains plaquées sur son visage aussi livide que celui d'Agnès.

— Non… Enfin, pas à chaque fois… Parce qu'il la connaissait depuis longtemps, qu'il imaginait je ne sais quoi… Il devait se dire que rien de ce qui venait de son enfance ne pouvait lui faire du mal… Il ne pouvait pas imaginer que…

— C'est difficile à croire, c'est vrai, soupire Joséphine. On se dit toujours que c'est réservé aux autres… Je me surprends souvent à penser que ce n'est rien par rapport aux accidents de la route, ou au cancer. Je

174

minimise le danger... J'en ai marre de vivre avec la peur ! On a peur de tout aujourd'hui ! On va finir par vivre avec une capote dans la tête !

Quelqu'un a employé cette expression récemment..., se dit Clara, soudain en alerte, guettant le danger. Ou peut-être l'a-t-elle lue quelque part... Ces quelques mots la dépouillent sans qu'elle puisse se défendre. Quel rôle joue Joséphine dans cette agression ? Est-elle innocente ou complice ? Joséphine ne paraît pas embarrassée et continue à jacasser, inconsciente de la souffrance aveugle et subite de Clara.

— ... Vous vous protégez, vous, les filles ?

Joséphine cherche un accord muet, une complicité qui répondrait à sa propre lâcheté et l'atténuerait mais, devant le silence des autres, elle se tait. Elles se sont repliées chacune sur leur vie secrète, passant dans leur tête les occasions possibles d'avoir été mises en contact avec le mal.

— On ira faire le test, c'est sûr... soupire Clara, chassant ses idées noires, mais j'ai peur, si peur...

— On devrait toutes aller le faire, soupire Joséphine. Arrêter d'être lâches ou inconscientes...

— Oui, tu as raison, murmure Agnès. On n'est sûr de rien ni de personne...

— Ce n'est pas nouveau, reprend Lucille, les yeux dans le vague et un pli d'amertume au coin de la bouche, ce n'est pas nouveau... Mais lui ! Qu'est-ce qu'il allait faire avec Chérie Colère ? Pourquoi ? Il avait toutes les filles qu'il voulait...

Un étrange silence s'est installé entre les quatre filles. Un silence où chacune se recroqueville sur elle-même et poursuit un interrogatoire intérieur. Clara décèle, dans ce silence commun, quelque chose qu'elle n'aime pas. Ce n'est pas seulement l'angoisse, celle-là même qu'elle éprouve, c'est différent. Elle ne peut pas dire quoi exactement. Une intonation dans la voix de Lucille qui cache un secret… Une manière, chez Agnès, de se tendre en avant, de balancer son cou qui trahit une opacité… Un malaise chez Joséphine… Elle voudrait étirer le temps pour isoler ces fausses notes, les réécouter, les analyser. Mais le temps s'écoule, engloutissant les indices suspects relevés par Clara, qui observe ses amies et se demande ce qu'elle sait d'elles.

Lucille écrase sa cigarette et se lève. On entend le bruit en cascade de ses bracelets, le claquement sec de son sac qu'elle referme d'un geste brusque. Elle tire sur son pull, lisse les pans de sa chemise, repousse ses cheveux sur les épaules et…

— Je pense que nous avons toutes besoin de sommeil et de réflexion… Il est tard. Je t'appelle demain, Clara ?

Clara fait oui de la tête. Le doute envahit à nouveau son esprit. Pourquoi part-elle si vite ? C'est maintenant qu'elles auraient besoin de se serrer toutes les quatre, de recréer l'illusion d'une famille, d'une fratrie. Toutes les quatre sur le canapé de grand-mère Mata pendant que la pâte à crêpes repose, les baisers étouffés, les paumes de main emmêlées, l'inquiétude devant les seins qui poussent sous la blouse, les premières règles, « Tu les as, toi ? Tu les as ? Dis-moi comment c'est ? », et le ventre qui brûle quand elles croisent un garçon… Elle regarde sa montre qui indique une heure et demie du matin et soudain, elle aussi se sent très lasse. Elle se lève mécaniquement pour subir les embrassades du départ. Agnès a vu l'heure tardive et s'ébroue. Clara a un sentiment subit d'abandon. De trahison. Elles s'en vont, se dit-elle, et elles me laissent. Pourquoi ?

— Merci encore pour tout à l'heure ! dit Agnès en étreignant Joséphine.

— Arrête de te faire du souci, ma biboune…
Arrêtons toutes de nous faire du souci !

Joséphine ébouriffe les cheveux d'Agnès et la serre
contre elle. Agnès se laisse aller un bref instant puis se
reprend. Étreint Clara et la rassure :

— T'en fais pas… Ça va aller, tu vas voir…

Lucille et Agnès se dirigent vers la penderie de
l'entrée. Décrochent leurs manteaux, les enfilent, relè-
vent leurs cols en prévision du froid qu'il fait dehors.
Agnès noue une écharpe autour de son cou et sort une
paire de gants en laine de ses poches. Elle boutonne
lentement son manteau et garde les yeux baissés.

— Pas un mot à qui que ce soit ! lance Clara qui les
a suivies dans l'entrée.

Mais pourquoi partent-elles si vite ? ne peut-elle
s'empêcher de penser. Suis-je déjà suspecte ? Embar-
rassante ? Ont-elles hâte de retrouver leurs maris et de
les interroger ? De leur demander s'ils ont eu des aventures ?

— De toute façon, je ne suis pas assez intime avec
David pour lui parler de ce genre de choses, répond
Lucille. Il serait capable de trouver ça divinement exis-
tentiel !

Agnès acquiesce en silence et suit Lucille qui a
franchi le seuil de la porte. Lucille fait un dernier geste
de la main pour dire au revoir. Agnès a déjà appuyé sur
le bouton d'appel de l'ascenseur et ne se retourne pas.
Clara referme la porte et aperçoit Joséphine, renversée
sur le canapé, qui envoie valser ses chaussures.

— Quelle soirée ! grimace Joséphine.

Elle s'étire, bâille, se tortille pour défaire la ferme-
ture de son soutien-gorge et se frotte vigoureusement
les côtes.

— On va se coucher ? propose Clara, je suis
épuisée…

— On laisse tout ça en plan ?

Le regard de Joséphine fait le tour de la table encombrée, des cadavres de bouteilles, des cendriers pleins à ras bord, des morceaux de pain émiettés. Les bougies fondent sur leur support, les tulipes piquent du nez et la fumée des cigarettes plane en couches épaisses dans toute la pièce.

— Je suis trop fatiguée... marmonne Clara.

— Tu veux que je dorme avec toi, ma biboune ? Comme ça tu ne feras pas de vilain cauchemar...

— D'accord, ma Fine !

Elle a envie que Joséphine la prenne dans ses bras et la dorlote. Elle lui est reconnaissante d'avoir deviné son désir de tendresse. C'est à des détails semblables qu'on reconnaît ses vraies amies. Pas besoin de parler, d'expliquer.

— J'aime quand tu m'appelles ainsi. Il n'y a que toi qui m'appelles comme ça, dit Joséphine en attrapant à pleins bras un coussin du canapé et en se frottant le nez contre les coutures. Il va y avoir des interrogatoires serrés ce soir ! Tu as vu comme elles ont filé à toute allure ! David et Yves ont intérêt à avoir des alibis sérieux s'ils ont quelque chose à se reprocher...

— David est à Londres, bâille Clara en s'étirant aussi.

— Alors c'est Yves qui va y passer. Je pouvais sentir l'angoisse chez nos deux copines ! Je les comprends, remarque...

— Tu crois qu'Ambroise te trompe ou t'a trompée ?

— À mon avis, s'il y a délit, c'est avec caoutchouc ! Tel que je le connais... Non ! Ce n'est pas lui qui m'inquiète... C'est moi et la vie de débauchée que je mène... Mais je ne pourrai jamais le lui avouer ! Comme je n'ai jamais pu lui demander d'enfiler une capote ! Ç'aurait été reconnaître que je lui étais infidèle… Alors, ça m'arrange bien qu'il ne me saute plus ! Même si ça me rend folle ! Essaie de comprendre, moi j'y renonce !

— Finalement, on est toutes concernées…

— … On claque des dents toutes les quatre ! Tu crois que Lucille ou Agnès ont des aventures de leur côté ?

Clara réfléchit un instant.

— *A priori*, je dirais non. Mais… que sait-on vraiment des gens qui vous sont proches ? Est-ce que je sais tout de toi, Joséphine ?

Joséphine a l'air embarrassé. Elle ne s'attendait pas à une question aussi directe.

— Tu me dis tout ? demande Clara, percevant le trouble de son amie.

— Presque tout ! répond Joséphine sur la défensive, ses yeux évitant ceux de Clara.

Et comme Clara s'agite, pose son verre, prend une autre cigarette, Joséphine murmure tout bas :

— On peut pas tout se dire, Clarinette, même si on s'aime très fort… La transparence totale, si elle était possible, rendrait fou.

— Ah… Et qu'est-ce que tu me caches ? demande Clara en se rapprochant.

Joséphine hésite, recule, jette un regard peureux vers son amie. Elle n'a plus le visage avenant d'une amie. Elle lui fait peur.

— Un truc… Je suis liée par une promesse…

— Un truc important ?

Clara parle froidement mais la peur lui crispe le visage. Le danger se rapproche, il est à portée de main. Elle va pouvoir lui tordre le cou, tordre le cou à sa peur, à cette appréhension qui lui fait deviner que quelque chose lui échappe ce soir, une menace qui tourne autour d'elle mais s'évanouit dès qu'elle veut l'attraper.

— Tu as eu une histoire avec Rapha ? dit-elle en se penchant sur Joséphine, pointant un doigt accusateur vers elle.

— T'es folle ! crie Joséphine.

— Si... Tu as eu une histoire avec Rapha... Je sens comme une trahison dans l'air, ce soir, je le sens... C'est toi ! T'as pas pu résister ! Il te les faut tous !

— Mais tu es folle ! Jamais !

— Tu es capable de me trahir, de me mentir pour un instant de plaisir ! Je te connais, Joséphine, tu ne résistes pas à la tentation... Tu me l'as écrit d'ailleurs dans ton fax, hier...

— Tu es folle, Clara ! Jamais je ne t'aurais fait ça ! Jamais !

— Je ne te crois pas ! Et les autres le savent... Tu leur as dit ? C'est pour ça qu'elles étaient si mal à l'aise tout à l'heure. C'est pour ça...

— Clara ! Je te jure sur la tête de mes trois enfants qu'il ne s'est jamais rien passé entre Rapha et moi ! Jamais rien !

Clara dévisage Joséphine. Elle la fixe comme l'ennemie qui se rend et qu'on soupçonne d'avoir gardé un poignard au creux de la main.

— Sur la tête de mes enfants..., répète Joséphine en tendant la main droit devant elle.

Puis après un moment d'hésitation :

— ... Qu'ils meurent tout de suite !

Clara approuve de la tête.

— Répète !

Joséphine s'exécute.

— Bon... Je te crois, finit-elle par dire.

— Je ne t'aurais jamais fait ça, Clara !

— Je ne te l'aurais jamais pardonné ! Jamais ! Jamais !

— C'est moi qui ne me le serais jamais pardonné !

— Excuse-moi, dit Clara. J'ai perdu la tête… Je suis en train de perdre la tête d'ailleurs… Je suis désolée… Je ne suis plus sûre de rien tout à coup…

Puis, à voix basse, sa bouche tout contre l'oreille de Joséphine :

— Alors c'est quoi, ton secret ? Le petit truc que tu me caches ?

— Quelque chose qui ne te concerne pas…

— Pas du tout ?

— Pas directement…

— Je croyais que je savais tout de toi…

— Presque tout… Il n'y a qu'à toi que j'envoie des fax comme le dernier. À propos, tu l'as déchiré ?

— Oui. En mille morceaux.

— Et tu n'en parles à personne, promis ? Ni à Rapha ni à Philippe.

Clara répète « Promis » et ferme les yeux.

Soudain, elle trouve la vie trop compliquée. C'est toujours comme ça avec elle, la vie est trop belle ou trop compliquée, trop triste ou trop gaie. Si je devais dresser une liste de mes qualités et de mes défauts, songe-t-elle, j'aurais en face de chaque qualité son contraire : audacieuse et peureuse, généreuse et radine, humble et orgueilleuse, peste et délicieuse. Elle ne connaît pas le juste milieu. Elle est la reine des montagnes russes. Elle envie la sagesse d'Agnès, son existence tranquille. Agnès ne joue que d'une note. Une note qui sonne juste : un mari, des enfants, un travail stable, des horaires réguliers. Un tableau bien ordonné, une image arrêtée d'un bonheur qu'elle construit petit à petit. C'est ce que Clara goûte chez elle : l'apaisement, la douceur des habitudes, l'amour conjugal ou maternel, l'amour tout court. Agnès s'inscrit dans la durée, l'effort, le don de soi. Lucille, Joséphine ou moi, nous connaissons d'innombrables émotions mais les émotions, ça n'a peut-être rien à voir avec l'amour. Je suis dans un mouvement perpétuel, se dit Clara. J'ai l'impression d'être vieille parfois, d'avoir vécu mille vies. Joie, terreur, courage, désespoir, plaisir, souffrance vont et viennent sans me laisser de répit. Depuis toujours mon corps est trop vivant et mon âme trop inquiète. Qu'est-ce que je préfère au fond ? Ce soir, elle ne sait plus. Elle n'est plus sûre de rien. Elle veut trouver la paix. Et le sommeil.

Pourtant, allongées toutes les deux dans le grand lit de Clara, leur dialogue reprend :

— Tu dors ? demande Joséphine qui s'est rapprochée de Clara et l'entend respirer.

— Non… J'ai laissé passer le train du sommeil. J'espère qu'il y en a un autre avant six heures du mat !

Joséphine met le nez dans le cou de Clara.

— C'est la première fois que je me retrouve dans un lit avec une femme…

— Tu n'as jamais dormi avec une femme ? Ça m'étonne de toi, dit Clara.

— Jamais. L'idée m'est bien passée par la tête mais c'est tout. Et toi ?

— Deux fois… Pour essayer. Pour ne pas mourir idiote.

— Une fois ne suffisait pas ?

— Je voulais être sûre…

— Et alors ?

— Je préfère les hommes…

— J'imagine qu'il manque quelque chose, non ?

Elle étouffe un petit rire niais sous la couverture.

— C'est sûr que c'est pas si simple, reprend-elle, songeuse. Souvent les mots m'échappent. Une autre prend ma place et pérore. Une que je n'aime pas. Une pouf idiote et basse de plafond. C'est comme tout à l'heure… J'ai été nulle tout à l'heure, dans la cuisine, avant le repas… quand je t'ai parlé du technicien Darty…

Clara se tourne vers elle et opine.

— Tu m'as détestée à ce moment-là ?

Clara hoche la tête et se sent en même temps portée par un immense élan d'amour envers Joséphine.

— Oui. Il y a des gens qui te tirent vers le haut et d'autres qui te tirent vers le bas… Là, tu m'as entraînée vers tout ce que je déteste en moi…

— C'est plus fort que moi… Ou c'est pour cacher un embarras, une timidité. Pour paraître… Je ne m'aime que dans le secret de moi-même… Mais je n'ai plus le temps de cultiver mon secret, alors la pouf en profite…

Elle marque une pause. Elle fait de la place pour que l'autre revienne, la Joséphine qu'elle aime.

— … Clara, j'aime pas ce que je suis en train de devenir…

Joséphine mordille le haut du drap, fait glisser le liseré blanc entre ses dents. Clara entend le bruit de l'étoffe qui crisse dans la nuit.

— Et je sais que tu n'aimes pas non plus…, ajoute-t-elle.

— C'est vrai… Je te trouve facile, bon marché, comme moi aussi, parfois…

— Tout à l'heure, quand tu m'as demandé pour Rapha… J'ai cru que tu me haïssais…

Clara ne répond pas.

— … que tu haïssais le monde entier, que tu voulais lui casser la gueule comme s'il t'avait trahie, marché dessus.

— C'est pas de la haine, je crois, finit par dire Clara, c'est un énorme mépris, un dégoût. J'ai tendance à voir le pire chez l'homme, le mesquin, les arrangements…

— Tu crois pas que tu exagères ?

— Je vois le mal partout… Chez moi et chez les autres… Ça a commencé quand j'étais toute petite… avec mon oncle et ma tante…

— À cause de l'abbé ?

— Oui… mais il n'y a pas eu que ça…

— Tu veux dire du plus croustillant encore ?

Clara pousse un long soupir triste.

— Ce n'est pas le mot que j'emploierais…

Joséphine a senti la détresse dans la voix de Clara.

— Je suis désolée… C'est encore l'autre qui a parlé. Tu veux me raconter, Clarinette ?

— Eh bien… c'est difficile… J'en ai jamais parlé à personne.

— Même pas à Rapha ?

— Non. J'avais oublié… Pendant des années… enfoncé tout au fond de ma mémoire…

— Attends, je vais chercher une cigarette…

Joséphine se lève et revient avec son paquet, un fond de vin rouge et deux verres.

— Tiens, Clarinette, ça te donnera du courage !

Elle partage le reste de la bouteille entre leurs deux verres, et allume une cigarette qu'elle tend à Clara. Clara prend la cigarette d'une main et le verre de l'autre.

— T'as pensé au cendrier, Joséphine ?

— Non ! Merde !

Elle se relève et marche sur la pointe des pieds jusqu'à la table. Elle revient précipitamment et se blottit sous les couvertures, après avoir posé le cendrier sur les genoux de Clara.

— Ouaou ! Il fait froid chez toi ! C'est pas chauffé ?

— Si. Mais c'est un chauffage par l'immeuble… La nuit, ils baissent la pression pour faire des économies…

— T'es sûre que tu veux m'en parler ? T'es pas obligée…

— Il y a des choses qu'il faut dire tout haut pour se les rappeler. Sinon, on les oublie.

Clara attrape un oreiller qu'elle cale derrière son dos, aspire longuement sur sa cigarette et commence.

— Alors voilà… C'est pas facile, je te préviens… C'est même pénible… C'était il y a longtemps… Je devais avoir neuf ou dix ans et l'oncle Antoine…

— Je pouvais pas le saquer, celui-là ! s'exclame Joséphine. Et j'étais pas la seule ! Tu te souviens des regards noirs que lui jetait la grand-mère Mata ?

— … L'oncle Antoine, un jour, m'a demandé si on pouvait aller faire un tour chez l'épicier…

— M. Brieux ?

— Oui. M. Brieux. Tout le monde avait un compte chez lui, tu te rappelles ? On payait pas, on faisait marquer.

— Maman payait toujours, elle détestait avoir des dettes… Et moi, je râlais parce que j'étais la seule à ne pas avoir de compte !

— Écoute, si tu m'interromps tout le temps, je vais jamais y arriver !

— Excuse-moi…

— Il faut que tu te taises… sinon, je n'aurai pas le courage…

Le ton grave de sa voix impose le silence. Elle a mal à l'estomac, une peur semblable à celle des enfants qui craignent de faire un cauchemar et redoutent le noir. Elle sait que toute la tristesse du monde va l'envahir à nouveau, lui remplir la tête et appuyer là où ça fait mal. Une vieille douleur qu'elle transporte avec elle, qui colle si fort à sa mémoire qu'elle fait partie d'elle, une douleur ancienne qui la ronge et lui coupe l'envie de vivre. Il lui arrive de se demander pourquoi, tout à coup, en plein vol, en plein rire, elle est cassée en deux de tristesse, pourquoi elle se sent vidée de ses forces, pourquoi elle n'a plus de joie en elle, et voudrait mourir. Elle a mis du temps à identifier la source du malaise. Elle fouillait dans sa mémoire et se débattait contre un voile noir. Un jour, le voile s'est déchiré et elle aurait préféré ne pas avoir de mémoire. Si elle parle, ce soir, ce n'est pas par hasard. C'est que le mal a resurgi. Elle a un flair d'animal blessé, elle devine le bourreau, le couteau, le tueur embusqué. Ce soir, elle a été trahie. Elle ne sait pas comment, elle ne sait pas par qui. La vieille peur a surgi en elle. Elle éprouve le même malaise, la même douleur de bête traquée qu'avant, il y a longtemps. C'est venu après le dîner, quand elle a parlé. Ça lui a rappelé M. Brieux… et oncle Antoine. Le souvenir a jailli comme un coup de poing, dès qu'elle s'est allongée dans le lit, dans le noir de la nuit. Une image en couleurs, l'image d'une petite fille, toute petite, qui levait les yeux vers son oncle et lui donnait la main dans la rue… à Montrouge.

— … Nous voilà partis tous les deux chez M. Brieux. Oncle Antoine, en marchant, m'explique qu'il va falloir que je sois très gentille avec M. Brieux parce qu'ils ont une grosse addition à régler et qu'ils n'ont pas les sous pour la payer. On marche, on marche. Il me tient la main, me parle très gentiment. On fait un tour de pâté de maisons, un autre et encore un autre, et il continue à m'expliquer que si je suis très gentille avec M. Brieux, peut-être, il dit bien peut-être, qu'il effacera la note et qu'on n'aura plus à la régler. Philippe et moi, c'est deux grosses bouches à nourrir. On a tout le temps faim, c'est normal, on est en pleine croissance, mais ça coûte des sous, et des sous, ils en ont pas en pagaille. Il faut que j'y mette du mien… Moi, je ne comprenais pas bien, j'étais toujours gentille

186

avec M. Brieux… tu sais, je disais bonjour monsieur, au revoir monsieur, merci monsieur, je fermais la porte sans la claquer. Philippe aussi, d'ailleurs. On sentait bien qu'il fallait pas qu'on se fasse remarquer. Bref, on arrive à l'épicerie. Je me rappelle, c'était à l'heure du déjeuner et le magasin était fermé. On est passés par-derrière, par la porte des livraisons, et là, Brieux nous attendait. Il portait toujours une blouse grise…

— Une blouse grise sur un gros ventre rebondi… et puis il avait des moustaches, non ? Il avait des moustaches ou pas ?

— Il avait des moustaches mais je t'en supplie, tais-toi !

— D'accord, je me tais…

— Il a fait un signe de tête à l'oncle Antoine qui nous a laissés, Brieux et moi, dans l'espèce de pièce où Brieux entreposait ses marchandises. Il a dit qu'il sortait fumer une cigarette. En fait, je pense qu'il devait faire le guet au cas où la mère Brieux se serait pointée. Brieux m'a fait asseoir sur une chaise, bien droite, il a tiré un Mars de sa poche, il a déchiré le papier, il me l'a tendu en me disant : « Tiens, c'est pour toi » et il m'a dit qu'on allait jouer tous les deux. Un jeu nouveau que je ne connaissais pas mais qui était très agréable. Un jeu qui ressemblait à la petite bête qui monte, qui monte, qui monte et hop ! « Tu connais ce jeu ? » il m'a dit. J'ai fait signe que oui. Alors il a commencé à faire marcher ses gros doigts sur ma jambe jusqu'à ma jupe. Il a fait ça plusieurs fois. Je regardais sa main qui montait, descendait, remontait… Puis il a repoussé ma jupe sur mes cuisses, il m'a ouvert les jambes, il a écarté ma culotte et il s'est mis à me caresser tout doucement, tout douce-ment… Il promenait ses gros doigts sur mon sexe et il répétait : « C'est merveilleux, c'est merveilleux, écarte un peu plus, Clara, que je voie tout. » Moi, je faisais ce qu'il me disait. Je ne protestais pas. Il avait dit que c'était un jeu… Il m'a demandé d'ôter ma culotte et je l'ai ôtée. Je continuais à manger mon Mars et je me laissais faire. Alors, il a mouillé ses doigts et il a commencé à me caresser, et, je vais te dire, c'était bon. Il me faisait pas mal. C'était du plaisir, même. Je connaissais pas, c'était comme une brûlure mais une brûlure qui me faisait du bien. Je me tortillais sur ma chaise, je bavais sur mon Mars et lui, il me regardait et il me disait : « Tu aimes, hein ? tu aimes ça. T'es une petite vicieuse, toi, hein ? t'es une petite vicieuse… » Je ne comprenais pas mais je me laissais faire. À un moment, j'ai renversé la tête en arrière et il a mis sa bouche entre mes jambes et il m'a léchée. Je me rappelle, il me donnait de grands coups de langue et ça me faisait penser à un chien, et puis des tout petits et je pensais à un chat… J'étais toujours assise sur la chaise et j'ai eu peur de tomber à la renverse, alors je me suis redressée. J'ai vu sa grosse tête entre mes jambes, sa grosse tête qui s'agitait entre mes jambes et c'est là que je me suis dit que ce n'était pas normal, y avait un truc qui clochait. Mais lui, il continuait. Il tenait mes jambes bien ouvertes. Alors je l'ai attrapé par les cheveux et je l'ai repoussé. Il a levé son regard sur moi et j'ai eu peur. J'ai refermé mes jambes d'un seul coup. Il avait un drôle de regard, comme un regard de fou mais concentré sur moi. Il avait la langue qui se retournait dans la bouche, de la bave tout autour des lèvres et ça lui donnait l'air d'un idiot. J'ai eu peur… J'ai rabattu ma jupe précipitamment. Il a souri. Il m'a dit qu'il fallait pas que j'aie peur, que ce n'était qu'un jeu. Que je m'étais mis du Mars partout et qu'il faudrait me nettoyer en rentrant à la maison ou ma tante me gronderait. Et avec ses doigts, il est parti de ma cheville et il a recommencé… la petite bête qui monte, qui monte, qui monte et hop !

Sa main était à nouveau sur mon sexe et elle le caressait… Mais j'avais peur et ce n'était plus bon comme avant. Alors il a dit : « Il faut pas que tu bouges, il faut pas que tu cries, il faut que tu te laisses faire et j'effacerai toute la note d'épicerie de ton oncle, toute la note d'épicerie, tu as compris, chérie ? Allez, ouvre tes jambes. » Il m'a forcée avec ses gros doigts, je les sentais qui dérapaient sur mes cuisses, j'ai fermé les yeux et je l'ai laissé faire. Après, il a déboutonné ma blouse et il a fait pareil avec mes seins. Il les léchait, il les appelait ses tout-petits à lui, et puis le ventre, et puis il recommençait avec mon sexe et moi, je gardais toujours les yeux fermés mais j'avais la trouille au ventre. Je pensais à l'oncle Antoine, à la note, à tout ça et puis, je ne pensais plus parce que tout à coup c'était bon à nouveau… et je ne savais plus quoi faire. J'avais ses mains et ses doigts partout. J'avais l'impression d'être comme un papillon épinglé, écartelé. D'ailleurs, à un moment, il m'a prise par la main et il m'a dit de m'allonger, que je serais mieux par terre. J'ai obéi. Il a défait les derniers boutons qui restaient fermés, il s'est penché sur moi et il a promené sa bouche partout, partout en se parlant tout seul. Il se félicitait, il disait qu'il avait trouvé un trésor, un vrai trésor. Il me pinçait doucement les seins et les suçotait, les appelait ses petits boutons, puis il glissait jusqu'entre mes jambes. Je me laissais faire. Je n'aimais pas quand il parlait mais je me laissais faire… Ça a duré un bon moment, y avait l'oncle Antoine qui toussait derrière la porte des livraisons mais Brieux, il prenait tout son temps… Finalement, il s'est levé, il est allé s'agiter dans un coin, j'ai entendu comme un cri étouffé et puis, il est revenu, il m'a ébouriffé la tête et il m'a dit que j'étais une bonne petite… que j'avais rendu service à toute ma famille mais que c'était un secret entre oncle Antoine, lui et moi, qu'il fallait en parler à personne. Et que si je gardais le secret, il m'ouvrirait un compte gratuit rien que pour moi, pour que je puisse acheter plein de confiseries. Je me suis rhabillée et je suis repartie avec l'oncle Antoine. Tu sais quoi ? Il osait pas me regarder dans la rue, lui, il marchait devant moi à toute allure et j'étais presque obligée de courir pour rester à sa hauteur. Il ne m'a pas dit un mot. Rien. Je comprenais pas. Il avait été si gentil à l'aller… Je me suis dit alors que j'avais fait quelque chose de mal. À la maison, j'ai foncé sous la douche. J'avais envie de pleurer et je ne savais pas pourquoi. Je ne comprenais pas. C'était ça surtout le plus douloureux. Qu'est-ce que j'avais fait de mal ? J'ai appuyé mon front contre la paroi de la douche et je me rappelle, j'ai frappé, frappé, jusqu'à ce que la douleur physique me donne une bonne raison de pleurer… J'avais une telle pression dans tout mon corps qu'il fallait que ça sorte, j'avais l'impression que j'allais éclater. Je frappais, je frappais, j'espérais que j'allais mourir, et que tout s'arrêterait mais je ne suis pas morte… Oncle Antoine m'a reconduite souvent chez Brieux. Et chaque fois, c'était pareil. Et moi, je devenais folle, tu sais… il ne m'a jamais violée, Brieux. Il ne m'a jamais fait mal. Quand il avait fini de me tripoter, il allait se branler dans un coin et il revenait tout gentil, tout doux. Mais c'était le retour avec l'oncle Antoine qui était odieux. Il avançait à grandes enjambées et moi je cavalais derrière comme pour m'excuser, il me regardait pas… Il ouvrait la porte de l'appartement et il filait au bistrot sans un mot !

— C'est pour ça que tu as voulu te suicider à douze ans !

— Je ne comprenais plus rien… J'étais enfermée dans un truc de fous. Et puis, je ne pouvais en parler à personne puisque j'y prenais du plaisir, tu comprends !

C'est pour ça que je te dis que je m'y connais en humain… Qui était le plus dégueulasse de l'oncle Antoine ou de l'épicier ? Ou encore de moi qui me laissais faire, et achetais plein de Carambar et de boules de coco ? Parce que je l'utilisais, mon compte. Je vivais sur un grand pied. Plus besoin de compter l'argent de poche. Je finissais par me trouver aussi monstrueuse qu'eux, par faire l'amalgame entre eux et moi dans mon imagination de petite fille… J'avais été lire la définition du mot « vicieux » dans le diction-naire… Je voyais des monstres partout et, encore main-tenant, j'ai tendance à chercher le mal en chacun. C'est plus fort que moi…

Elle rit d'un petit rire sec et glacial, un rire méchant, et laisse tomber sa cendre dans le cendrier que lui tend Joséphine. Toute sa souffrance passée est devenue un petit bloc de crasse, comme celle qu'a dénichée le technicien de chez Darty en réparant le four de la cuisi-nière. Un petit bloc de crasse noire qu'elle exhume de son passé et qu'elle observe froidement, les yeux secs.

— Mais t'as rien dit à Philippe ?

— Après, je l'ai dit à Philippe… après que j'ai pris l'Aspégic… Parce que l'oncle Antoine, quand il a vu que ça marchait avec Brieux, il s'est dit qu'il avait trouvé une bonne combine et il m'a proposée comme monnaie d'échange à d'autres. Il m'a emmenée une fois chez le garagiste, une autre fois chez le réparateur de télés… Et les autres, ils étaient pas gentils comme Brieux. Ils me tapaient parce que je voulais pas faire des choses… Et l'oncle, il me houspillait tout le long du chemin, il disait qu'il allait me mater. Alors, j'ai pris l'Aspégic et quand je me suis réveillée, j'ai tout raconté à Philippe. Il a voulu aller casser la gueule à l'oncle Antoine mais il était encore trop petit, il s'est fait ratatiner. Il est allé voir la tante Armelle qui a haussé les épaules et a répondu que ce n'était pas vrai, que j'inventais, que j'étais travaillée par la puberté ! On n'en a plus reparlé mais à partir de ce jour-là, Philippe ne m'a plus lâchée d'une semelle. Je devais toujours lui dire où j'allais, avec qui, ce que je faisais. Il me laissait plus seule une minute. Il m'attendait à la sortie des cours, il m'accompagnait quand j'allais chez des copines, il venait me rechercher. Il voyait des Brieux partout...

— Le salaud ! Le salaud ! J'imagine si on faisait ça à Julie ! J'irais le flinguer, le bonhomme ! Je lui couperais les couilles et je...

— Et qu'est-ce que tu dirais si tu apprenais qu'elle y prend du plaisir ? la coupe Clara.

Joséphine ne répond pas. Souvent, quand elle donne son bain à Julie, quand elle détaille le corps long, droit, si pur de sa petite fille, elle l'imagine, plus grande, sous le corps d'un homme, en train de faire l'amour et cette image n'arrive tout simplement pas à se matérialiser. Pas sa petite fille ! Pas sa petite fille sur une banquette SNCF à se tordre sous un inconnu !

— Tu vois... tu es dégoûtée rien qu'à l'idée...

— Non. Je me dirais qu'elle a été dévoyée, que ce n'est pas de sa faute ! Et c'est la vérité, Clara ! Écoute-moi !

— Pas si tu y prends du plaisir. Parce que, je vais te dire un truc horrible, c'est Brieux qui m'a initiée au plaisir, qui m'a fait découvrir ce truc merveilleux... même si c'était du vice de sa part.

— Je ne sais plus, Clarinette. Tout ça est trop compliqué pour moi... Ce qui est sûr, c'est que ton oncle était un beau salaud !

— Ça, c'est évident... Je vais te dire, en plus, on n'était même pas pauvres, on roulait pas sur l'or mais... Ça le faisait jouir d'économiser de l'argent en se servant de moi… J'ai retrouvé, par hasard, un petit carnet où il marquait les sommes que je lui faisais gagner. Tout était noté, bien proprement…

Elles restent un long moment silencieuses. Puis Clara se réfugie dans un coin du lit. Elle a envie d'être seule, et enfonce le visage dans l'oreiller, en soupirant qu'elle a sommeil.

Joséphine repense à Brieux. Il faut que je mette en garde Julie, que je lui parle du désir des hommes pour des petites filles comme elle, du désir qui force, qui salit. Elle hait les hommes. Elle hait leur force, leur suprématie, leur toute-puissance. Même si elle n'en a jamais été victime, elle. Mais au fond en est-elle si sûre ? Elle s'est laissé réduire au rôle d'épouse et de mère, elle qui avait tant d'envies. Écrire, par exemple. Mon père m'en a empêchée puis mon mari. Réduite à l'état civil de Mme Ambroise de Chaulieu avec l'argent, le bel appartement, les beaux-parents, la sécurité et l'ennui qui la ronge et la rend idiote.

Pourtant, cet après-midi, avec lui, avec cet homme, son amant de Paris, elle a bien cru qu'elle allait se laisser aller et prononcer deux ou trois mots pleins de grâce, de tendresse, d'amour même… des mots qui sonnent vrai… Oh ! pas beaucoup, pas des gros mots d'amour… non, des petits mots qui tournent autour… qui inclinent la tête dans un geste de tendresse, qui désarment la bouche habituée à mordre, et appellent une main amicale, sans offense… mais elle s'est aussitôt maîtrisée. Il lui a demandé pourquoi elle s'interdisait d'aimer et elle a répondu qu'elle s'était déjà laissé avoir une fois, qu'elle n'y croyait plus. Elle voulait bien aimer ses titounets, ses copines, ses parents mais plus jamais un homme ! Il l'avait reprise contre lui et avait prononcé des mots très simples : « Je t'aime, je te respecte, je veux que tu sois heureuse, heureuse avec toi, heureuse avec moi. » Alors, elle avait pleuré. Tout contre lui. « Fais-moi confiance, il répétait, moi je saurai t'aimer, te rendre unique et forte et fière, je sais me battre pour les autres. » Elle ne savait plus si elle devait le croire, et puis elle avait peur. Peur de tout quitter pour lui. Oh ! Pas ses enfants, elle les emmènerait avec elle, mais le reste… Elle a besoin de la sécurité que lui offre son mari même si cette sécurité lui pèse. Elle ne serait pas aussi légère ni désinvolte, s'il n'y avait le poids d'Ambroise pour la maintenir en équilibre. Ambroise la délivre des soucis de la vie. Ce n'est pas suffisant peut-être mais c'est déjà beaucoup. Se faire baiser par des inconnus qu'on prend et qu'on rejette, est-ce un acte héroïque ? Pas si on ne met rien en jeu. Elle se demande soudain si la vie ne va pas lui présenter la note. Elle devrait faire le test, elle aussi. La vie a toujours été généreuse avec elle, mais elle, que donne-t-elle ? Agnès a frappé juste. Une vie de faux jeton. Il faudrait que je reprenne tout à zéro pour changer, se dit-elle, mais peut-on faire table rase du passé ? Joséphine aimerait en parler avec Clara mais elle ne peut pas. Il faudrait qu'elle prononce le nom de l'homme en question et cela, Clara ne le supporterait pas. Elle en est sûre. Elle perdrait son amie.

Agnès et Lucille n'ont pas dit un mot dans l'ascenseur. Agnès a toussoté pour meubler le silence. Lucille est demeurée droite, songeuse, sans se demander un instant ce qu'Agnès allait penser de son mutisme. Elles ont échangé un rapide baiser sur le trottoir. L'orage était passé mais la pluie continuait à tomber et le vent soufflait, envoyant des paquets de pluie contre les rares passants qui traversaient la rue en courant vers une voiture ou l'entrée d'un immeuble.

Lucille tient le col de son manteau plaqué contre son visage et s'impatiente. Elle n'a qu'une envie, déguerpir au plus vite, et cherche quelques mots à prononcer avant de prendre congé.

— Ça va ? Tu es toute pâle…, dit-elle à Agnès qui piétine à ses côtés.

Agnès esquisse un petit sourire.

— Tu veux que je te raccompagne ? demande Lucille.

Ça ne l'enchante guère d'aller se promener jusqu'à Clichy, en pleine nuit, mais elle ne peut s'empêcher de remarquer le désarroi d'Agnès. Agnès fouille dans son sac à la recherche de ses clés de voiture et ne les trouve pas ; des mèches de cheveux plaquées sur le visage l'empêchent de voir ce qu'elle fait.

— Non… Merci… J'ai ma voiture… Demain, je travaille… Ça va, ne te fais pas de souci… Ah ! Les voilà… C'est à cause de mes gants… Ils sont mouillés et… Excuse-moi, je te fais attendre, d'habitude, je les mets dans ma poche, pour ne pas avoir justement à farfouiller en pleine rue…

Agnès s'excuse, bafouille. Elle remet une mèche de cheveux en place et la mèche retombe aussitôt, lui barrant le visage. Elle remercie Lucille de sa gentillesse, elle ne sait plus comment se faire pardonner sa lenteur, sa maladresse.

— Tu es garée où ? s'enquiert Lucille, irritée par l'attitude servile d'Agnès.

Même pauvre, j'aurais conservé ma fierté, se dit-elle. On ne se fait pas respecter dans la vie si on ne traite pas d'égal à égal avec son prochain.

Agnès lui montre un coin de rue, plus loin sur la gauche.

— Je vais t'accompagner jusqu'à ta voiture, propose Lucille, la mienne est garée devant…

Elles font quelques pas ensemble, essaient de parler du temps, de Noël qui approche, mais le silence retombe aussitôt.

Sur le pare-brise de la voiture d'Agnès, une contravention détrempée par la pluie gondole sous les essuie-glaces. Agnès pousse un soupir, la décolle en prenant soin de ne pas la déchirer. Le regard de Lucille s'attarde sur la voiture d'Agnès ; elle est rayée sur le côté et un nounours violet et rose se balance, accroché au rétroviseur. Un nounours qu'elle a dû recevoir contre un plein d'essence dans une station-service.

— Ils ne s'arrêtent donc jamais ! râle Agnès.

Je suis sûre qu'elle n'en a pas, elle ! se dit-elle en clignant des yeux en direction de la voiture de Lucille. Elle veut vérifier. Elle veut savoir. Il suffirait que ce soir, Lucille ait une contravention pour que l'ordre soit rétabli, que la vie redevienne juste. Pas belle mais juste.

Lucille se dirige vers sa voiture garée sur les clous, quelques mètres plus loin. Elle ne prend même pas la peine de se pencher sur son pare-brise mais Agnès, qui la suit, constate qu'il est vierge de tout papier blanc. Une bourrasque les enveloppe, Lucille glisse la main dans son sac, attrape ses clés et fait fonctionner l'ouverture automatique des portières. La voiture s'illumine et elle se faufile à l'intérieur. Avant de refermer la portière, elle lance un dernier regard apitoyé à son amie qui tente de rester vaillante alors qu'une rafale de pluie s'abat sur elle. Lucille démarre en faisant un dernier au revoir de sa main gantée. Agnès suit des yeux le cabriolet qui s'éloigne et soupire. Pourquoi ce sont toujours les mêmes qui ont de la chance dans la vie ? Toute l'énergie d'Agnès passe à lutter contre des petits détails comme celui-là, des petits détails qui ont façonné sa manière d'être et de penser, qui font sa force et sa faiblesse. Elle regagne sa voiture et tente de la faire démarrer. Elle a oublié de mettre son starter tout à l'heure, comme le lui a conseillé le garagiste. Elle appuie plusieurs fois sur la pédale de l'accélérateur en maudissant son étourderie. « L'allumage, c'est toujours le problème avec les R5, lui a-t-il expliqué en secouant sa boîte de cachous. C'est le point faible de ces voitures ; alors n'oubliez pas, quand vous coupez votre moteur, de mettre le starter pour que l'humidité ne pénètre pas. » Et depuis, ça marche. Elle n'a plus aucun mal à démarrer. Sauf ce soir, bien sûr…

Rien ne marche, ce soir.

Enfin, après de multiples essais, le moteur toussote, crachote et s'emballe. Agnès tire sur sa ceinture de sécurité, la boucle et enclenche la première. Ses mains glissent sur le volant ; plusieurs fois, il lui échappe et elle frôle l'accident. Elle ne sait plus si ce sont les gants de laine qui lui font perdre le contrôle du volant ou si, trop absorbée par ce que lui a appris Clara, sa tête ne lui obéit plus. À mi-chemin, elle brûle un feu rouge et comprend son erreur en entendant le coup de freins assourdissant de la voiture qu'elle a failli emboutir. Elle vérifie dans le rétroviseur que le véhicule est intact, que ses occupants ne sont pas blessés. Elle les guette, inquiète, puis apercevant les feux qui s'éloignent, elle pousse un soupir, se gare sur le côté, coupe le moteur. Elle n'ira pas plus loin. Elle renverse la tête en arrière et respire profondément.

C'était il y a un an, presque jour pour jour. Les décorations de Noël illuminaient les rues, elle avait emmené les enfants voir les vitrines des grands magasins. Ils avaient piétiné derrière la foule, tentant d'apercevoir les marionnettes, les automates, les robots mécaniques, les patins à roulettes, les fusées, les fausses montagnes de papier crépon saupoudrées de neige, les féeries de lumières, et la musique de Noël qui tombait des haut-parleurs dissimulés dans les arbres. Agnès contemplait le spectacle avec des yeux d'enfant, s'extasiant devant les poupées, les ours en peluche, les Meccano, les hottes débordantes du Père Noël, les intérieurs de maison reconstitués, les drapés moirés où se lovaient les jouets. Éric ne savait pas encore ce qu'il voulait et réclamait des catalogues pour mieux choisir, Céline boudait, prétextant qu'elle avait passé l'âge de s'extasier devant des vitrines qui célébraient le mythe du Père Noël.

— Moi, ma mère ne m'emmenait jamais voir les vitrines de Noël, avait lancé Agnès à sa fille, d'un ton revêche. Alors arrête de ronchonner et regarde comme c'est beau !

— C'est pour te faire plaisir qu'on est là à se cailler avec tous ces crétins !

Céline avait raison : elle rattrapait son enfance avec ses deux enfants. Elle n'avait pas répondu et plus tard, la main de sa fille s'était glissée dans la sienne pour demander pardon.

Ce soir-là, Agnès s'était revue à l'âge de Céline : une fille de banlieue comme il y en a treize à la douzaine, sans l'argent pour bien s'habiller, l'argent pour l'appareil dentaire, l'argent pour les vitamines à la louche, pour les cours du soir, pour la confiance en soi ; le genre de fille qui prend tout son élan pour s'en sortir, poussée aux fesses par une mère qui ne s'apitoie jamais, un père qui la nargue à l'étage du dessous, la maîtresse en rouge à lèvres criard, minijupe, bas résilles et talons hauts, la voiture qu'il astique le dimanche dans la rue à grand renfort de seaux d'eau que transporte la maîtresse en se déhanchant, cigarette au bec, une gamine qui s'accroche aux autres filles de la classe, plus riches ou plus culottées, en se disant qu'avec leur aide elle va s'en sortir. Pas une ambitieuse, non. Le mot est trop fort pour elle. Une qui survit, c'est tout. S'il n'y avait pas eu Clara, Joséphine ou Lucille, elle n'aurait pas résisté aux coups de fourchette de la mère, à l'abandon du père. Elle aurait fait comme ses frères : elle aurait pris la fuite et prié pour que la vie passe à côté d'elle, sans la remarquer.

Un soir où elle était seule, elle était allée voir *Sans toit ni loi*, le film d'Agnès Varda avec Sandrine Bonnaire. Elle avait pleuré dans le noir. Déchirée de sanglots qu'elle tentait maladroitement d'étouffer dans la manche de sa veste. Elle y était retournée au moins trois fois, toute seule, une boîte de Kleenex sur les genoux, et les larmes coulaient, coulaient sans qu'elle puisse les arrêter. C'était bon et doux, toute cette eau tiède qui lui inondait les joues dans l'obscurité, qui l'enveloppait d'une douceur moite et salée. Elle se disait qu'il n'y aurait jamais assez de séances pour qu'elle se vide de toutes ces larmes qu'elle n'avait jamais versées. Elle avait acheté la cassette vidéo. Sandrine Bonnaire, c'était elle.

Ou ses frères. Christophe végète dans sa petite entreprise, seul, sans ouvrier, gagnant moins que le SMIC. Elle descend deux ou trois fois par an à Montpellier mettre de l'ordre dans ses comptes ou faire sa déclaration d'impôts. Il est toujours sur le point de déposer son bilan. On lui a volé sa mobylette et il n'est pas assuré contre le vol. Ou il perd sa trousse à outils et n'a pas d'argent pour la remplacer… Il vit dans une espèce de réduit contigu à son atelier. La vaisselle du déjeuner sert au dîner du soir, la nappe en plastique de la table colle aux doigts et des cercles rouges, souvenirs de vieux culs de bouteille, se chevauchent, dessinant un feston aviné ; les feux de la cuisinière jamais nettoyés laissent échapper une flamme irrégulière et une forte odeur de gaz flotte dans la cuisine ; les draps du lit sont gris et la chambre sent le renfermé. C'est l'intérieur d'un célibataire déjà usé par la vie. Il ne sait pas garder une femme, elles partent toutes, il est trop gentil, trop maladroit avec elles. Et puis il ne gagne pas assez de sous. Quand elle est chez lui, elle range, nettoie, astique, récure, décroche les rideaux, enlève les draps, les lave à grande eau, lui prépare des plats cuisinés qu'elle congèle, dispose des petits bouquets de fleurs dans des verres, lui achète des chemises, des pulls, des chaussettes, porte l'aspirateur à réparer et repart en laissant de l'argent sur la table. Son autre frère, Gérard, s'est replié dans la marginalité. RMI, aides sociales, deux enfants qu'il n'a jamais reconnus, des petits boulots au noir, des bières, des virées dans les bars quand il a touché un salaire. Toujours au noir. Il transpire la pauvreté, porte des survêtements délavés, a la peau pleine de boutons, des pellicules sur les épaules, une scoliose prononcée. Il a hérité de la grande gueule du père. Sans l'uniforme de CRS ni l'autorité qui va avec. Il bavasse à l'infini quand il tient une canette de bière. Il se vante, traite sa copine du moment de pou-fiasse, et s'imagine un avenir en habit de lumière. Ça dure le temps de vider des canettes. Il vit seul, à Marseille. Il l'appelle quand il a besoin d'argent. Sans fanfaronner. D'une pauvre voix cassée qui lui retourne les tripes. Elle lui envoie des mandats. Il dit c'est la dernière fois, je vais m'en sortir, tu verras, je suis sur un coup, je te rembourserai tout, t'as qu'à marquer…

Elle déjeune une fois par semaine avec sa mère. Elles ne parlent de rien. Ou si, de Christophe, de Gérard, de l'éducation qui se perd, des familles qui se défont, du monde qui s'avachit dans l'indifférence générale, des programmes de télévision où l'impudeur et l'argent triomphent. Toujours les mêmes mots, les mêmes plaintes, la même rancœur, pas un gramme d'espoir, pas un sourire ou une pause qui laisse la place à une caresse ou à un baiser. Des années sans affection ni tendresse, ça ne se rattrape pas. On n'a plus le mode d'emploi pour s'aimer. Agnès ne sait pas comment embrasser sa mère, où mettre les bras, la bouche, comment pencher la tête pour l'enlacer sans la heurter. Elle a envie de la couvrir de cadeaux, de l'emmener dans des palaces, de lui acheter des parfums, des bijoux, un sac en croco. À chaque fois, elle s'arrête net. Foudroyée. Un pli de la bouche, une mauvaise lueur dans l'œil qui la tient à distance, une plainte qui s'élève et casse le rêve. Sa mère aurait préféré que ce soit ses deux frères qui s'en sortent. Un vieux réflexe de femme habituée à vénérer l'homme, à dénigrer les autres femelles. Sa mère ne lui dit jamais je suis contente, heureusement que tu es là, elle ne rit pas. Elle ne sait pas, elle a trop fréquenté le malheur. Agnès sort de ces déjeuners en mille morceaux. Démantibulée. La poisse et le désespoir lui collent au corps. Ni pauvre ni riche, ni moche ni jolie, ni brillante ni stupide. Agnès, la gentille Agnès, dévouée, organisée, propre sur elle.

C'est pour ça qu'un soir... le soir, après les vitrines des grands magasins... un soir où elle devait aller chez Clara... À la dernière minute, le dîner avait été annulé... Clara gisait dans son lit, brûlante de fièvre. Ce soir-là, comme ils rentraient de leur promenade, Yves avait téléphoné pour dire qu'il ne regagnerait pas Paris avant le lendemain après-midi. Elle n'avait pas envie de rester à la maison avec les enfants. Elle venait de s'acheter un Wonderbra, elle voulait l'étrenner, le montrer à ses copines. Elle n'était pas sûre qu'à son âge il faille exhiber sa poitrine de la sorte. Elle avait hésité plusieurs semaines avant de l'acheter, avait longuement regardé, dans les journaux qu'elle feuille-tait chez le coiffeur ou le dentiste, la publicité qui mon-trait une fille belle, jeune, sûre d'elle avec des seins comme deux boules de glace à la vanille. Et puis un jour, alors qu'elle avait presque renoncé à cet achat, elle avait poussé la porte d'une boutique de lingerie près de son bureau et s'en était acheté un, blanc. Le noir aurait fait mauvais genre. C'est en essayant le sou-tien-gorge boules de glace à la vanille que lui était venue une idée. Rien qu'une seule fois, pour te faire plaisir, pour te faire un souvenir. Elle avait ri toute seule, dans la cabine d'essayage. Mais pourquoi pas ? s'était-elle dit, pourquoi pas ? Personne ne le saura, et tu auras ce petit secret à toi, qui te donnera du courage les jours où tu trouveras ta vie trop monotone.

Elle avait embrassé les enfants, ravis de rester seuls, enchantés qu'on les traite comme des grands, et pris la voiture. Elle avait conduit au hasard. Une femme libre qui cherche l'aventure. Une femme sans mari, ni enfants, ni dîner à préparer, ni linge à repasser. C'est toujours vers elle qu'on se tourne quand il y a des pro-blèmes. Ce soir-là, elle roule vers Paris. Elle n'a pas froid. Elle sent ses seins hauts et ronds sous le car-digan entrouvert. Elle les touche, de temps en temps, émerveillée et troublée. Elle roule vers l'aventure. Elle ouvre la fenêtre de la R5 et laisse pendre un bras. Porte de Clignancourt, elle tourne à droite et se retrouve sur le périphérique. Il est vide à cette heure-ci et elle peut faire des pointes de vitesse sans qu'Yves lui dise de faire attention aux radars. Elle s'en fiche pas mal des radars. Elle franchit des lignes jaunes, appuie sur l'accélérateur, met une cassette et pousse le volume à fond. Chante en gueulant. Yves serait bien étonné s'il l'entendait ! Parfois, elle lui en veut de la mettre sur un piédestal. Quand il la regarde avec cet air de dévot, elle a envie de salir sa dévotion. Oh ! Ça ne lui arrive pas souvent mais… Elle aimerait bien qu'il la bouscule un peu. Elle file en direction de Montrouge. Au début, elle s'est dit, je vais aller revoir l'immeuble, l'immeuble de mon enfance, elle se sent vaguement sentimentale et puis elle ne sait pas trop quoi faire de cette nouvelle liberté, elle n'est pas habituée à sortir toute seule, elle se voit mal pousser la porte d'un café, s'asseoir et commander. Qu'est-ce qu'on boit dans les cafés quand on est une femme seule ? Depuis que sa mère a déménagé, elle n'est jamais revenue à Montrouge, elle y a été si heureuse jusqu'à dix ans, une vie normale, avec un papa et une maman, des croissants au petit déjeuner le dimanche matin, un poulet rôti et des pommes de terres sautées le dimanche à midi, ses petits frères et elle, bien sages, qui laissent les grandes personnes parler à table et attendent la promenade en famille qui suit toujours le déjeuner du dimanche. Les petits frères essaient leurs nouveaux patins à roulettes, elle ses vernis noirs qui lui serrent les pieds mais lui dessinent un avenir de princesse. Elle gambade dans les rues, écoute papa et maman parler de la boulangère, de l'épicier, du garagiste, de la rue qui ne change pas. Ils ont bien fait de s'installer ici. C'est une bonne banlieue. Pas comme Bagneux qui commence à être envahi d'Arabes. Ici, on est chez nous, entre nous. On ne risque rien. Le danger est plus loin, vers les grands ensembles qui poussent comme des chardons et recueillent tous les laissés-pour-compte, les fainéants, les étrangers. Papa est fonctionnaire dans la police, maman tient la maison et applique ses principes à la lettre : pas de gaspillage, pas de télévision, pas d'argent de poche, un cadeau à Noël et à chaque anniversaire. Toujours les mêmes propos si rassurants. Elle ne s'en lasse pas. Et puis, c'est la halte chez le pâtissier qui reste ouvert le dimanche, ils ont le droit de choisir un gâteau et de le manger tout de suite. Ils tiennent leur gâteau au bout de leurs bras tendus. Sur le chemin du retour, papa regarde les voitures et parle carrosserie, suspension, tenue de route, vignette qui augmente. Maman hoche la tête. Elle n'a pas pris de gâteau, elle fait attention à sa ligne. Papa la charrie. Maman dit qu'il faut être vigilante quand on a eu trois enfants. Et puis l'image de son père et de sa maîtresse surgit et lui barre la route. Il n'est pas venu à son mariage. Elle sait qu'il habite toujours là. Il est à la retraite maintenant. Il s'est acheté une petite maison dans le Bordelais où il passe ses étés. Elle avait dix ans quand il est parti avec la voisine du dessous. Elle avait dix ans et elle l'adorait. « On n'adore que Dieu », disait sa mère. « N'empêche, moi, je l'adore, mon papa », marmonnait-elle assez bas pour que sa mère ne l'entende pas.

Elle arrête la voiture devant l'immeuble en briques rouges et le trouve défraîchi. Les trottoirs sont remplis des poubelles de la nuit, des traînées noires bavent des balcons, une des lanternes qui éclairent le porche d'entrée est cassée, la brique rouge est devenue brune. De mon temps, pense Agnès, il avait fière allure cet immeuble, maman trimait dur pour ne pas déménager. On jouait tous ensemble dans la cour et il y avait des rosiers. De mon temps, on était toute une bande… Il n'y a que Rapha qui ait choisi de rester dans le quartier. Rapha, c'était comme un cousin dont on est amoureuse mais personne ne le sait. Un jour où elle était malade et devait rester au lit, il lui avait apporté son travail d'école et avait glissé une tablette de chocolat aux noisettes dans ses cahiers. Elle avait attendu que tout le monde dorme pour la manger en cachette sous les draps. C'était le premier cadeau qu'elle recevait d'un garçon et ce n'était pas n'importe quel garçon.

Elle bifurque vers l'atelier de Rapha. Elle sait qu'il travaille la nuit. Il commence vers sept heures du soir et se couche à huit heures du matin. Elle passe sous les hautes fenêtres de l'atelier éclairé. Il est là. Il faut que je trouve une excuse pour le déranger, se dit-elle en se garant.

— J'ai vu de la lumière et je suis montée, lance-t-elle à Rapha quand il ouvre la porte.

Il n'a pas l'air ravi. Il bouge à peine pour la laisser passer. Elle avait oublié qu'il était si grand. Elle le regarde avec un air de suppliante égarée.

— Je devais dîner les filles, ce soir, et… elles peuvent pas… J'avais envie de sortir quand même et je me suis dit… Je suis venue traîner du côté de la rue Victor-Hugo…

Elle se rend bien compte qu'elle bafouille. Elle a l'air tellement intimidée, tellement empotée qu'il se détend et sourit.

— Enlève ton manteau. Tu veux un café ? J'allais m'en faire un…

Ils ne se voient presque plus. Agnès le croise parfois chez Clara, mais de moins en moins souvent. Il part quand elle arrive ou c'est le contraire. Ils s'embrassent et échangent quelques mots polis. Il ne se souvient jamais du nom de ses enfants et ça la blesse. Quelquefois même, il croit qu'elle a deux filles ou deux garçons ; elle rectifie, à voix basse, en donnant les âges de Céline et d'Éric. C'est la première fois qu'elle vient chez lui. Elle ne le voit plus mais, de toute façon, il ne l'a jamais vue pour de bon. Il voyait Clara, mais pas elle. Peut-être que s'il m'avait VUE, si son regard s'était posé sur moi, je serais devenue quelqu'un de remarquable… Quand un géant vous prend par la main, on devient aussi grande que lui.

— C'est jamais fermé chez toi ?

— Non, je devrais…

Il prépare le café. Un café-chaussette avec la poudre qui prend le temps de gonfler. Il verse l'eau chaude du haut de son mètre quatre-vingt-dix et regarde l'eau couler sur la poudre noire. Son jean est noir, son tee-shirt est noir, ses cheveux sont noirs, épais, il les tire-bouchonne avec ses doigts et ça forme des paquets qui s'emmêlent sur sa tête. Il n'y a que sa chemise écossaise qui ne soit pas noire. Il a de la peinture partout, même sur les fesses de son jean. Il paraît absorbé par les petites bulles qui se forment et gonflent. Elle se met à côté de lui et observe. Certaines crèvent tout de suite, d'autres prennent le temps d'enfler et se parent de toutes les couleurs de l'arc-en-ciel. De belles petites bulles rondes, irisées, dans ce cloaque noir. Et puis, clac ! elles pètent, aussitôt remplacées par d'autres, pleines et lisses et chatoyantes. Il apporte un soin infini à la préparation de ce café et paraît l'avoir oubliée.

Elle se détourne et fait le tour de l'atelier. Il y a des toiles partout, des grandes, des moyennes, des petites, des toutes blanches, des commencées et pas finies, toutes debout les unes à côté des autres. Les chambranles des portes, le tour des fenêtres sont peints de motifs géométriques jaune, orange, vert, rouge qui forment des frises. Des poulies et des chaînes pendent du plafond, des échafaudages en bois sont posés contre le mur pour entreposer les toiles ; au milieu de la pièce se dresse une sorte d'établi en bois avec des pinceaux, des couleurs écrasées sur des palettes, des chiffons, des rouleaux, des croquis, des carnets. Des reproductions de peintures célèbres, des bouts de tissus africains, des photos, des portraits sont accrochés au mur, des disques et des cassettes gisent par terre près de la mini-chaîne, des dessins sont empilés sur une table basse, des tasses à café traînent, des cendriers remplis de

206

mégots débordent. Au sol, il y a de vieux tapis, des livres d'art ouverts, tachés. Ça sent l'essence de térébenthine. Il lui vient l'envie de faire le ménage et elle rit. Son rire jaillit malgré elle et il se retourne.

— Je me disais que je pourrais faire le ménage ici !

— C'est interdit ! Personne n'entre ici pour ranger…

Il s'approche avec un plateau, deux bols, des morceaux de sucre, deux cuillères à café. Elle s'assied sur un matelas posé à terre, recouvert de gros coussins. Il s'accroupit à ses pieds et se roule un joint. Elle prend sa tasse de café puis elle prend le joint. Elle n'a jamais fumé. Elle ne veut pas avoir l'air idiote. Elle aspire une toute petite bouffée qu'elle recrache aussitôt, puis une autre plus longue et encore une autre… Très vite, elle a la tête qui tourne et elle se laisse aller contre le mur. Elle a faim. Elle a soif. Elle n'a pas envie de bouger. La petite idée revient tourner dans sa tête. Rien qu'une fois, pour voir, allonger les bras et découvrir le vaste monde, comme si j'avais les yeux bandés, comme si je n'avais rien décidé. Il se lève, met un disque qu'elle ne connaît pas, une voix s'élève, elle aime cette voix, une voix cassée qui pleure et chante, une voix d'homme blessé. Elle lui fait penser au film avec Sandrine Bonnaire. Elle demande qui c'est, il dit : « C'est Bonga » et elle pense à la boisson qu'elle achète pour les enfants. « C'est bon, c'est Banga », chante la pub dans sa tête. Son regard erre dans la pièce et revient se poser sur Rapha.

— Tu es comme le père de Lucille, dit-elle, mélancolique… Tu as préféré rester ici…

Il ne répond pas. Il ferme les yeux et le tableau qu'il allait entreprendre juste avant qu'elle n'arrive lui apparaît. Il avait préparé son fond et s'apprêtait à l'illuminer de noir, de jaune, de flammes qui montent et qui descendent. Il prenait son élan, il ruminait face à la toile, les idées se bousculaient dans sa tête, le café n'était qu'un moyen de reculer encore l'instant où le premier coup de pinceau allait partir. Et puis elle avait sonné. Elle parlait. Elle n'arrêtait pas de parler. Qu'est-ce qu'elle est venue faire ? Besoin d'argent, sans doute. Tous ses anciens copains viennent le taper.

— Tu aurais pu prendre un atelier ailleurs...

— Moi, j'ai besoin de mes racines. Je suis bien ici... Je connais tout le monde.

Elle lui sourit. Elle a l'air triste mais impeccable. Sur les photos de classe, elle avait souvent cet air-là. Elle portait un petit corsage blanc avec un lien de velours qui passait sous le col, ses cheveux étaient tirés en arrière et retenus par deux barrettes. Elle se tenait bien droite devant le photographe alors que tous les autres chahutaient. L'air déterminé et sérieux. On sentait que l'école, c'était important pour elle. Tout était important pour elle. Elle affichait un air de gravité permanent et il avait envie de lui souffler sur les joues pour la faire sourire.

— T'as un problème ? demande Rapha en aspirant sur le joint noirci. Ça va pas ?

— J'ai la tête qui tourne un peu... Ce n'était pas une bonne idée de revenir ici... Je ne sais pas ce qui m'a prise. Je peux ? dit-elle en montrant le matelas posé à terre.

Elle s'allonge doucement sur le lit, glisse un coussin sous sa tête et soupire.

Le tableau s'est éloigné. La magie est cassée. C'est comme le désir, si volatil. Son atelier est ouvert à tous. Il n'y a pas de code en bas ni d'interphone, la porte ferme mal, sauf quand il pousse les verrous mais il n'y pense jamais. On dirait une porte de saloon abandonné qui bâille au vent. Il est trop souvent dérangé. Il songe à mettre une pancarte sur la porte : « Je bosse, interdit d'entrer » ou un feu qui s'allumerait, vert ou rouge, selon son humeur. Il ne se protège pas assez. Il lui faut de la solitude, que le temps s'arrête, que le vide s'installe. Il faut que la vie n'ait plus aucune prise, on n'a plus faim, on n'a plus soif, on n'a plus sommeil, on travaille, c'est tout.

Agnès ne sait plus très bien qui elle est. Elle est là, avec lui, comme Clara. Clara a dormi ici, Clara a posé sa tête sur cet oreiller, Clara a fermé les yeux contre sa chaleur à lui. La voix de Bonga pleure dans la nuit.

— C'est rien... Ça va passer. On a tous des moments de découragement... des moments où on voit tout en noir... Où est ton mari, ce soir ?

— À Chalon-sur-Saône, sur un chantier...

— Il est gentil avec toi ?

— L'amour, quand on le reçoit trop tard, il n'a plus le même goût... Ou alors, c'est jamais assez ou on s'en méfie... ou... Je ne sais pas...

Elle s'écoute parler et s'étonne : c'est la première fois qu'elle formule sa solitude à haute voix. Elle met la main sur la bouche pour se taire. Elle pourrait se confier toute la nuit s'il continuait à lui poser des questions.

— Tu sais, tu vas rester là et moi, je vais continuer ce que j'étais en train de faire, lui propose-t-il doucement. Tu peux dormir si tu veux, tu ne me dérangeras pas...

— Non. Je vais partir... Il faut que je rentre... Les enfants...

Elle tente de se lever mais tout tourne autour d'elle. Elle étend les bras dans le vide pour trouver son équilibre et se laisse retomber sur le matelas.

— Mon Dieu... Mon Dieu... bégaie-t-elle, étourdie. Qu'est-ce qui m'arrive ? Je ne suis pas comme ça d'habitude, tu sais. Je me tiens bien...

Elle a un pauvre sourire d'excuse et Rapha la revoit à nouveau sur les photos de classe. « Pauvre Agnès, soupirait sa grand-mère. C'est la plus vaillante de vous tous, elle prend tout sur elle, cette gamine ! » C'est la petite fille qu'il revoit maintenant, c'est sur elle qu'il a envie de jeter des couleurs, des mots doux, des promesses de luxe. Il vient s'asseoir sur le matelas, la prend contre lui, lui caresse la tête, lui parle pour l'apaiser.

— Ça va aller, tu vas voir, ça va aller... Tu veux toujours que tout soit parfait et tu t'en demandes trop. Laisse-toi aller... Fais-toi plaisir. Pense à toi, rien qu'à toi... Tu ne prends jamais de temps pour toi.

— Je voulais voir l'immeuble rue Victor-Hugo, le quartier et puis...

— Tout est revenu et ça t'a rendue triste... C'est ça ?

Elle hoche la tête. La voix de Bonga s'est tue. Ils ne sont que tous les deux dans le silence de l'atelier. Elle cligne des yeux en direction de la lumière près du lit et il éteint la lampe.

— Ça va comme ça ? Tu veux que je mette un autre disque ?

— Tu peux remettre le même ?

Il se lève et glisse sur les fesses jusqu'à la chaîne, et le disque repart. Il revient à son chevet. Reprend le joint qu'il tient du bout des doigts pour ne pas se brûler.

— Prends-le si tu l'aimes... J'en achèterai un autre...

Elle fait non de la tête.

— Ce ne sera pas pareil si je l'écoute à la maison... À la maison, c'est... Je me sens vieille, si vieille... moche aussi... Mais ça, je suis habituée...

— Tu es jolie, Agnès, tu ne le sais pas.

— Maman était jolie… je l'ai vue sur de vieilles photos et il a préféré partir avec une pute en short coupé et talons hauts qui se vernit les ongles des pieds…

— Peut-être qu'il avait toujours rêvé d'une pute qui se vernit les ongles des pieds ? Peut-être que c'était son fantasme et qu'il n'a pas su résister ? Peut-être que ta mère refusait de se vernir les ongles des pieds…

— Les hommes peuvent partir pour ça ?

— Certains hommes… Quand l'envie est trop forte…

— Et abandonner leurs enfants ?

Elle le regarde, étonnée.

— Tu connais l'envie, le désir fou et soudain pour quelqu'un d'autre, toi, Agnès ?

Il la contemple d'un air amusé et tendre. Elle se recroqueville sur le matelas, place ses deux mains sous sa joue et l'écoute sérieusement.

— Ta mère, elle devait refuser de mettre des porte-jarretelles, des shorts courts et du vernis à ongles. Alors un jour, il a craqué. C'est aussi bête que ça… et depuis, tu vois, il ne l'a pas quittée, sa pute…

— Tu prends sa défense ?

— Non. Mais j'essaie de comprendre ce qui se passe dans la tête d'un mec. Ce n'était pas une rigolote, ta mère !

— Moi non plus, je ne suis pas une rigolote…

— Alors fais gaffe… La vie a tendance à repasser les plats jusqu'à ce qu'on comprenne… Tout est trop sérieux dans ta vie. Tu passes à côté du désir, des choses gratuites, de coups de tête rien que pour le plaisir…

— Je ne suis peut-être pas faite pour ça ?

— Je n'en sais rien… Du désir, je n'ai compris qu'un truc, c'est qu'il faut l'entretenir, coûte que coûte… et que c'est du travail !

— Oui, mais quand même, on n'abandonne pas ses enfants comme ça… On leur file pas des claques dans l'escalier !

Rapha renverse la tête et éclate de rire.

— C'est le jour où tu l'avais insulté ! Tu l'avais traité de salopard, de tête de nœud, de sac à couilles…

— Moi ? s'exclame Agnès, scandalisée. C'est impossible ! Je ne te crois pas, je ne parlais pas comme ça, je n'aurais jamais osé ! Je ne connaissais pas ces mots !

— Ce jour-là, tu as osé, je t'assure… Tu hurlais, ça résonnait dans la cage d'escalier. Les voisins sortaient sur le palier pour se rincer l'oreille ! On aurait dit une furie, tu criais, tu bavais, tu étais rouge de colère ! Il s'en est fallu de peu que tu lui sautes dessus et lui arraches les yeux !

— C'est pas vrai, c'est pas vrai, répète Agnès, bouleversée. Tu dis des mensonges !

— Je t'assure que je ne mens pas… Je trouve ça plutôt drôle, moi ! Pour une fois que tu te laissais aller…

Par jeu et pour la distraire de sa colère, il a glissé un doigt dans son chandail et il aperçoit les deux seins ronds et blancs. Il les caresse distraitement et ajoute :

— Tu es belle, ce soir, par exemple…

Elle secoue la tête comme si c'était une éventualité impossible.

— Tu es belle comme un baiser sous la pluie…

— Tu te moques de moi ! Ce n'est pas bien, Rapha !

Elle se bouche les oreilles pour ne plus l'entendre. Il déplie ses longues jambes et s'allonge près d'elle.

Comme un frère, comme ses frères ne l'ont sans doute jamais fait, il soulève les mèches auburn une par une, les ébouriffe, passe son doigt sur l'ovale de son visage, lui pince les joues qui rosissent sous la pression. Elle devient une peinture, un visage de femme à la Modigliani. Ses yeux se noient dans le vert et s'accordent avec les reflets auburn des cheveux. Elle est belle et douce, renfermée et maussade, et il la contemple, la met en scène, immobilise le visage entre ses mains et l'incline doucement vers lui. Elle le laisse faire, elle n'est plus qu'une motte de glaise qu'il pétrit et dispose sur l'oreiller. Elle se dit un instant qu'elle doit avoir l'air stupide avec sa bouche entrouverte de femme qui attend, elle ferme sa bouche puis oublie. Il ne se moque pas d'elle, elle peut le lire dans ses yeux. Il ne la compare pas avec une autre. Elle ferme les yeux et tend son visage vers ses doigts qui la caressent. Les bras de Rapha se referment sur elle et la bercent. Elle entrouvre ses lèvres et il l'embrasse. Ses lèvres se posent sur ses lèvres, les effleurent sans insister. La musique et la nuit les enveloppent. Il la sent se détendre contre lui. Ses doigts glissent sur son dos, glissent sur la peau chaude de son dos, descendent jusqu'aux reins.

— Tu as la peau douce…

Elle frissonne et enfonce son nez dans le tee-shirt de Rapha, sent son odeur, une odeur inconnue… qui n'est pas l'odeur d'Yves. Elle se débat un instant, Rapha s'écarte mais elle le reprend contre elle et murmure dans son cou :

— Fais-moi l'amour, Rapha… Je t'en prie… Fais-moi l'amour, s'il te plaît, je me sens si seule, Rapha, si seule… Je n'ai plus de forces…

Il met sa main sur sa bouche pour qu'elle se taise. Elle s'empare de sa main et l'embrasse.

— Continue, s'il te plaît… C'est si bon. Rien qu'une fois, et on n'en parlera jamais…

— Tu es sûre que tu ne vas pas le regretter ?

Elle dit non, sans bruit, en remuant la tête contre le tee-shirt noir qui sent bon et fort.

— Ce soir, j'ai envie… ce soir, c'est important…

Elle remue encore, sans rien ajouter. Elle le tient contre elle. Alors il se pose sur elle tout doucement. Elle sent les boutons de son jean contre son ventre, elle l'enlace de ses bras et ouvre ses jambes. Il déboutonne le cardigan et caresse les seins ronds. Des seins pleins et fermes, une taille fine, des hanches plus fortes, une peau dorée et lisse. Un corps de jeune fille. Il lui fait l'amour tout doucement, sans perdre un degré de chaleur entre leurs deux corps, elle est bien, elle est une autre, elle entre dans un autre monde, un monde qu'elle a imaginé si souvent et qui lui paraît si évident. Il murmure dans ses cheveux qu'elle n'est pas seule, qu'elle n'est pas moche, qu'elle est un petit soldat trop habitué à se mettre au garde-à-vous, c'est tout, laisse tomber le garde-à-vous, laisse-toi vivre…

Elle entend sa voix. Elle lui redonne des forces. Elle entend la voix de Bonga et bouge en cadence. Tout son corps a envie de danser, d'enfiler un boubou et de se désarticuler sur la musique. Des soleils lui remplissent la tête, une chaleur aiguë et brûlante la fait crier, elle s'arc-boute contre Rapha, crie, crie, il lui tient la tête, tire ses cheveux, les tord en arrière et lui crie de gueuler, de gueuler tout son saoul, elle est belle quand elle crie… il veut la rendre heureuse…

Toute la nuit. Toute la nuit.

Puis elle s'endort.

Quand elle ouvre les yeux, elle aperçoit le réveil qui marque six heures. Elle pense aux enfants, se lève, se rhabille. Bonga chante toujours mais Rapha n'entend pas. Rapha ne bouge pas. Il dort, sur le dos, les bras en croix. Elle le contemple avec tendresse et s'éloigne. Elle referme la porte sans faire de bruit et descend quatre à quatre les escaliers. Elle se gare n'importe comment, au coin de la rue, en bas de chez elle, constate que les enfants dorment et se faufile dans son lit. Yves est là qui l'attend, derrière la porte de la chambre.

Elle ne se sent pas coupable. Cette nuit était à elle. Rien qu'une seule fois, une seule. Demain, elle redeviendra une femme parfaite.

Mais ce soir, après ce que leur a annoncé Clara, elle tremble de peur. Ils n'ont pas pris de précautions, Rapha et elle. Tout ce qu'on fait compte. On croit qu'on peut s'écarter du droit chemin en douce sans que l'ordre en soit troublé. Mais toute action entraîne une série de complications. Il faut qu'elle lui parle. Elle ne sait pas ce qu'elle va lui dire mais elle ne peut parler à personne d'autre que lui. C'est un secret trop lourd pour qu'elle le garde pour elle toute seule.

Elle remet le contact et la voiture fait un bond en avant qui la réveille brusquement. Le périphérique est désert. Elle conduit sans dépasser la vitesse autorisée. Elle a eu tort de penser qu'elle pouvait se moquer des radars et des lignes jaunes. Peut-être que si elle respecte les règles, tout va se remettre bien en place. Peut-être qu'elle va avoir enfin de la chance dans sa vie de pas de chance…

La lumière de l'atelier de Rapha est allumée. Elle se gare et attend un moment dans l'obscurité de la voiture. Que va-t-il lui dire qu'elle ne sache déjà ? Elle comprend alors qu'elle est venue revendiquer. Elle a le droit d'être informée. Il a passé une nuit avec elle, il a des comptes à lui rendre. Il n'a pensé qu'à Clara comme d'habitude. Je compte pour du beurre ! Il aurait pu me prévenir moi aussi, répète-t-elle, mauvaise. Puis elle se reprend et éclate de rire : ma pauvre vieille ! Qu'est-ce que tu vas t'imaginer ! Toutes ces femmes qui le poursuivent, et il te consacre une nuit, UNE nuit ! C'est inespéré ! Tu devrais t'en contenter et la boucler !

Elle claque la portière de sa voiture et pénètre dans l'immeuble de Rapha. Une pancarte sur la porte de l'ascenseur indique « Hors d'usage ». Agnès peste, remonte la courroie de son sac sur son épaule et pose le pied sur la première marche. Le cœur battant, elle empoigne la rampe. Les escaliers sont plongés dans le noir, la minuterie est cassée. Agnès avance dans l'obscurité. Elle entend un bruit de chasse d'eau, le son d'un programme télé, un enfant qui pleure, il a peur dans le noir et réclame de la lumière. Elle s'arrête pour respirer, s'appuie contre le mur, replace à nouveau la courroie de son sac sur l'épaule et reprend sa progression. Pourquoi ne l'a-t-il pas prévenue ? A-t-il oublié qu'il y a un an son corps s'allongeait sur le sien et lui faisait l'amour ? Souvent, elle y pense. La nuit… Elle se raconte une belle histoire : Rapha lui avoue qu'il l'aime, il n'a jamais aimé qu'elle, il a cru qu'elle ne l'aimait pas, qu'elle lui en préférait un autre. Il la prend dans ses bras, il lui parle de la tablette de chocolat. Elle n'a jamais répondu au message glissé entre le papier argenté et l'emballage… Elle prend sa tête entre ses mains et, les yeux pleins de larmes, raconte qu'elle n'a pas vu le message, qu'elle a toujours cru qu'il aimait Clara et qu'elle s'était effacée. Mais il n'est pas trop tard, dit Rapha, pas trop tard. Elle est essoufflée, s'arrête encore une fois sur le palier, juste avant d'arriver à l'atelier. Oh, Rapha ! gémit-elle, Rapha… Il la prend dans ses bras, la renverse, l'étreint et ses lèvres se posent sur sa bouche. C'est son histoire pour s'endormir. Une histoire de quatre sous, un rêve de pacotille mais elle s'endort, heureuse.

Elle est arrachée à son rêve par des voix qui sortent de l'atelier. Elle s'approche, plaque son sac contre sa hanche d'une main, suit le mur en tâtonnant de l'autre et avance vers le rayon de lumière qui filtre de la porte mal fermée. Elle reconnaît la voix de Rapha, la voix douce et grave de Rapha. Il semble las, comme s'il plaidait sa cause sans conviction. Il se défend, il dit « Mais oui… mais non » et l'autre voix le coupe, « Et moi alors ? Pourquoi pas moi ? Pourquoi toujours elle ? » Elle croit reconnaître l'autre voix…

L'autre voix qui répond à Rapha… Une voix qui crie, qui récrimine, qui demande des comptes… Une voix que la colère rend métallique, coupante.

Agnès s'immobilise, à bout de souffle, sur le palier, stupéfaite par cette voix, cette voix qui sort de l'atelier. Ce n'est pas sa place. Que fait-elle ici ?

Elle s'approche de la porte, la pousse doucement, à peine, juste pour apercevoir, pour identifier… est prise de peur devant la porte qui s'ouvre… Ils vont la voir ! Se réfugie dans une encoignure que dessine le mur, attend, compte les secondes puis s'enhardit et pousse à nouveau la porte, avance la tête dans la lumière en prenant bien soin qu'on ne la voie pas, avance, avance… et voit. D'abord, elle est ahurie par l'évidence qui s'impose, qu'elle refuse mais qui s'incruste, puis elle reconnaît le grand manteau blanc jeté sur le matelas par terre, les bottines fines, le pantalon de cuir noir, le pull blanc et les deux pans de chemise qui dépassent…

Lucille se tient debout contre le radiateur, sous la fenêtre, et Rapha, le front posé sur ses genoux qu'il enserre de ses deux mains, est assis par terre face à elle. Agnès comprend, elle comprend tout en un éclair et titube dans le couloir, vacille et s'accroupit sur ses talons. Faut toujours qu'elle soit la première partout… Je sais pas pourquoi j'essaie de me mesurer à elle, à elles toutes, je perds toujours. Même cette place-là, cette place de seconde que je me gardais pour moi, pour mes petits rêves à moi, il a fallu qu'elle me la prenne… Cette place si humble, cette place de rien du tout, elle me l'enlève. J'aurais dû le savoir, j'aurais dû le savoir…

Lucille Dudevant, enfant, était déjà belle, intelligente et riche. « C'est le genre de petite fille qui ne connaîtra jamais l'âge ingrat, déclarait Mlle Marie, sa gouvernante, ce mot-là n'est pas fait pour elle. » Mlle Marie avait raison. Alors qu'à l'approche de la puberté les filles se ruinent en crèmes anti-boutons et lotions capillaires, Lucille affichait une peau lisse, rose, et des cheveux blonds et épais au PH imperturbable. Pratiquant la danse classique depuis son plus jeune âge, elle avait, en outre, un port droit et altier, une manière d'avancer dans la vie qui ignorait le doute ou même l'hésitation. Personne ne savait qu'elle répétait dans le secret de sa chambre, devant la glace de sa penderie où ses vêtements étaient rangés et classés selon ses activités : concert, théâtre (quand elle fut en âge de sortir le soir, accompagnée par Mlle Marie), surprises-parties, lycée, tennis ou cours d'éducation physique.

C'est son allure qui attira, tout d'abord, la petite Clara Millet. Une fille qui a de l'allure, on la reconnaît tout de suite. Elle est à l'aise partout. Elle n'a peur de rien. Ou en tout cas, elle n'a l'air d'avoir peur de rien. Clara n'était pas à l'aise avec cette attirance. Elle s'en voulait de se laisser aller à une telle fascination, qui la mettait en position d'infériorité, mais revenait toujours tourner autour de Lucille. Elle alla même jusqu'à l'espionner. À observer ce qu'elle mangeait, ce qu'elle portait, à imiter ses attitudes, ses intonations, ses tics de langage, pour emprunter un peu de cette assurance hautaine qui la subjuguait. Quand Lucille Dudevant lança la mode qui consistait à porter deux chemises d'homme l'une sur l'autre, Clara piqua les chemises de son frère. Quand Lucille découvrit le gel capillaire qui décollait les racines, Clara se rua sur le même tube qui libérait une pâte épaisse qu'elle manipulait moins bien que Lucille, ce qui avait pour résultat de créer des épis dans ses cheveux. Mais qu'importe ! Elle possédait ce petit quelque chose qui la rapprochait de la beauté parfaite. Elle éprouva un sentiment d'humble reconnaissance envers son amie. Elle changea de vocabulaire, arbora une nouvelle assurance et se trouva presque belle. Elle eut pendant quelque temps l'impression grisante d'avoir mis la main sur la vie. Elle n'était plus n'importe qui. Pourtant Clara Millet était farouchement indépendante mais elle devait reconnaître que, en tant que modèle de femme, Lucille lui était supérieure. Et bien qu'elle désirât, déjà à l'époque, séduire par son audace et son originalité, elle ne pouvait s'empêcher de copier son modèle. Mais, dans sa pauvre tête égarée, tout s'embrouillait et, souvent, elle ne savait plus comment se comporter. En Lucille Dudevant ou en Clara Millet ? Elle avait mis la main sur la vie mais ce n'était pas la sienne. Elle renonça mais dut reconnaître qu'elle avait beaucoup appris en l'observant.

Agnès Lepetit aussi était éblouie par Lucille mais elle savait, elle, qu'elle n'avait pas les moyens de l'égaler. Elle se contenta de l'idolâtrer et d'accéder à tous ses désirs. Elle portait son cartable trop lourd en l'absence de Mlle Marie ou lui transmettait les petits mots des garçons. Je suis sa boîte aux lettres, se disait-elle, enchantée, elle me fait confiance. Elle ne se lassait pas de la contempler. Rentrée chez elle, elle se jetait sur son lit et rêvait à Lucille. Le moindre détail qui concernait son idole la remplissait de joie : un jour, elle découvrit l'adresse et le nom de son dentiste. Ce fut comme si elle avait trouvé un trésor ! Lucille la regardait, Lucille lui parlait, Lucille la faisait asseoir à côté d'elle en classe…

Joséphine observait le petit manège de Lucille et enrageait. Une pimbêche ! Voilà tout ! Clara se détachera d'elle et Agnès finira par comprendre que l'autre la méprise, pronostiquait-elle pour se consoler de l'énergie gaspillée par ses deux copines que Lucille éloignait d'elle. Le jour où Lucille lui demanda son avis sur un film, Joséphine se surprit à rougir, à bégayer, et se sentit honorée. Elle faillit déposer les armes ce jour-là et, si elle n'avait aperçu, dans les yeux de Lucille, une lueur victorieuse, elle se serait rendue.

Lucille Dudevant occupait avec son père les deux derniers étages de l'immeuble du 24 rue Victor-Hugo. Un très beau duplex avec une vue éblouissante sur Paris. Les murs étaient couverts de tableaux encadrés dans de lourds bois dorés, très travaillés. Il ne restait pas un seul espace pour y glisser un éventail replié. C'était le plus souvent des paysages ou des scènes de vie paysanne. Des enfants conduisaient des troupeaux aux champs, des jeunes filles se baignaient dans l'eau d'une rivière, des chevaux galopaient dans des herbages, des paysans faisaient la moisson pendant qu'au loin des femmes battaient le linge au lavoir. On aurait dit un musée. Les tables, les chaises et les fauteuils paraissaient sortir d'un catalogue d'antiquités et on s'y asseyait du bout des fesses, persuadé qu'un gardien en uniforme allait vous en faire décamper en grondant. La moquette, épaisse, décorée de motifs recherchés, était recouverte de longs tapis. « Des kilims », expliquait Lucille, sûre de l'ignorance de ses camarades. Lucille appréciait l'idée que ce qu'elle possédait fût convoité par d'autres. Cela donnait encore plus de prix à ses possessions. Aucune famille, dans l'immeuble, n'avait de kilims et Lucille en acquérait un prestige supplémentaire. La sonorité même du mot ajoutait au mystère et au luxe. « Kilim, kilim, kilim », répétaient les enfants, émerveillés, quand ils revenaient d'une invitation chez Lucille.

Dire que Lucille Dudevant faisait partie de la petite bande était exagéré. Lucille acceptait de s'y joindre quand elle décidait que cela en valait la peine. Ou lorsque la solitude du grand appartement occupé par son père et sa gouvernante lui pesait. Mais, au fil des années, elle passa de plus en plus de temps en compagnie de ses amis, qu'elle appelait des « camarades ».

Sa mère était morte à sa naissance et Lucille n'avait jamais connu les caresses, les câlins ou les recommandations d'une maman. De feu Mme Dudevant, née comtesse de La Borde, il ne subsistait qu'un album de photos et un portrait dans un cadre en acajou. Elle s'y tenait droite et distinguée, moulée dans une robe en lainage gris ornée d'un camée, un léger sourire poli et distant sur les lèvres. Un renard doré drapait l'une de ses épaules. Ses cheveux blonds et épais étaient relevés en chignon. Deux petites perles fines ornaient ses oreilles et un collier de perles à trois rangs soulignait un long cou de cygne, docile. Lucille avait beau passer des heures face à ce portrait, elle n'arrivait pas à s'en rapprocher. Il lui arrivait de murmurer, tout bas, « Maman ? Maman ? » quand elle était sûre que personne ne l'entendait, mais aucune émotion ne naissait entre la femme du portrait et elle. Les photos de l'album étaient différentes mais alors, c'est l'élégance naturelle de sa mère qui l'intimidait. Elle se demandait, inquiète, si elle arriverait un jour à l'égaler. Le vêtement le plus utilisé de sa garde-robe semblait être un cardigan noir en cachemire qu'elle nouait sur ses épaules par-dessus une robe du soir, ou portait ouvert sur un large pantalon à pinces, ou encore sur une longue jupe champagne en taffetas. Sa mère n'était pas à la mode : sa mère avait du style. Sur la première photo qui ouvrait l'album, elle riait. Ou plutôt elle souriait d'un large sourire plein d'appétit et de gaieté. Les ongles de ses mains et de ses pieds étaient peints en rouge, elle était assise sur un sofa crème et portait une robe de Schiaparelli marron glacé dont une bretelle avait glissé sur l'épaule nue. La main droite était repliée sur un collier de perles noires, la main gauche légèrement posée sur le genou droit. On voyait sa gorge et de toute sa peau semblait émaner une joie de vivre insouciante et douce. Les chaussures avaient dû valser sur le côté car on ne les apercevait pas. La légende disait : « Premier bal chez les Rothschild. » Dès la photo suivante, celle prise lors du déjeuner de fiançailles, la pose était plus sage et les yeux semblaient chercher quelqu'un au loin. Elle portait une jupe longue, noire, et un chemisier blanc sans manches aux pointes de col relevées et fermées par une petite barrette en diamants. Elle se tenait un peu en retrait sur une bergère en velours bleu ciel, le dos droit et les doigts enlacés autour des genoux. Le grand homme raide et ténébreux qui se tenait à son côté était son fiancé.

Lucille avait du mal à imaginer sa mère en mouvement : sa mère faisant les courses, relevant sa jupe pour monter dans une voiture, se baissant pour câliner un enfant, tendant ses lèvres au baiser de son père. À cette idée, tout le corps de Lucille se figeait et elle détournait la tête des photos. Comment ce vieux monsieur nostalgique et immobile avait-il pu s'allonger sur le corps de cette femme sophistiquée ? Impossible, décrétait Lucille qui en concluait qu'elle était une enfant adoptée. Ce qui nourrissait ses rêves et ses chimères et faisait d'elle un être encore plus particulier. N'ayant pas connu l'affection d'une mère, Lucille ignorait tout de l'amour et recherchait par-dessus tout l'admiration des gens qui l'entouraient.

Ses parents avaient habité un grand appartement au Trocadéro. Son père était ingénieur. Il avait inventé des brevets techniques pour l'industrie automobile ou aéronautique, Lucille ne savait plus très bien, et c'est ainsi qu'il avait fait fortune. Une immense fortune qu'il avait placée en Bourse et qui avait fructifié au-delà de ses espérances. « L'impôt oublie l'argent qui dort… Ainsi l'argent ne dort que d'un œil et se reproduit sans faire de bruit. » C'est à cette époque qu'il s'était marié avec Mlle Aurélie de La Borde, issue d'une famille noble mais désargentée. Leur union fut de courte durée. Un an et demi après les noces, Aurélie mourait en mettant au monde une petite fille qu'elle appela, dans un dernier souffle, Lucille.

À la mort de sa femme, M. Dudevant était revenu habiter Montrouge, le quartier de son enfance, le seul où il se fût jamais senti à l'aise. Il avait connu, enfant, le boucher, la marchande de bonbons, le bougnat, le salon de coiffure de M. Hervé, le bar-tabac du coin de la rue ; tous ces repères l'apaisaient, le rassuraient. Beaucoup plus âgé que sa femme, il se trouvait trop vieux pour refaire sa vie et désirait finir son existence en paix avec lui-même. Il regardait grandir sa fille sans posséder l'énergie nécessaire pour conduire son éducation. Il s'en remettait à Mlle Marie. Il désirait plus que tout se réfugier dans son passé, le laisser revivre en lui. Lucille le surprenait souvent renversé sur le canapé de sa bibliothèque, un pâle sourire aux lèvres. Il ne lisait pas, il n'écoutait pas de musique, il ne répondait pas au téléphone. Il songeait. Il se laissait submerger, expliquait-il à la petite fille qui ne comprenait pas qu'on puisse passer des heures ainsi à ne rien faire. « Un jour, tu comprendras qu'on vit, toute sa vie, sur les émotions, les sensations de ses vingt premières années. Ce sont les seules qui comptent. Les seules importantes, parce qu'elles te façonnent. Tu peux t'arrêter de vivre à vingt ans et avoir fait le plein de ta vie. Plus tard, c'est sur ces années-là que tu te retourneras. Ce sont tes plaisirs, tes douleurs, tes déceptions de jeunesse que tu voudras retrouver. Tu te réconcilieras avec les gens qui t'ont déçue, qui t'ont trahie. Tu aimeras encore plus ceux qui t'ont aimée autrefois. Tu voudras retrouver cette douleur passée, la transformer en douceur, parce que c'est plus facile que de toujours aller de l'avant, toujours se battre. Plus on vieillit, moins on a envie d'agir. La pensée ralentit, tourne autour des mêmes choses qui deviennent des obsessions qui bercent ou rendent fou. Les miennes me bercent. » Il retombait dans l'une de ses somnolences éveillées dont sa fille était écartée. Pendant les vacances, Lucille rejoignait le plus souvent ses cousines (du côté de sa mère) dans le château familial du Périgord, non loin de Sarlat. Son père lui demandait si elle avait d'autres projets. Lucille ne savait que répondre : où aller quand on est seule ? Elle accepta, un été, de se joindre à Philippe et Clara qui partaient en Angleterre dans des familles choisies par l'école, mais l'expérience ne fut pas un succès. Il plut tout le temps, sa famille d'accueil se révéla décevante et, de plus, elle se retrouva à soixante kilomètres de Londres, en pleine campagne, avec comme seules ressources le Woolworth local, la piscine municipale, le marchand de glaces et la télé. L'été suivant, elle retourna au château familial.

Élevée entre un père indifférent, absent, et une gouvernante qui, si elle s'occupait de tous les détails pratiques de son éducation, adoptait une réserve très puritaine dans l'expression de ses sentiments, Lucille grandit sans amour. Elle ne manqua de rien mais fut privée de l'essentiel. Quand, plus tard, elle commença à sortir avec des garçons, elle s'aperçut qu'elle ne ressentait rien. Elle en conclut que cette froideur ne provenait pas d'elle mais de la médiocrité de son environnement. Elle avait besoin d'admirer pour aimer et aucun homme, pour le moment, ne méritait qu'elle s'y attarde. L'amour, d'après Lucille, ne pouvait exister qu'entre deux êtres de qualité et égaux. Elle désapprouvait les théories romantiques de ses amies qui parlaient du coup de foudre qui fait battre les cœurs et rend les mains moites.

Lucille faisait absolument tout ce qu'elle voulait. Comme elle était raisonnable et avait une parfaite maîtrise de ses émotions, son père et Mlle Marie la laissaient agir à sa guise. En fait, Lucille avait compris que, pour qu'on ne lui impose pas la moindre contrainte, il fallait qu'elle se montre docile et ne révèle rien de ses tempêtes intérieures. Garder un visage de cire et de belles manières pour tromper son monde et se nimber de mystère. Ce fut le plus grand écueil de son éducation : elle apprit à être double, à refouler ses émotions, ses larmes ou ses cris de joie et à les dissimuler sous un sourire gracieux et léger, une inclinaison de tête ou une moue ironique. L'ovale parfait de son visage, le regard gris-vert de ses yeux, la lourde masse de ses cheveux blonds achevaient de faire d'elle une véritable gravure. Si elle avait été moins fine ou moins ambitieuse, elle serait devenue un ravissant mannequin, ou aurait fondé une famille.

Lucille Dudevant était la gloire de l'immeuble et tout le monde lui témoignait respect, admiration et curiosité. On ne peut pas parler d'affection car il y avait une légère distance dans l'attitude de Lucille qui empêchait qu'on se montre familier ou qu'on éprouve quelque élan envers elle. Lucille savait faire sentir sa particularité. Elle le faisait avec courtoisie et délicatesse. Au lycée, il en était de même. Il suffisait qu'elle apparaisse dans la salle de cours avec ses twin-sets en cachemire pastel, ses kilts écossais, sa longue mèche blonde et ses cahiers impeccablement tenus pour que l'attitude des garçons et des filles en soit invisiblement modifiée. Elle n'adopta jamais la mode de ces années-là et son style délicieusement rétro la détachait du lot. Dans son sillage, les autres filles se fanaient et les garçons se redressaient, puis le brouhaha reprenait mais Lucille avait fait son effet.

Elle entendait garder sa suprématie. Toute nouvelle venue, pour peu qu'elle soit jolie ou brillante, était considérée aussitôt comme une rivale à éliminer. Pendant quelques jours, Lucille descendait de sa tour d'ivoire, devenait aimable, demandait des cahiers de textes, des polycopiés de cours, faisait compliment à Unetelle de sa robe ou de sa coiffure, prêtait son stylo Montblanc, choisissait l'une ou l'autre pour s'abandonner à quelques confidences soigneusement élaborées. Elle se replaçait au centre de l'intérêt général et par cercles concentriques éloignait l'intruse qui de « sublime potentielle » se retrouvait classée parmi les « potables » et les vassales. Le danger écarté, Lucille Dudevant remontait dans sa tour de verre où elle sélectionnait soigneusement ceux qui avaient l'honneur de lui rendre visite.

Personne ne résistait à Lucille Dudevant. Presque personne…

Agnès a replié ses jambes sous elle, enfoncé ses poings dans ses poches. Elle écoute. De temps en temps, en penchant la tête, oh ! rien qu'en l'avançant de quelques centimètres dans l'entrebâillement de la porte, elle aperçoit les pieds de Lucille qui arpentent le plancher de l'atelier et le corps de Rapha à même le sol, qui se plie et se déplie selon les intonations de Lucille, les doigts de Rapha qui jouent avec ses cheveux, elle entend le briquet de Rapha qui cliquette.

Les talons de Lucille piétinent le plancher. Agnès ne voit que ses pieds fins et impérieux qui frappent le sol, tournent sur eux-mêmes, repartent.

— ... Et je suis là, chez Clara, martèle Lucille, avec cette geignarde d'Agnès qui a des vapeurs parce qu'elle écrit dans un petit cahier et entend des voix...

— Ne dis pas de mal d'Agnès ! C'est la plus pure de nous tous ! La plus douce, la plus généreuse... Si j'avais dû me choisir une petite sœur, c'est elle... Tu ne lui arrives pas à la cheville... Ni moi d'ailleurs !

— ... Et je me dis que je dois parler à Clara... lui dire ce qui se passe entre nous... Je n'en peux plus de ce mensonge ! Je n'en peux plus d'avoir mal chaque fois que je vois TA chemise sur son dos !

— Laisse Clara en dehors de tout ça ! crie Rapha en étendant brusquement les jambes.

Ses talons heurtent le sol et il semble hors de lui.

— Et moi je veux qu'elle sache ! Qu'elle sache depuis quand tu me baises !

Il fait la grimace et lève la tête vers elle.

— Lucille, les gros mots sonnent faux dans ta bouche !

Il tire une cigarette de la poche de sa chemise et l'allume. Agnès a l'impression que Rapha est las de se répéter, que Lucille s'entête et se débat comme une bête qui veut sortir d'un piège.

— Tout sonne toujours faux dans ma bouche ! Tu me crois jamais ! Tu veux jamais…

— Je ne veux pas que tu touches à Clara, la coupe-t-il. C'est simple, non ?

— Trop facile ! Il faudra bien que tu lui expliques pourquoi tu me sautais, moi, alors que tu l'aimes, elle…

— Elle comprendra. Elle comprend tout…

— J'en suis pas si sûre…

Elle a raison, se dit Rapha. Elle ne le supportera pas. Il n'a pas tout dit à Clara. Pas eu le courage de tout déballer d'un coup. Il a été égoïste, il a pensé à sa peur d'abord. Le reste, s'il peut éviter de rentrer dans les détails… Sauf que ce n'est pas un détail ! Les anonymes, Chérie Colère, elle s'en fiche, mais Lucille… Elle ne lui pardonnera pas. Et puis, il n'y a pas qu'elle. Agnès aussi… Agnès ne dira rien. Lucille, heureusement, n'est pas au courant.

— Elle a été mauvaise avec toi…

— Elle m'a trahi, c'est vrai, mais c'est plus fort que moi…

Il sourit comme pour s'excuser. Lucille s'en aperçoit et ses pieds reprennent leur course folle.

— C'est plus de l'amour, c'est de l'obsession…

— Moi, je fais pas la différence…

Il gratte la peinture qui sèche sur son jean, essaie de décoller les croûtes de bleu, de jaune, de noir, de rouge. La peinture s'incruste sous son ongle et forme un petit boudin sale qu'il décolle de son index et fait valser plus loin sur le sol.

— Alors pourquoi es-tu venu me chercher ? Pourquoi ? crie Lucille. C'est toi qui m'as prise, un soir, tu t'en souviens ou tu veux que je te le rappelle ?

— T'as pas dit non…

Agnès écoute, étonnée. Elle n'a jamais vu Lucille perdre son sang-froid. Elle a envie d'avancer dans la lumière, d'observer la colère sur son visage mais elle n'ose pas. Elle veut connaître la suite.

— C'est toi qui as fait le premier pas ! C'est toi le responsable !

— Lucille ! s'exclame Rapha en éclatant d'un rire amusé. On est tous les deux responsables ! J'ai eu envie de toi. Je te trouvais belle, fière, froide… Tous les mecs ont envie de toi… Et puis… je me payais la femme qui m'avait lancé, je remboursais ma dette… Toi, tu te faisais l'artiste à la mode ! On est quittes.

— T'es dégueulasse…

— Non ! Lucide… C'est toi qui mélanges tout !

— Tu savais que tu te mettais dans de sales draps…

— J'ai eu envie quand même… Je me disais que plus je faisais de conneries, plus je compliquais l'affaire, plus vite je me retrouverais au fond du trou et je remonterais… Et puis… c'était excellent pour mon amour-propre. J'avais du retard en amour-propre à l'époque, je digérais mal mon succès, je pétais de trouille que tout s'arrête, je pensais bêtement que je dépendais de toi… Tu vois, je te dis tout, mais si je le fais pas ce soir, je le ferai jamais ! J'suis pas très courageux comme mec…

— Je te déteste ! Je te déteste !

Lucille frotte ses bottines l'une contre l'autre. Puis sa voix baisse et elle murmure :

— Ce n'est même pas vrai ! Si seulement je pouvais te détester, Rapha, je serais si heureuse ! Si tu savais…

— Non, parce que la haine, c'est encore de l'amour. C'est quand on ne hait plus que l'amour s'en va tout doucement, pas tout de suite, mais peu à peu, comme un oignon qu'on pèle… Un matin, on se réveille et on n'aime plus. Si on a attendu ce matin-là comme les petits enfants attendent le matin de Noël, alors on est le plus heureux des hommes...

— Apparemment, ça ne t'est jamais arrivé avec Clara ! ricane Lucille.

— Jamais. Et pourtant, qu'est-ce que je l'ai souhaité !

Il soupire et se passe la main dans les cheveux au souvenir de toutes ces nuits entamées en se disant : demain, je l'aimerai plus, demain, je l'aimerai plus. C'est une salope, une salope. Le lendemain, il se réveillait, il entendait un disque à la radio, ses yeux tombaient sur un livre qu'elle aimait, un vieux tee-shirt qu'elle portait et qui lui servait de chiffon, et elle revenait s'installer dans sa tête. Il n'était tranquille que lorsqu'il peignait. Et encore... Elle finissait toujours par se faufiler. Combien de temps faut-il pour oublier ? Y a-t-il un étalon de mesure quelque part ? se demandait-il, épuisé de lutter contre un fantôme.

— Demain, si je parle, elle ne t'aimera plus...

— C'est pas si simple... Elle me détestera... Mais de là à ne plus m'aimer...

Il a haussé les épaules comme si c'était impossible.

— On est trop attachés tous les deux... T'as pas idée de ce qu'on est emmêlés, elle et moi !

Les pieds se sont arrêtés. Lucille s'est agenouillée devant Rapha. Elle pose sa tête contre ses genoux. Elle se rend. Elle frotte son front contre les jambes de Rapha et garde la tête baissée. Agnès a du mal à entendre et doit se coller contre la porte.

— Comment elle a fait ? Donne-moi la recette, Rapha ! Je n'en peux plus.... Il y a même des moments où je l'aime comme toi... Je suis toi, face à elle... Et puis, je la déteste, je voudrais qu'elle disparaisse.

Rapha reste un instant la main en l'air, au-dessus de la tête de Lucille, comme s'il hésitait à la toucher, puis sa main s'abaisse et caresse les longs cheveux qu'il étale sur son jean noir tout en parlant.

— Elle marchande jamais, elle demande rien en échange. Pas une seule fois elle ne m'a jugé. Elle m'en a voulu, elle a eu mal comme j'ai eu mal à Venise, mais jamais elle s'est dit que c'était fini. Vraiment fini. Tout ce temps que j'ai passé à vouloir l'oublier d'abord puis à la faire payer… Tout ce temps gâché… Parce que le plus dur, tu vois, c'est pas d'aimer, c'est de pardonner. C'est pas de faire la guerre ou de changer la société, c'est d'aimer l'autre encore plus que soi-même… et de pardonner.

— On dirait ta grand-mère ! murmure Lucille, la tête posée sur les genoux de Rapha, se laissant bercer par la caresse de ses mains et sa voix.

— Moi, j'ai pas eu ce courage-là. J'ai voulu la faire souffrir, qu'elle paie pour tout. Elle, non ! Elle a une haute idée de l'amour. Hier soir, elle m'a donné le courage… Tu vois, j'en reviens toujours à elle et j'en reviendrai toujours à elle.

— J'étais prête à tout te donner aussi… Tu le sais, Rapha. J'aurais donné tout l'argent de David pour que tu m'aimes comme Clara…

— Je te crois pas. Tu es abîmée par l'argent. Depuis que tu es toute petite… Et si demain j'ai plus un sou, si ma cote baisse, si je deviens un illustre inconnu, Clara sera là, pas toi, Lucille, pas toi ! Rassure-toi, tu n'es pas la seule… Même moi parfois…

— C'est à cause de ton père que…

— Arrête ! Tais-toi !

Il a crié. S'est levé, l'a repoussée si brutalement qu'elle perd l'équilibre. C'est lui qui est debout et qui marche maintenant. Plein de colère.

— Ne me parle pas de mon père ! Il m'a salopé toute mon enfance avec son gros ventre, son gros cigare, sa boursouflure… Après il m'a salopé la seule fille à laquelle je tenais. Les seuls auxquels il ait pas touché avec son foutu pognon, ce sont ses vieux parce qu'ils étaient trop coriaces pour lui !

— Tu ne me feras jamais confiance !

— Je te connais, Lucille, tu oublies que je t'ai connue toute petite ! Tu aimes ce que tu peux pas avoir ! Tu méprises le reste !

— Je quitte David demain si tu veux…

— Je sais. Et je suis très touché… Non, non, je ne plaisante pas. Mais pourquoi, Lucille ? Pourquoi quitterais-tu tout pour moi ? Tu le sais, toi ?

— Parce que je t'aime…

— Tu ne m'aimes pas.

Il a articulé comme s'il parlait à une folle qui ne veut pas comprendre.

— Tu aimes l'image que je renvoie de toi… Mon nom, mes toiles… mais pas ma bouche sur ta bouche, ma queue dans ton sexe… Tu vois, tu tournes la tête quand je dis des gros mots, des mots vrais… Tu ne m'aurais pas aimé frissonnant de fièvre dans la case de maman Kassy… Tu m'aimes dans les vernissages, en photo dans les journaux, tu aimes le personnage… Tu ne sais pas ce que c'est qu'aimer… Tu as une vague idée parce que t'es pas bête… mais c'est tout. C'est pour ça que tu n'aimes pas baiser… Tu vois, tu fais encore la grimace ! Faut donner pour aimer et tu ne donnes pas, tu as peur de donner… Ton mari fin de race ne fait pas la différence parce que, lui non plus, il ne connaît pas l'amour. Il te prend comme une pute, il prend toutes les filles comme des putes !

— Qu'est-ce que tu en sais ?

Elle a levé la tête vers lui, interloquée.

— Il a couché avec Chérie Colère… Ou plutôt Chérie Colère se l'est fait… Par caprice ! Elle lui faisait les ongles au Ritz. Il y déjeune souvent, d'après ce que j'ai compris… C'est un mateur qui abandonne de gros pourboires aux shampouineuses qui le font bander ou aux manucures qui défont les boutons de leur blouse. Elle a eu envie de se faire sauter par un plein aux as !

— Alors, lui aussi !

— « Le monde est petit, ma chère… » Il va te dire un truc comme ça ! Et il faudra qu'il aille se faire faire le test… On va tous se retrouver à la prise de sang à cause de Chérie Colère ! La grande loterie de Chérie Colère ! Mais tu sais quoi ? Depuis hier soir, j'ai plus peur… Parce que je ne suis plus seul. Je te l'ai dit, je reviens toujours à Clara. Ma vie passe et repasse par elle. À chaque fois, comme une bonne fée, elle apparaît… T'y peux rien, et j'y peux rien. Tu n'as jamais pu grand-chose contre cet amour-là même si je t'ai laissé le croire, et je m'en excuse…

— Oh ! Je te déteste, je te déteste, crie Lucille en se redressant.

— … Mais je te souhaite sincèrement que ça finisse un jour… Reste avec ton mari, Lucille, il est parfait pour toi.

— Et ça t'arrangerait drôlement en plus ! Chacun souffre en silence pour que Rapha Mata puisse être heureux, tranquille comme le Grand Manitou !

— Si tu m'aimais comme tu le prétends, si tu aimais Clara, ton amie Clara, tu te tairais. Tu serais grande et généreuse et tu la bouclerais !

— Mais je n'aime personne, Rapha, c'est toi-même qui me l'as dit. Alors pourquoi je deviendrais héroïque, tout à coup ?

— Parce que le mal que tu ferais n'adoucirait pas ton malheur… Parce que, en pensant, pour une fois, à d'autres que toi, tu pourrais découvrir, peut-être, le début d'un bonheur nouveau, parce que, enfin, si tu parles, tu perds tout : mon amitié, celle de Clara, celle sans doute d'Agnès et de Joséphine. Tu mets fin à une histoire qui dure depuis des années…

— Qui repose sur des mensonges, sur une trahison…

— Et qui, même si tu ne veux pas le reconnaître, représente quelque chose pour toi. Ce n'est pas par hasard que tu continues à les voir toutes…

— Une habitude, rien d'autre…

— Je te crois pas. Il y a plus que de l'habitude mais tu veux pas le reconnaître…

— Je n'ai pas besoin d'elles ! C'était un moyen de rester pas loin de toi… Il n'y a que toi qui m'intéresses depuis le début. Avec toi, je suis à égalité… Toi et moi, on pourrait faire de ma fondation un endroit où tout le monde rêverait d'exposer, de travailler, de figurer… Que pèsent Clara, Agnès ou Joséphine ? Elles ne font pas le poids. Mon ambition est plus grande, Rapha, beaucoup plus grande qu'un groupe d'amies qui se souvient de l'ancien temps !

— Tu te retrouveras seule, toute seule. Je ne suis même pas sûr que ton mari si délicat ne serait pas dégoûté par ce déballage intime… Si tu parles… Mais tu ne le feras pas !

— C'est ce qu'on verra… Mais au moins, pour une fois, c'est moi qui mènerai le jeu…

— Quel jeu ?

Il la dévisage, étonné. Puis écrase sa cigarette et murmure :

— Si seulement ça pouvait être un jeu ! Ce serait fini depuis longtemps !

— J'en ai marre d'attendre. Marre ! Fatiguée d'être la dernière roue du carrosse !

Son ton devient soudain menaçant :

— Je t'attendrai, Rapha, je t'attendrai demain, toute la journée, chez moi. Réfléchis… Je serai seule… David est à Londres. Si tu ne viens pas, je parlerai à Clara. Je lui dirai tout…

— Je ne viendrai pas. C'est fini, Lucille, fini… Basta !

Il a un geste de la main qui balaie Lucille.

Elle s'est levée. Elle empoigne son manteau, l'enfile d'une seule manche, brutalement, et pousse la porte. Agnès a à peine le temps de se reculer dans l'encoignure du couloir. Elle sent un pan du manteau blanc lui effleurer le visage, une bouffée de parfum l'envahir. Elle se tasse dans le noir jusqu'à ne plus figurer qu'un petit tas de chiffons informe. Elle laisse Lucille passer, elle écoute ses pas s'éloigner, les talons marteler les premières marches de l'escalier, puis les suivantes et les suivantes encore. Bientôt elle n'entend plus rien… Oh ! si… Un bruit de porte cochère qui claque… Elle est partie.

Elle avance à quatre pattes dans le couloir, glisse un œil dans l'atelier et cherche les longues jambes de Rapha. Il est debout. Contre la fenêtre. Face à la nuit. Les bras croisés. Puis elle entend des bruits de toiles qu'on déplace, un bruit de Zippo qui claque, l'eau qui siffle dans la bouilloire. Elle se relève, lisse ses vêtements, remet ses cheveux en ordre, son sac bien en place sur son épaule. Elle va rentrer, elle aussi. Elle n'a plus rien à faire ici. Yves l'attend. Enroulé sur sa peur d'être abandonné. On est tous des enfants qui ont peur d'être abandonnés.

Elle n'avait qu'un tout petit rôle, après tout. Un rôle qu'elle s'était fabriqué toute seule, qui la rendait triste ou gaie, la faisait sourire dans le métro aux heures de pointe ou pleurer en regardant la cassette de Sandrine Bonnaire. Elle se demandera toujours si ce petit bout de rôle aurait pu faire une vie ou si elle était condamnée à rester en coulisses. Elle se le demandera mais elle ne sera plus jamais triste. Elle n'a plus honte de ce qu'elle est. Rapha vient de poser deux ou trois cailloux qui forment le début d'une identité, un début de chemin vers la naissance à soi. Il lui a donné le coup d'envoi. Elle ne s'est pas trompée en s'offrant à lui, un soir. Il ne l'a pas trahie. Il l'a hissée en quelques mots à un autre niveau. Elle peut laisser tomber son rêve, son rêve infantile de la nuit ; il lui a donné un plus beau cadeau. « C'est la plus pure de nous tous ! La plus douce, la plus généreuse… Si j'avais dû me choisir une petite sœur, c'est elle… »

Demain, elle prendra rendez-vous à l'hôpital Beaujon. Elle prétextera qu'elle veut donner son sang. On ne peut pas tout dire, tout s'écrire dans le cahier. Il ne le supporterait pas. Il n'est pas encore assez fort. Ça viendra, ça viendra. Il faut qu'elle apprenne, qu'il apprenne la patience.

Elle descend, aérienne, les escaliers, saute les dernières marches, joue à la marelle sur le trottoir. Si douce, si généreuse, si pure, petite sœur… Elle prend ses clés de voiture dans sa poche, court jusqu'à la portière. Elle lève la tête vers le ciel et aperçoit des étoiles dans le ciel de Montrouge. Des milliers d'étoiles qui brillent et clignotent. Demain, il fera beau.

Sur le pare-brise, un petit papillon blanc est glissé sous les essuie-glaces. Elle fronce les sourcils. Deux contraventions dans la même soirée ! Elle a envie de rire, de prendre le papier blanc et de le déchirer. Elle se rapproche, tend la main. Ce n'est pas une contravention, c'est une page arrachée à un agenda, à la date de ce jour, où Lucille a écrit : « Alors, toi aussi ! Bravo ! »

Le téléphone sonne et Clara décroche en gardant les yeux fermés. Quelle heure peut-il bien être ? Elle marmonne « Allô » d'une voix endormie. C'est Marc Brosset. Il est en bas. Il aimerait bien monter prendre un café. « Je ne suis pas seule, répond Clara en jetant un coup d'œil sur les cheveux ébouriffés de Joséphine qui remue sous les couvertures. – Ah », répond-il, blessé. Clara éternue et cherche un Kleenex des yeux. « Alors, c'est fini, il ajoute, incrédule. – C'est fini », elle répète, désolée, se pinçant le nez pour s'empêcher d'éternuer. La boîte est trop loin, en équilibre au bout du lit. Il lui faudrait se lever. Elle n'aime pas spécialement être méchante. Elle constate. C'est fini. Je n'ai plus envie. On est samedi matin. Il y a trois jours, elle avait encore envie. Elle disait « je t'aime, je t'aime » pendant qu'il glissait une jambe entre ses jambes, qu'il lui donnait du plaisir. C'est dur à comprendre. Elle doit reconnaître que, tout philosophe et sage qu'il est, il doit avoir du mal.

— Tu sais, moi non plus, je ne comprends pas, elle ajoute pour adoucir sa peine, en tentant d'attraper la boîte du bout de ses pieds.

La boîte tombe sur le plancher et Clara laisse échapper un soupir. La journée commence mal.

— On pourrait en parler… reprend Marc Brosset.

— Pas envie. Ou trop douloureux…

— Pour moi ?

— Oui.

— Parce que toi, ça va ?

— Ça va.

— Je pourrai te rappeler ?

— Si tu veux…

Pourquoi s'abaisse-t-il ainsi ? Un peu de tenue. De panache. Une bête blessée n'a jamais inspiré le désir. Ou alors chez Florence Nightingale. Je ne suis pas

Florence Nightingale. J'aime la force, la force brute du mâle qui m'en met plein la tronche. Faux. Je hais la force brute du mâle qui m'en met plein la tronche. Sauf qu'elle me fait jouir. La douleur fait jouir, pas la douceur. Ou alors les saints et les saintes de l'Évangile. Ce qui n'est pas mon cas.

— Salut !

Et elle raccroche.

Il va rappeler, c'est sûr. Il va s'accrocher. Pendant des semaines. Elle grogne.

— Qui c'était ? demande Joséphine en s'étirant et en regardant l'heure. Neuf heures ! Mais c'est le milieu de la nuit !

— Marc Brosset. Je te prépare un café ?

— Qu'est-ce qu'il voulait ?

— Un café…

— Fallait lui dire de monter…

— Pas envie.

Clara se lève, ramasse la boîte de Kleenex, se dirige vers le coin cuisine, se mouche, prend un filtre, le remplit de poudre, remplit la cafetière d'eau, ouvre un placard, en sort du pain, du beurre, de la confiture, des yaourts, du fromage, dispose le tout sur un grand plateau et surveille l'eau qui crachote dans la cafetière.

— Pourtant tu l'as aimé à un moment, ce mec, poursuit Joséphine qui s'enveloppe telle une momie dans les draps blancs.

Elle a mis trop de poudre. Va falloir rajouter de l'eau. Quand on rajoute de l'eau après, ce n'est pas aussi bon.

— Je ne l'ai pas aimé, j'ai été amoureuse, nuance…

— Toi, tu aimes souffrir, dès qu'un mec t'aime, tu le méprises, analyse Joséphine drapée dans son linceul blanc.

— Quand un mec m'aime, je doute de lui. Il baisse dans mon estime. S'il m'aime, c'est qu'il est con, qu'il ne me voit pas telle que je suis…

— Sauf quand c'est Rapha… Parce que le monde entier dit que c'est un génie, bâille Joséphine.

— Je sais… Alors je suis flattée…

— Mais ce n'est pas de l'amour…

— Je me suis déjà dit tout ça. Ça n'empêche.

— Tu aimerais Rapha s'il n'était pas célèbre ?

— Tu fais chier, Joséphine. Je l'ai aimé avant ! C'est bien plus compliqué que ça. Ça n'a rien à voir avec la célébrité imbécile… Mais avec la force d'exister, de créer… Rapha existe. J'aime les gens qui se tiennent debout, seuls.

— Mais Marc Brosset, je me souviens, tu l'aimais. Tu me disais que c'était un mec bien, comme il te fallait… Tu le disais trop d'ailleurs…

Clara ne répond pas et poursuit, pensive :

— Je ne sais pas si on les quitte parce qu'on ne s'aime pas, nous, ou si on les quitte parce qu'on ne les aime pas, eux, les hommes…

— Les deux… Moi, je sais que j'ai une mauvaise image de moi et une mauvaise image d'eux… Il n'y a que mes enfants qui trouvent grâce à mes yeux !

Clara goûte le café et fronce le nez. Elle pose la cafetière sur le plateau et rejoint Joséphine dans le lit.

— Et tu ne manges pas toute la confiture !

— T'en fais pas ! rétorque Joséphine. Tu vas pouvoir grossir tranquille…

— Tu vois, comment Clara la bouche pleine, quand mes amies me disent que je suis belle, intelligente, spirituelle, je les crois, je trouve qu'elles ont bon goût, je les aime encore plus, j'ai envie de me pendre à leur cou… Pourquoi, lorsque les hommes me disent la même chose, j'ai envie de les jeter ?

239

— Parce que tu ne leur fais pas confiance… Rapport au père, sans doute.

— Je ne l'ai pas connu… Je n'ai jamais eu besoin de lui !

— Moi non plus. C'est maman qui portait la culotte…

— C'est comme ça qu'on fabrique des générations de femmes hystériques…

— Soit on l'accepte, soit on se soigne…

Joséphine déglutit et prend une gorgée de café. Elle fait la grimace.

— Pas terrible…

— C'est la faute de Marc Brosset. Il nous a jeté un sort…

— Mais pourquoi tu ne le gardes pas comme amant ? s'enquiert Joséphine en léchant la cuillère de confiture.

— Parce que, quand c'est fini dans la tête, c'est fini partout. Je deviens un pain de glace, je ne sens plus rien. J'ai beau faire des efforts, dédramatiser, me concentrer, le meilleur des amants s'échoue sur la banquise. Je suis une cérébro-sentimentalo-sexuelle. Il faut que tout marche à l'unisson. Non, tu vois, le seul homme que j'aime à la folie, à part Rapha, c'est Philippe. Parce qu'il n'a pas de sexe.

Joséphine manque de s'étouffer et recrache son café.

— Et Kassy, j'aime beaucoup Kassy… ajoute Clara.

— Qui, pourtant…

— T'as essayé ? demande Clara, étonnée.

— Oui et c'était délicieux.

— Avec toi, on irait plus vite en faisant la liste de tes non-amants… Pauvre Ambroise !

— Pauvre moi ! Je suis une fille perdue…

— Pas pour tout le monde !

— Très drôle ! Je peux appeler mes titounets ?

Clara hoche la tête, la bouche pleine. Kassy aussi ! Pourquoi ne lui en a-t-elle jamais parlé ? C'était quand ? Kassy, c'est son ami et celui de Rapha, elle n'a pas le droit de se l'approprier. Elle lance à Joséphine un regard hostile. Joséphine a changé de voix, elle s'est renfoncée dans ses oreillers et se prépare à parler à ses enfants. Elle a mis le haut-parleur et Clara peut suivre sa conversation. Ils sont dans la cuisine à Nancy. Ils prennent eux aussi leur petit déjeuner. Elle entend le rire d'Ambroise et la grosse voix de Mme Brisard, la mère de Joséphine.

— Maman ! Maman ! demande Arthur, pourquoi on dit « œuf à la coq » puisque c'est la poule qui pond l'œuf ?

Joséphine demeure bouche bée. Clara sourit.

— Tu ne sais pas ? demande Arthur. Et toi, papa, tu sais ?

— Je ne me suis jamais posé la question ! s'extasie Ambroise. J'ai mangé des œufs à la coque toute ma vie et pas une seule fois la question ne m'a effleuré l'esprit !

Joséphine peut sentir l'admiration de son mari dans sa réponse. Devant ses enfants, il est comme au spectacle. Alice, sa collègue pédiatre à la clinique, lui dit toujours qu'il ne marque pas assez sa différence, que l'enfant doit avoir une représentation de l'autorité avec le père et de la tendresse avec la mère. Le père impose, ordonne, corrige, punit, la mère console, rit, gazouille. « Tu dois être un mur pour eux, un obstacle plein de grandeur, de savoir, d'interdictions sur lequel l'enfant vient se briser et rebondit... Il faut qu'Arthur se mesure à toi, qu'il te déteste, qu'il te provoque pour se fabriquer sa personnalité d'homme. Au lieu de quoi tu es une éponge qui absorbe tout, Ambroise ! Reprends-toi ! Tu n'es pas le premier mâle à avoir fait de beaux enfants ! » Il écoute Alice, il dit qu'il a beaucoup de respect pour elle. Puis il rentre à la maison et oublie. L'autre jour, il a donné une fessée à Arthur qui refusait de monter dans la voiture et voulait les suivre à bicyclette jusqu'à Strasbourg. Il a regardé Joséphine, fier de lui. Première fessée en sept ans ! Julie se taisait, Arthur sanglotait, Joséphine contemplait son mari, étonnée. Au bout de dix kilomètres, ils ont entendu la petite voix d'Arthur qui disait : « J'attends, papa, j'attends… – Tu attends quoi, Arthur ? – J'attends que tu me demandes pardon. » Il avait éclaté de rire.

— Et moi, personne me parle, soupire la petite Julie, vexée d'être ignorée.

Joséphine sourit. Julie doit être en train de se creuser la cervelle pour trouver une question qui la hisse au même niveau d'excellence que son frère. Joséphine ne s'est pas trompée.

— Maman, tu m'entends ? Explique-moi pourquoi les enfants portent toujours le nom du père et jamais celui de la mère ? C'est pourtant elle qui fait tout le travail !

— Mon Dieu ! s'écrie Mme Brisard, je reconnais l'œuvre de ma fille !

Leur conversation se poursuit. Joséphine imagine la scène, là-bas, dans sa belle cuisine à Nancy, et soupire de plaisir. Ses enfants sont heureux et son mari aussi. Il ne se doute de rien. Il jouit d'un bonheur familial, confortable, conforme à ce qu'il attendait de la vie. C'est un homme heureux, grâce à elle.

Elle est l'artisan de ce bonheur. Et cette pensée lui ôte soudain toute culpabilité. Elle sait, elle, ce qui se cache derrière la belle façade d'Ambroise de Chaulieu. Ambroise a été gâté par la vie et par ses parents. Un beau nom, une famille aisée, un avenir facile, plein de promesses, de l'argent, une bonne éducation, un vernis de culture emprunté aux déjeuners familiaux ont servi de paravent et empêché que le véritable Ambroise ne soit démasqué. Sa belle allure, son caractère joyeux, facile, sa bonne nature apparente ont fait le reste et entraîné Joséphine dans un tourbillon amoureux. Il lui était arrivé d'avoir des soupçons, des éclairs de lucidité alors qu'ils n'étaient que fiancés, mais elle les avait vite remisés. Comme des coups de tonnerre dans un ciel qu'elle voulait toujours bleu. Ils détruisaient son rêve et elle voulait avant tout continuer à valser dans la vie imaginaire qu'elle s'était inventée. Elle avait vite déchanté.

Dès la nuit de noces. Il s'était écroulé sur le lit, et avait laissé échapper un « Bonsoir, ma chérie » avant de sombrer dans le sommeil. Il se laissait aimer avec grâce comme si elle rendait ainsi un ultime hommage à son corps triomphant. Sa vigueur ne dura pas long-temps. Si elle put prolonger quelque temps l'étincelle du désir en lui, ce fut en se travestissant en une redou-table courtisane. Hélas ! ce ne fut pas suffisant ou alors aurait-il fallu qu'il consentît à donner un peu de lui, à jeter ses forces dans la bataille, ce qui était au-dessus de ses possibilités. Beaucoup de choses étaient au-dessus des moyens d'Ambroise ; dès que la vie se compliquait, il se décourageait et s'en prenait à celui ou à celle qui lui demandait de tels efforts. C'était tou-jours de la faute des autres s'il échouait. Il voyait des complots partout. Un énoncé d'examen mal articulé, un professeur trop exigeant, des internes malveillants, des assistantes amoureuses et éconduites… Ses parents avaient coupé court à ses récriminations en lui offrant une clinique toute neuve et des collègues suffisam-ment brillants pour faire la renommée de l'établisse-ment, assez malins pour ne pas en retirer toute la gloire. Ambroise avait retrouvé le sourire et l'appétit. C'était trop tard pour Joséphine qui l'avait percé à jour.

Ambroise n'avait que les apparences de ses qualités. Derrière sa gaieté se cachait une autosatisfaction grossière qui, si elle le rendait sûr de lui, à la limite de la vanité, le privait de toute sensibilité. Il était tombé amoureux de sa femme comme il aurait pu s'éprendre de n'importe quelle autre femelle éblouie. S'il se montrait généreux, c'était plus pour admirer la beauté de son geste que par véritable souci d'autrui. Il aimait à raconter comment il avait aidé un ami dans le besoin, écouté les confidences d'un autre en plein désarroi, mais c'était toujours pour se mettre en scène, pour faire étalage de ses mérites et se nourrir des compliments qu'on ne manquait pas de lui adresser. Il avait toujours le beau rôle. Il avait toujours raison. Les autres n'étaient que des faire-valoir.

Joséphine avait vite compris qu'elle s'était trompée mais, orgueilleuse, elle n'avait pas voulu le reconnaître. Douée d'une étonnante énergie, elle avait su être gaie et paraître heureuse. Puisqu'elle s'était trompée, autant assumer et continuer à entretenir la statue que s'était érigée son mari. Que personne ne perce à jour la nullité du bel Ambroise de Chaulieu. Enfin, n'était-elle pas obligée d'agir de la sorte puisqu'il était son gagne-pain ? Que peut faire une femme mariée, mère de trois petits enfants, sans métier, habituée au luxe et à l'argent, si ce n'est se mettre au service de celui qui fait son malheur intime ?

Elle s'était étourdie dans la maternité. Compensait le manque d'attention de son mari par le trop-plein d'amour qu'elle donnait à ses enfants. Il ne se doutait de rien. Il ne s'inquiétait jamais de sa tristesse, de ses énervements, de ses emportements. Ou décrétait que toutes les femmes étaient pareilles, des hystériques, mon cher, des hystériques, d'ailleurs c'est une maladie typiquement féminine, l'hystérie… Une exaltation nerveuse qui accompagne l'état conjugal. Il s'en plaignait parfois et se posait en victime auprès de ses amis ou de sa famille, mais finissait toujours par louer les vertus domestiques de sa femme, une mère exemplaire et une bonne maîtresse de maison. Il la traitait avec une affectueuse supériorité. S'il paradait à l'extérieur, il était plus soumis et humble à la maison car elle le remettait à sa place par des remarques acides qui glissaient sur son égoïsme de mâle indifférent.

De victime d'un rêve innocent, Joséphine était devenue forte femme. Elle avait regardé autour d'elle et avait pu vérifier qu'elle n'était pas la seule à souffrir de la même désillusion. Combien de maris, protégés par un titre, une situation, une belle allure, se révèlent, au fond, des êtres faibles, vantards, méprisables ? Elle avait reçu les confidences de femmes blessées, prématurément vieillies, aigries, qui assistaient, impuissantes, à la mise en scène de talents factices et se vengeaient dans l'intimité. Elles leur faisaient des scènes, pleuraient, criaient sans obtenir le moindre changement d'attitude. Et si, ennuyé et lassé, l'homme effaçait les récriminations d'un baiser rapide ou de fausses promesses, c'était encore une manière habile de faire passer de l'égoïsme pour de l'affection.

Elle avait repris la vie à son compte. Pris le pouvoir tout en lui laissant croire qu'il en tenait les rênes. Jeu dangereux. Il fallait qu'elle se montre forte sans faire ombrage à sa vanité. Car, sinon, il pouvait devenir méchant, un animal blessé qui montre les dents si on l'humilie trop ouvertement. Elle lui faisait la guerre à fleuret moucheté. Elle menait un jeu épuisant où elle se perdait de vue. Il lui arrivait alors d'avoir envie de tout recommencer à zéro. Avec un homme qu'elle aimerait pour ce qu'il est, un homme avec des défauts, des doutes, des failles.

Le téléphone sonne à nouveau et Clara pousse un soupir. Décroche, prête à mordre. C'est Philippe. Il les invite à aller aux Puces.

— On mangera un morceau là-bas… Il fait beau… Allez, dis oui…

Clara consulte son amie qui accepte. Il passera les chercher.

— Et ce soir, tu es libre ? demande Clara.

— Non, pas ce soir.

Elle raccroche et soupire. Elle a peur de rester seule, ce soir. Et si Rapha ne rappelait pas ? Pourquoi ne rappelle-t-il pas ? Cela fait vingt-quatre heures qu'ils se sont quittés sur le palier de l'appartement…

— Et toi, Joséphine ?

— Non, désolée.

— Ah bon… un nouvel amant, je suppose ?

Sa voix est froide, coupante. Joséphine rougit, sans répondre.

— J'espère que Rapha sera libre, lui, marmonne Clara. Sinon je vais te soupçonner à nouveau… C'est plus fort que moi, je renifle le pire…

— Arrête, Clara… Je t'ai juré sur la tête de…

— Je sais, je sais… Mais je ne te fais pas confiance. Tu me caches quelque chose.

Pendant toute la matinée, le doute la poursuit, lui emplit la tête de questions, certaines saugrenues, d'autres méchantes. Toutes préparent le drame qui va éclater. C'est plus fort qu'elle. Elle se sent trahie depuis la veille et ne sait pas sur qui faire retomber sa colère, sa frustration. Elle fourmille d'inquiétude, une sensation physique qui lui coupe le souffle, la force à s'arrêter pour reprendre sa respiration. Le silence de Rapha n'est pas normal. Elle ne veut pas appeler la première. Elle a peur. La gaieté de Joséphine l'irrite, celle de Philippe aussi. Elle traîne en arrière, se démarquant de manière ostensible de leur légèreté, refusant le bras qu'il lui tend, les sourires que Joséphine lui adresse.

Ils déambulent dans les allées du marché aux Puces. Il fait froid, le bout de leur nez est rouge. « On a l'air de clowns », dit Joséphine en regardant leur image dans la glace d'un buffet normand. Philippe la tient par le bras. Ils discutent, ils marchandent. Il leur offre à chacune des petits cadres en bois ciselé. Joséphine remercie en se jetant au cou de Philippe qui l'étreint, Clara laisse échapper un merci peu convaincant et glisse le cadre dans la poche de sa veste en cuir sans y prêter attention, enfermée dans ses pensées hostiles qui transforment tous ceux qui l'approchent en ennemis. La présence de Joséphine lui pèse. Elle voudrait être seule avec son frère, lui parler, poser sa tête contre lui et se faire consoler. Elle lui en veut d'être drôle et léger, de raconter des anecdotes qui le font sourire, lui, et grimacer, elle.

— L'autre jour, un type m'a appelé pour un travail et vous savez ce qu'il voulait savoir avant tout ?

Les filles font non de la tête.

— Il s'en est excusé d'abord... Il m'a dit que j'allais être surpris...

Il ménage le suspense pour qu'elles le supplient de continuer, alléchées. Joséphine s'accroche à son bras et exige la suite avec des lèvres gourmandes qui quémandent plus qu'une réponse. Un baiser peut-être ? pense Clara, mal embouchée.

— Il m'a demandé si j'étais jeune !

— Non ! s'exclame Joséphine. Pas possible !

Elle se colle contre lui et Clara jurerait qu'elle est prête à le dévorer sur place. Elle rayonne. Ses cheveux luisent, ses yeux bleus réchauffent la rigueur de cette matinée d'hiver. Elle porte une jupe fendue, de hauts talons, un chandail décolleté. Clara se dit qu'elle déteste les gros seins, les jupes fendues et les hauts talons. Joséphine brille et Clara sait d'expérience que, lorsqu'une fille brille, il y a un homme pas loin pour recevoir cette lumière.

— ... Il se souvenait de moi, d'un travail que j'avais fait en Angleterre mais ne se rappelait plus mon âge. Quand je le lui ai dit, il a répondu : trop cher ! Un type de quarante ans vaut deux salaires de débutant ! Il cherchait un jeune ! Incroyable, non ?

Joséphine affirme en riant qu'Arthur aurait toutes ses chances aujourd'hui. À sept ans, le marché du travail lui sourit. Clara bougonne que c'est pas drôle, qu'ils ne devraient pas prendre ça à la légère, que c'est tout un métier qui s'effondre, toute une société qui se débine.

— Oh ! là ! là ! proteste Philippe. Est-ce que je pleure, moi ?

— Non, mais tu devrais peut-être au lieu de rire comme un imbécile !

Philippe et Joséphine échangent un regard qui signifie « Mais qu'est-ce qu'elle a aujourd'hui ? ». Clara les surprend et s'emporte :

— Et c'est pas la peine de conspirer derrière mon dos ! Vous croyez que je vous vois pas, peut-être ?

Philippe coupe court à la discussion et propose de manger une choucroute. Clara rétorque qu'elle déteste les choucroutes mais son frère la pousse dans une salle de restaurant enfumée. Ils trouvent une table ronde où ils tiennent tous les trois, près de la fenêtre.

— On va être obligés de se faire du genou ! pouffe Joséphine en défaisant sa grande écharpe rouge et en la jetant tel un lasso au cou de Philippe qui subit l'assaut sans broncher.

Claude François chante *Comme d'habitude*, deux types à la table d'à côté s'expliquent : « Tu me crois pas, hein, tu me crois pas ? Je vais t'expliquer pourquoi j'ai raison ! » Ça sent le gras et la cigarette, la gaieté forcée d'un samedi matin de farniente. Un type entre en maugréant, il vient de marcher dans une merde de chien, sa femme lui répond qu'il faudrait taxer les propriétaires, le type dit que ça ne ferait pas disparaître leurs merdes. Si, reprend la femme en secouant ses cheveux et en cherchant une table libre des yeux, à New York, les trottoirs sont propres depuis qu'on a institué des amendes pour les crottes de chien. Le garçon a posé un bol de cacahuètes salées sur la table et Joséphine y plonge la main. Philippe lui tape sur les doigts d'un petit geste tendre.

— On a fait des analyses de bols de cacahuètes dans les bistrots et on y a trouvé plus de trente traces d'urines différentes. Les gens vont pisser, ne se lavent pas les mains et trempent leurs doigts dans les cacahuètes…

Les filles font la grimace et repoussent d'un même geste le bol de cacahuètes.

— C'est comme les poignées de portes des chiottes. Un vrai nid à microbes. Il faudrait tout passer à l'eau de Javel…

— Tu ne deviendrais pas vieux garçon ? s'exclame Clara. À force de vivre seul, tu vas développer des fixettes sur tout !

— Et quand tu embrasses une fille, c'est combien de microbes ? demande Joséphine.

— C'est différent, réplique Philippe, c'est du sexe et le sexe, ça ne peut jamais faire de mal.

— Ça dépend, laisse tomber Clara, rageuse.

Joséphine, sentant venir le danger, attrape un morceau de pain, le tartine de beurre et le tend à Clara.

— Mange, ma biboune, t'es énervée parce que tu as faim. Elle est comme les enfants, explique-t-elle en se tournant vers Philippe, quand ils ont faim, ils sont irritables…

Clara repousse le pain beurré et se recroqueville dans sa veste de cuir noir. Veste de pute, il a dit l'autre jour. Qui est la plus pute des deux, à cette table ? Arrête, tu es injuste, se reprend-elle. C'est ta copine après tout. Si elle est aussi gaie, c'est qu'elle n'a pas peur, elle. Elle n'a pas couché avec Rapha. C'est une preuve, ça. Toi qui en cherches une depuis hier soir… C'est quand même pas de sa faute s'il n'a pas appelé ! Pourquoi n'appelle-t-il pas ? Ça ne va pas recommencer comme avant. Attendre et trembler, attendre et ne pas pleurer, attendre jusqu'à ne plus avoir envie de rien du tout, se rouler en petit tas sur le parquet, sur les lames dures du parquet et dessiner les veines du bois, d'un doigt appliqué, comme si elle était sur un chantier…

— Tu connais l'histoire de Jerry Hall et de Mick Jagger ? lance Joséphine à Philippe.

— Non, dit Philippe, alléché.

— Ah non ! s'exclame Clara. Tu ne vas pas recommencer avec tes histoires débiles !

— Elle est pas débile ! proteste Joséphine. Elle est drôle et pratique…

Elle passe son bras sous celui de Philippe, se penche vers lui, penche ses deux seins lourds et offerts vers lui.

— Si tu nous expliquais plutôt pourquoi tu as couché avec Kassy ? Hein ? C'est intéressant, ça. C'est de la tranche de vie. Et puis, on en connaît les principaux acteurs, nous !

— Tu as couché avec Kassy ? demande Philippe, devenu tout blanc.

— T'es vraiment méchante... soupire Joséphine. Vraiment méchante...

— Mais quand ? articule Philippe en fixant des yeux Joséphine qui voudrait disparaître sous la table. Quand ?

Joséphine retire son bras, détourne son regard et contemple la rue où passent des couples, des familles, des enfants, les bras chargés de paquets, le nez rouge, le pas sautillant. Nancy lui manque, tout à coup. Sa vie de famille, ses titounets dans la cuisine, la chaleur de sa mère, la bonne humeur facile d'Ambroise...

— On ne se connaissait pas encore... ou du moins...

— Avant moi ? dit Philippe en l'attrapant par le bras et en la forçant à le regarder.

— Avant toi...

— Mais quand ? insiste-t-il. Quand ?

— Un soir, par hasard, à une expo de Rapha... Il était là. On avait un peu bu et...

— Mais pourquoi tu me l'as jamais dit ? Je croyais qu'on se disait tout !

— Ben... J'ai oublié... C'était pas important...

— Qu'est-ce que tu m'as caché encore ? Dis-le-moi ! Merde alors ! Kassy... Si j'avais pu me douter ! Mais, dis donc, tu es un vrai danger public ! Faut jamais te laisser sortir seule ! Faut te tenir en laisse ! Kassy ! Merde alors ! Et Rapha ? Tu te l'es fait aussi, Rapha ?

— Non ! explose Joséphine qui ne supporte plus de se faire épingler par la ligue de vertu. Je ne me suis jamais fait Rapha !

Elle donne un grand coup de main sur la table et balaie le bol de cacahuètes qui se renverse.

— Vous êtes contents, tous les deux ? Elle n'arrête pas de m'emmerder, depuis hier, avec ça ! Vous vous êtes donné le mot, ma parole ! J'en ai ras le bol de vos airs de censeurs, le frère et la sœur ! Je t'avais dit que je n'étais pas un modèle de vertu ! Je t'avais prévenu ! J'allais quand même pas te faire la liste exhaustive de tous mes amants !

— Elle serait trop longue ou tu en oublierais la moitié !

— Si ça te fait plaisir… Vas-y, dégomme-moi ! Je peux te donner des munitions, si t'en manques… Fais-toi plaisir !

— Tu me dégoûtes !

— Je sais, je dégoûte tout le monde. C'est la nouvelle tendance !

— Allez, tire-toi, s'écrie Philippe, en lui montrant la porte du bras, ça vaudra mieux !

— C'est bien ce que j'avais l'intention de faire ! Sans attendre que tu m'en donnes l'ordre !

Elle arrache son écharpe du cou de Philippe, enfile son manteau, attrape son sac en tâtonnant sous la table et sort du restaurant sans jeter un coup d'œil à Clara qui demeure muette.

Philippe et Joséphine, ensemble, amants, dans un lit, Philippe et Joséphine, nus, faisant l'amour, se disant des mots d'amour, l'un contre l'autre, encore plus près qu'elle ne le sera jamais de l'un ni de l'autre, s'embrassant, s'écorchant. Elle voudrait se cacher, elle n'a aucun endroit où se réfugier. Aucun endroit ensoleillé et gai où oublier, mettre la tête sur ses bras et fredonner une chanson triste. Maman, maman, comme tu me manques ! Étrangère. Lourde. Un couple devant elle. Deux êtres humains qu'elle chérit et qui disent des mots qui l'excluent, elle. Des mots qui leur appartiennent à eux, un jargon d'amoureux qui prouve qu'ils sont liés par d'autres mots, d'autres aveux, d'autres scènes. Une histoire dont elle ne fait pas partie. Que son amour à elle, pour lui et pour elle, ne recouvre pas. Une zone interdite. Une zone créée par leur désir où elle n'a rien à faire. Étrangère. La trahison qu'elle soupçonnait n'était pas celle qu'elle imaginait. Une autre trahison. Un autre couple menaçant. Elle veut tout de lui. Elle veut tout d'elle mais surtout qu'elle et lui restent séparés. Elle est le lien entre elle et lui. Ils ne doivent pas se rejoindre sans elle. Sans elle... Et ils se sont rejoints. Sans le lui dire. Une trahison. Deux amants qui se disputent de façon si éclatante que leur amour en ressort fortifié. Sans elle. Sans elle. Qu'ont-ils d'autre en commun ? D'autres mots ? D'autres scènes ? Sans elle. Elle voudrait être le centre de tout, de tout l'amour du monde. Tout le temps. Appartenir à toutes les histoires d'amour du monde. Il lui arrive de marcher dans la rue, de croiser un couple et de se demander pourquoi elle ne marche pas entre eux. Parce que toute histoire d'amour doit passer par elle, toujours... Maman, pourquoi es-tu partie sans que j'aie eu le temps de m'assurer de ton amour ? De m'en faire des provisions... Maman. Maman... Tu es partie et je suis restée une enfant. Pas finie. Jamais finie. Toujours en travaux. Les cheveux bruns de son frère... il n'y a qu'elle qui ait le droit d'y passer sa main... ou des étrangères qu'elle ignore. Elle a toujours ignoré les autres, même Caroline. Elle l'a tolérée. Parce qu'elle ne pouvait pas faire autrement. Parce qu'il l'avait mise dans la confidence, préparée, qu'il avait attendu que Rapha remplisse le vide. Il lui a pris sa meilleure amie. Elle lui a pris son frère. Ils ont des secrets ensemble, des mots de passe, des signes de reconnaissance. Derrière son dos. Deux étrangers. Dans un lit, nus, s'embrassant, s'écorchant...

Philippe a posé sa tête entre ses mains et ne dit rien. Le garçon s'approche et demande s'ils ont choisi. Philippe commande une bière. Clara reste silencieuse et fixe sa tartine beurrée, joue avec le bout de pain. Plus faim. Pas soif. Écœurée. Elle regarde la tête penchée de son frère. Il souffre, elle se dit. On l'aime. Un bout de lui que je ne connais pas, auquel je n'ai pas accès… Inimaginable. Il n'a pas de sexe, pas de sexe. On en parle en riant mais c'est pour prononcer des mots, pour dire n'importe quoi, ce n'est pas pour de vrai. La poupée Véronique, c'est pour de vrai.

— Ce sera tout ? dit le garçon en faisant rebondir son plateau contre ses cuisses.

— Pour le moment, dit Philippe, relevant la tête.

Le garçon se fait happer par une autre table et s'éloigne en grommelant.

— Je suis désolé… Je n'avais pas envie de t'en parler. Je voulais le garder pour moi… Pas pour te faire du mal, tu le sais. Tu le sais, ça, hein ? Pour rien au monde je voudrais te faire du mal…

Et ça marche. Ils redeviennent un couple. Philippe et Clara Millet, 24, rue Victor-Hugo, Montrouge. La poupée Véronique, M. Brieux, la raclée de l'oncle Antoine, tante Armelle, Rapha, « c'est fatigant, c'est fatigant », *Emmenez-moi* de Charles Aznavour…

— Oh oui, je sais ! soupire Clara, en se coulant contre son frère. J'ai été méchante, si méchante, mais c'est que j'ai peur.

Il lève un sourcil, passe la langue sur ses lèvres. Son regard perdu dans le vague revient à elle.

— Parce que tu sais, Rapha…

Et elle lui raconte. Elle lui raconte tout. Collée contre son frère, bien à l'abri dans son sweat-shirt gris avec « Anchor's Man » brodé en gros dessus. Il passe son bras autour de son épaule, il pose son menton sur ses cheveux, il est là, il écoute…

Quand le téléphone a sonné, Agnès a crié à Éric de décrocher. Il est allongé par terre, sur la moquette, son Walkman sur les oreilles, les pieds qui remuent en cadence. Il n'a pas entendu. Il ferme les yeux et son visage est immobile, pâle et lisse. En équilibre sur l'escabeau, le Sopalin dans une main et le liquide pour vitres dans l'autre, Agnès est obligée de hurler pour qu'il lève la tête et écarte les écouteurs.

— Le téléphone ! Réponds !

Il se traîne jusqu'à l'appareil et décroche d'un geste aussi las que s'il soulevait de la fonte.

— Oui… Non… Sais pas… Vais lui demander…

Il met la main sur le combiné et explique d'un ton morne :

— C'est grand-mère… Elle veut savoir si elle vient déjeuner demain…

Agnès hoche la tête. Ce matin, elle a appelé sa mère pour lui proposer de déjeuner en famille. Elle a décidé d'arrêter les tête-à-tête. Trop douloureux. Inutiles. Ce matin, elle a pris rendez-vous à l'hôpital Beaujon. Ce matin, elle a décidé de faire ses carreaux. Le ménage l'apaise. Les actes quotidiens remettent les choses en place. Elle a besoin de se sentir humble, petite, nécessaire. De se raccrocher à des gestes millénaires. Sa mère faisait les vitres avec du papier journal, juchée sur un escabeau. Elle lisait *Tintin*, couchée à ses pieds. Son père partait faire son tiercé et emmenait les garçons avec lui. Un passé intime, heureux se glisse dans le geste même de déplier l'escabeau, de déplier le chiffon à vitres, d'asperger la surface à nettoyer, de frotter, frotter. La mémoire revient à travers les gestes automatiques, une petite bouffée rassurante, un petit morceau de bonheur paisible.

Éric repose l'appareil et regarde sa mère qui s'agite au-dessus de lui tel un essuie-glace. Elle travaille toute la semaine et le week-end elle fait le ménage. Demain, elle ira au marché et cuisinera des petits plats qu'elle congèlera. Lundi, elle retournera au bureau. Le soir, elle feuillettera leur cahier de textes, vérifiera leur travail, préparera le dîner, les interrogera sur leur journée, mettra en route une machine de linge sale, sortira la table à repasser, se plaindra qu'elle a mal au dos en la rangeant et se mettra au lit en soupirant qu'elle est vannée. Auparavant, elle aura fait sa gymnastique pour garder le ventre plat. Ses cheveux sont retenus par un foulard, son visage brille et elle tire la langue, là-haut, sur son escabeau.

— T'arrêtes jamais ? demande-t-il en rembobinant sa bande.

— Si je m'arrêtais, je n'aurais plus la force de recommencer et vous seriez bien avancés !

— Tu penses toujours à nous…

— À quoi veux-tu que je pense ? Vous êtes toute ma vie…

Elle a parlé d'une voix douce et réfléchie. Il n'y a pas de trace d'énervement dans sa voix. Les mères de ses copains sont toujours énervées, pressées, fatiguées. Sa mère est presque toujours d'humeur égale. Elle porte une chemise à carreaux qu'il ne connaît pas, un vieux jean et des grosses chaussettes blanches.

— T'es encore pas mal pour ton âge…

Agnès s'arrête et lui sourit. Elle repousse une mèche du coude, s'appuie sur le montant de l'escabeau, s'essuie le bout du nez du revers de la main et réfléchit.

— Merci, mon chéri. Je le prends comme un compliment…

Il lui sourit aussi. Pas aussi franchement qu'elle, en regardant de côté. Comme s'il était gêné de lui témoigner de l'affection. Il tire sur les manches de son sweat et essaie de faire un nœud. Il est fier de sa mère. Elle l'impressionne. Hier soir, il a remarqué le soutien-gorge qu'elle portait. Il n'a pas aimé. Pas aimé du tout. Il la préfère en ménagère. On a envie de lui parler. Il ne sait pas par quoi commencer. Elle dit toujours qu'il faut parler. Il ne connaît pas assez de mots. Ou pas les bons. Il parle parce qu'il faut bien vivre en société. Ce matin, elle n'a pas mis le soutien-gorge. Ce matin, elle n'est ni habillée ni coiffée. Elle le contemple du haut de son escabeau.

— T'as un problème, mon chéri ?

Il fait non de la tête. Pas un problème mais des tonnes de problèmes.

— C'est l'école ?

Il soupire et tortille le fil de son Walkman.

— T'as eu de mauvaises notes que tu m'as cachées ?

Elle a un petit sourire complice. Il sait qu'il peut lui faire confiance. Elle ne lui tend pas de piège.

— Non… pas vraiment…

Agnès s'assied sur le plateau de l'escabeau en faisant bien attention à ne pas perdre l'équilibre. Il faut prendre son temps avec Éric. Il ne se livre pas facilement. C'est un exercice délicat de le faire parler : il faut l'interroger avec suffisamment de fermeté pour qu'il réponde mais pas trop, sinon il se bloque et décampe. C'est le roi de la fuite en crabe.

— Tu as un problème avec un prof ?

— Non, maman… Oh et pis !

Il balance son bras dans l'air en signe d'impuissance et mange sa salive comme s'il était au bord des larmes.

— Et puis quoi ?

— Maman… J'suis obligé d'aller à l'école ? À quoi ça sert ?

— À apprendre, mon chéri.

— Mais je sais lire, écrire, compter !

— On apprend toute sa vie. C'est le seul moyen de rester jeune. Sinon on a l'intérieur de la tête qui se rétrécit. On se replie sur soi… On a peur de tout ce qui est étranger, inconnu.

Il a saisi ses baskets dans ses deux mains et plie ses genoux en cadence. Il frotte son menton sur son jean, reste un moment silencieux comme s'il lui fallait du temps pour digérer les paroles d'Agnès.

— Comme grand-mère…

— Pourquoi dis-tu ça ? demande Agnès, étonnée.

— Elle a peur de tout, grand-mère… Elle déteste tout le monde… Elle est méchante. Elle est méchante avec toi. Je le vois bien, tu sais…

— Ah…, dit Agnès d'une voix molle.

Elle devrait protester, défendre sa mère, la repeindre en couleurs pour en faire une bonne grand-mère, mais elle penche la tête et écoute son fils.

— Tu sais, maman, le contraire de l'amour, ce n'est pas la haine, c'est la peur. C'est quand on a peur les uns des autres que ça commence à puer…

Il a remis ses écouteurs d'un geste las et sa tête balance en écoutant sa musique. C'est le seul moyen qu'a trouvé Agnès pour avoir la paix. Elle descend de son escabeau et vient s'asseoir contre son fils, passe un bras autour de ses épaules. Il résiste un peu, tente de repousser l'envie de se blottir contre elle, mais elle l'encourage d'un coup d'épaule et il s'abandonne. Son long corps d'adolescent vient se nicher contre elle. Elle le reçoit comme un bébé, se tord un peu pour lui faire de la place, s'arrondit pour qu'il se coule contre elle et lui retire ses écouteurs.

— Tu seras toujours mon bébé, tu sais…

Il frotte ses cheveux contre sa poitrine.

— T'as trouvé ça tout seul ?

— Quoi ?

— Le contraire de l'amour, ce n'est pas la haine mais la peur…

— Pourquoi ? C'est con ?

— C'est beau et c'est pas con…

— Quand est-ce qu'on sait qu'on dit des choses pas con ?

Agnès appuie son menton sur le sommet du crâne de son fils. Elle ferme les yeux et réfléchit. Quand on est bête, sait-on qu'on est bête ? Ou se poser la question, est-ce déjà une preuve de réflexion, donc d'intelligence ? Longtemps, elle s'est crue bête. Elle n'arrivait pas à penser toute seule. Ou plutôt elle n'osait pas dire ce qu'elle pensait parce qu'elle n'était pas sûre que ce soit juste. Être sûr, est-ce une preuve d'intelligence ? Ou, au contraire, faut-il tâtonner ? C'est ce qu'on devrait leur apprendre à l'école. Penser tout seul, tout fort, même si on commence par dire des bêtises… Aller jusqu'au bout de ses bêtises…

— C'est même frappé au coin du bon sens… Je suis fière de toi quand tu parles comme ça…

— J'aime pas grand-mère. Elle rend tout petit… Toi, tu me donnes des ailes… T'es même la seule, je vais te dire.

— Une mère, c'est fait pour ça.

— Je sais… mais y en a qui oublient…

— Ça va vraiment pas à l'école ?

— J'm'ennuie. Ça sert à quoi d'apprendre la vitesse-seconde de la lumière ?

— À apprendre… Et si un jour tu veux devenir astronome, découvrir de nouvelles étoiles, te balader dans la Voie lactée…

— M'inscrire à l'ANPE…

— Tu vois, c'est toi qui as peur maintenant, toi qui vas devenir tout petit…

Il soupire.

— Il est partout, le chômage, mamounette. On nous parle que de ça même si on nous en parle pas…

— Quand tu étais petit, tu me demandais toujours combien je gagnais. Tous les mois…

— Ça devait me rassurer… C'était toujours un mois de gagné !

— Tu avais si peur que ça ?

— Faut croire !

Elle le berce contre elle. Demain matin, en allant au marché, elle passera par l'hôpital. Trois ou quatre jours avant d'avoir les résultats. Trois ou quatre jours à attendre. Elle se serre contre lui.

— Tu me fais écouter ta musique de Zoulou ?

Il relève la tête et fait la moue.

— Tu vas pas aimer, c'est sûr…

— Peut-être que je vais apprendre quelque chose ?

Il lui passe les écouteurs et augmente le volume. Elle entend du bruit, des cris, des paroles en anglais et se retient de critiquer. Elle se force à écouter mais ses pensées l'emportent ailleurs. Que va faire Lucille ? Quand est-ce que sa mère a commencé à rétrécir ? Pourquoi a-t-on tous peur aujourd'hui ? Peur du chômage à dix ans, peur du sida à trente-six, peur d'aimer, peur de vivre, peur de dire oui, de dire non, de déplaire, peur de l'autre quand il est différent, peur de perdre son travail, peur la nuit, peur quand on est seul ? D'où lui vient à elle l'envie de réussir sa vie, d'en faire quelque chose de gai même si, au besoin, il lui faut se sacrifier ? « "La société ne peut exister que par les sacrifices individuels qu'exigent les lois. En accepter les avantages, n'est-ce pas s'engager à maintenir les conditions qui la font subsister ?" Commentez cette phrase de Balzac. »

C'était son sujet de philosophie au bac. Plus personne ne veut se sacrifier aujourd'hui. Tout le monde réclame du bonheur. Droit aux loisirs, aux vacances, droit à profiter, droit à la retraite, à la Sécu, à l'orgasme, à la télé couleurs, mais plus personne ne veut donner en échange. C'est bon de donner. Ce doit être son destin à elle. Elle y trouve son bonheur en tous les cas. Bonheur d'être assise sur la moquette avec son fils, tout contre lui, bonheur de l'écouter parler, bonheur de pouvoir échanger des mots qui disent des choses... Des petits bonheurs de rien du tout qui font un vrai bonheur. Même s'il n'est pas spectaculaire, qu'on ne peut pas l'exhiber lors de soirées diapositives avec des copains. Et contre ce bonheur la peur du sida ne peut rien. Au fond, elle n'est pas inquiète. Pas vraiment... Un petit peu quand même, est-elle obligée de reconnaître. Elle a peur pour Clara, Rapha, Lucille, Joséphine... Elle se sent responsable du bonheur de ses proches.

— Alors tu aimes ? lui demande Éric.

— La vérité ? répond-elle en le regardant avec un grand sourire.

— Ouais...

— Pas des masses. Mais c'est normal... À mon âge ! J'ai pas les oreilles éduquées pour ça, tu sais...

— Je sais, mamounette, j't'en veux pas !

Il sourit lui aussi, il essaie de recopier son sourire, de lui donner tout l'amour qu'il ressent pour elle et arrête la musique.

— T'écoutais quoi, quand t'étais petite ?

— Rien du tout... On avait trois disques que mon père a emportés quand il est parti. La radio de temps en temps. RTL, *Stop ou encore*, le dimanche matin... Le jeu de la valise. Je rêvais de gagner... J'osais pas jouer.

Je me demande si j'aurais eu le courage de décrocher si le téléphone avait sonné. Mais je retenais la somme ! J'imaginais tout ce que je ferais avec cet argent…

— Tu l'aurais donné à grand-mère !

— Sans doute. Pour la voir sourire, être heureuse au moins une fois dans sa vie…

— Ça n'aurait sans doute pas marché !

— Très juste, mon bonhomme… Le bonheur, ça se cultive et elle sait pas.

— Elle, c'est plutôt le malheur qu'elle cultive !

Elle soupire en pensant à sa mère, à son enfance. Elle se dit qu'Éric se souviendra peut-être, plus tard, de ce samedi matin où elle faisait ses carreaux, où il reposait à ses pieds, son Walkman sur les oreilles. Il s'en souviendra comme d'un instant spécial, un instant d'amour, de complicité et cela l'aidera à franchir une étape, une épreuve. Un petit moment de bonheur paisible qui revient dans sa tête quand on est grand. On ne sait pas pourquoi, ce n'est pas grand-chose, c'est léger et costaud à la fois. Grand-mère Mata disait qu'on se fortifiait avec de beaux livres, de belles symphonies, de beaux tableaux. Et de l'amour. Il faut lui laisser le temps de se faufiler dans le quotidien. Il n'arrive jamais sur commande, toujours par surprise, quand on s'y attend le moins, quand on l'a tellement attendu qu'on ne l'attend plus. Je suis faite pour ça, il faut l'accepter, ne pas rêver à d'autres amours. Je ne connaîtrai jamais les amours compliquées de Clara, Joséphine ou Lucille. Je peux le regretter mais je dois trouver un bonheur à ma taille. Longtemps je me suis prise pour une autre. Je suis Agnès et c'est très bien comme ça. Je peux faire quelque chose de formidable de la petite Agnès. Je peux commencer par l'aimer déjà. Mon bonheur à moi vient du dedans, pas du dehors. Il n'est pas dans la consommation d'hommes, de voitures, de toilettes, d'alcools forts. Il est fait de petits riens, de petits cailloux blancs. Rapha m'a ouvert la voie, hier soir, en quelques mots. Je ne les aurais pas crus si je ne les avais pas volés, je l'aurais soupçonné de vouloir être gentil, compatissant...

Elle sourit, apaisée. Quelque chose a changé en elle. Elle a pris de la distance avec son enfance, la honte qui lui venait de son enfance, l'envie d'être une autre, le sentiment de ne jamais se trouver à la bonne place. Elle touche sa chemise à carreaux, la caresse comme un porte-bonheur. Elle ne la rendra pas à Clara.

— Qu'est-ce que tu fais cet après-midi ?

— Du roller avec des copains...

Yves a promis à Céline de lui faire réviser ses maths. Elle lève le visage vers l'escabeau, le chiffon blanc abandonné, la bouteille d'Ajax Vitres. Il ne lui reste plus qu'un carreau à nettoyer, le petit dernier en haut à droite. Le plus difficile. Elle est obligée de se tenir en équilibre sur la rambarde du balcon et de s'appuyer d'une main aux volets. Les volets sont rouillés, il faudra les repeindre. Elle pousse un soupir de satisfaction. Cet après-midi, elle ira voir Lucille et elle lui parlera...

Quand Clara eut raconté à Philippe l'histoire de Chérie Colère et de Rapha, Philippe déclara qu'il irait faire le test avec elle. C'était très simple maintenant. On se rendait dans un laboratoire avec une ordonnance et le lendemain on avait les résultats. Il avait un copain médecin qui rédigerait l'ordonnance. Clara demanda à Philippe de lui en procurer une au nom de Rapha.

— Au cas où...

— Il rappellera, lui dit-il, aie confiance.

— Mais pourquoi il me laisse comme ça… sans nouvelles…

— Je ne sais pas. Je ne sais pas toujours tout, petite sœur. La preuve, tout à l'heure…

Il esquisse un sourire de papier mâché.

— Tu y tiens à Joséphine ?

— C'est la première fois que j'ai envie de vivre avec une femme. La première fois que je choisis, que je ne me laisse pas prendre, que j'ai envie de me battre… Je n'ai sans doute pas choisi la bonne…

Il émet un petit rire ironique, hausse les épaules et poursuit en caressant du pouce le bord de la table en formica.

— Plus ça va, plus je pense qu'on ne choisit pas grand-chose. La vie vous arrive, c'est tout, et on fait avec… On fait de son mieux avec…

Clara lui passe un bras autour du cou, l'attire vers elle et, pour la première fois, la première fois de toutes ces longues années passées ensemble, la sœur se penche sur le frère, la sœur enlace le frère et lui offre la chaleur de ses bras.

— Tu l'avais jamais embrassée, Jo, quand t'étais petit ?

— Si… C'est même la première avec qui j'ai mis la langue…

Il sourit en parlant. Mettre la langue, c'était la grande affaire ! « Alors tu lui as mis la langue ou pas ? » se demandaient-ils entre garçons. À cet âge-là, ils échangeaient encore des confidences. Maintenant, c'est fini. Chacun roule des mécaniques et fait le beau. Ah ! l'inutile et flamboyante vantardise de ces réunions d'hommes qui font semblant ! Il n'y a que les filles pour passer des heures à parler garçons et tremblements. Les hommes parlent boulot ou voitures ou matchs de foot. C'est quand même moins intéressant.

— Et puis après t'as oublié ?

— C'est elle qui est passée à autre chose… Moi je ne demandais que ça !

— Et quand Ambroise l'a épousée, t'as été furieux ?

— Je m'en foutais… Je ne suis même pas allé à son mariage… C'est récemment que ça a recommencé… Un soir où j'étais chez toi, elle était venue pour un de vos dîners de filles. Je l'ai trouvée bandante, elle a dû le lire dans mes yeux et tu sais, avec elle, ça ne traîne pas… Elle m'a pris comme un bonbon. Mais je lui ai cloué le bec en l'entraînant plus loin… Aujourd'hui, je suis sûr qu'elle balance entre le bel Ambroise et moi.

Il a un sourire tremblant de vainqueur timide.

— Si sûr que ça ?

— Je veux y croire en tout cas. Et je me sens prêt à prendre le pari. Pendant qu'on est au rayon confidences, y a eu brève rencontre avec Lucille aussi…

— Lucille ! stridule Clara.

— Pas très intéressant… C'est quand j'étais à Londres… Un soir, elle a débarqué chez moi, et s'est glissée dans mon lit ! Je n'ai jamais compris pourquoi… Ç'a duré quelques nuits puis elle est repartie comme elle était venue !

— C'est un bon coup ?

— Appliquée mais pas vraiment présente…

Il pousse un soupir.

— Pas comme Jo ? dit Clara.

Il sourit.

— Raconte-moi encore Joséphine, que je m'habitue…

— C'est si dur que ça ?

— Non, mais…

— … Mais si ! Bon… On est allés manger un morceau, on a parlé de tout et de rien et on s'est retrouvés au pieu. Et je ne m'en suis toujours pas remis…

265

— Et elle non plus ?

— Ça, j'aimerais bien le savoir… Je ne connais rien de sa vie à part ce qu'elle veut bien me donner… Je pense pas que ce soit un modèle de fidélité, ça c'est sûr…

Philippe lance un regard long comme une perche à Clara.

— Mais c'est parce qu'elle s'ennuie, qu'elle est malheureuse, poursuit-il. Elle a trop d'énergie dont elle ne fait rien… Y en a qui jouent au bridge, qui font du shopping, d'autres forniquent !

— C'est pas moi qui vais la dénoncer ! T'oublies que c'est ma copine. Je te la prête, c'est tout !

— J'avais peur que tu le prennes mal, que tu te sentes abandonnée…

— C'est sûr… Maintenant, ça va… Peut-être que demain, je piquerai une crise…

Il la regarde, inquiet. Elle lui sourit. Elle se dit qu'il est temps de quitter l'enfance. C'est bon, c'est chaud, c'est doux mais ça fait tourner en rond aussi.

— Quand on a fêté mes vingt-huit ans, tu te rappelles ? Tu m'as prise dans tes bras et j'ai eu l'impression que tu voulais me lancer en l'air, me lancer loin de toi, comme un poids. C'est fini. Je ne serai plus jamais un poids… Te fais plus de souci pour moi. Je suis grande maintenant…

Elle lui dit qu'il a le droit de tomber amoureux de Joséphine, qu'elle laisse la place, qu'elle l'aimera toujours autant, qu'il est son grand frère chéri, qu'elle se sent assez forte pour continuer toute seule. On n'a plus de souci à se faire. Elle n'en est pas vraiment sûre mais elle le lui dit quand même. Il la supplie d'arrêter sinon il va chialer devant tout le monde.

— … Et ça me ferait vraiment chier de verser mes premières larmes devant ces connards qui parlent de crottes de chien et bouffent de la choucroute !

— Hou ! là ! là ! dit Clara dans un grand soupir, qu'est-ce qui nous arrive ? Tu le sais, toi, ce qui nous arrive ?

Ils finissent par commander une choucroute et deux bières. Clara se fait des moustaches pour amuser Philippe qui ne se déride pas. Il n'est pas aussi confiant qu'il veut bien le montrer. Cette histoire de Chérie Colère ne lui plaît pas et le brusque départ de Joséphine lui donne l'envie furieuse de la retrouver. Sa colère est tombée, l'inquiétude l'a remplacée. Philippe est incapable de ne pas comprendre, de ne pas pardonner. Il tient aux miettes qu'elle lui abandonne. Peut-être que sa vie, ce n'est que ça : des miettes d'amour que lui laissent les autres. Je suis un pigeon comme il y en a tant dans les rues de Paris. Cela lui rappelle un client anglais qui, après plusieurs whiskies, dans un bar, un soir, lui demandait, la voix pâteuse, pourquoi tous les pigeons, dans les rues de Paris, étaient gros ; il n'en voyait jamais de gringalets, jamais de bébés et cela le tourmentait. Nous passons notre vie à nous demander si ce qui nous arrive est important ou pas. Et on comprend toujours trop tard. Cette fois-ci, il avait compris très vite qu'il ne voulait pas qu'elle parte. Il était peut-être le seul pigeon transi de Paris.

— Clara…

Il se gratte la gorge et joue avec son couteau sur la nappe en papier.

— Notre père et notre mère ne sont pas morts dans un accident de voiture…

— Ah…, murmure Clara.

— Elle a jeté leur voiture contre un arbre… Il voulait partir avec une autre et nous emmener avec lui. Il avait pris un avocat très bon, très cher, et elle avait peu de chances de nous garder…

— Elle aurait pu se battre…

— Elle n'en avait pas la force. Elle était en dépression chronique. Elle avait des comportements bizarres. Elle nous oubliait partout… Elle allait chez l'épicier acheter du lait et elle laissait ton couffin au pied de la caisse enregistreuse. Elle rentrait à la maison, posait le lait sur la table de la cuisine et se faisait un chocolat chaud. Ce jour-là, on t'a récupérée au commissariat. L'épicier y avait déposé le couffin et le bébé. Les flics avaient fait un rapport…

— Ça peut arriver à tout le monde…, dit Clara.

Philippe la contemple, ému.

— Non, Clara. Ça n'arrive pas à tout le monde…

— Ça m'arrive d'oublier des trucs très, très importants, des trucs auxquels je tiens très fort… C'est toujours ceux-là qu'on oublie d'ailleurs !

— Y avait pas que ça…

Il n'aime pas ce qu'il est en train de faire mais c'est plus fort que lui. Ce secret lui pèse depuis si longtemps…

— Elle se jetait à la tête de l'employé du gaz, du plombier ou d'un coursier. La concierge l'a surprise plusieurs fois… Elle était scandalisée et voulait témoigner.

— On ne l'aurait pas crue ! Elle racontait n'importe quoi ! Les concierges racontent n'importe quoi dès que les gens sont différents ! Je déteste les concierges, ajoute-t-elle en glissant son menton dans le col de sa veste en cuir noir.

— Elle n'aurait jamais eu notre garde, elle aurait tout perdu, elle a préféré leur mort à tous les deux…

— Pourquoi tu me le dis maintenant ?

— Sais pas. Marre d'être tout seul à le savoir…
Après tout, c'est ton histoire aussi…

Il quête un acquiescement. Un acquittement, se dit Clara.

— Comment tu l'as appris, toi ?

— Par l'oncle Antoine… Quand on s'est battus à cause de Brieux et des autres… il m'a tout balancé en bloc.

— Il a peut-être tout inventé…

— Non, Clara. J'ai retrouvé des lettres dans les affaires de notre père… Elles disaient les mêmes choses.

Il soupire.

— On est à égalité, maintenant…

— J'ai l'impression que je grandis trop vite tout d'un coup…

— C'est de ma faute. Je t'ai trop protégée…

— C'était bon d'être protégée…

C'est ce qu'elle se répéta chez elle devant le répondeur qui clignotait. Il y avait bien un message mais il n'était pas de Rapha. Lucille l'invitait à prendre le thé chez elle en fin d'après-midi.

Mais qu'est-ce qu'elle a que je n'ai pas ? demande Lucille à son miroir.

Le bandeau en éponge tire ses cheveux blonds en arrière et elle masse son visage du bout des doigts avec une crème hydratante. Elle s'est couchée tard hier, a bu trop de champagne, une légère migraine bourdonne dans sa tête, son visage est gonflé. Je me suis toujours posé la question… Quand on était petites et que je voyais les yeux des garçons s'allumer sur son passage… ils baissaient les yeux quand je passais. Je les intimidais. Sur elle, ils les relevaient. Longtemps, j'ai cru que je finirais par l'emporter, j'avais toutes les armes pour gagner. Mais il ne voyait qu'elle. Quand il était avec moi, qu'il s'endormait sur mon épaule dans l'avion qui nous emportait à New York, il croyait que c'était son épaule à elle et se réveillait, étonné, en découvrant que c'était moi. Oh ! ce regard dans l'avion juste avant d'atterrir… La déception, la douleur, son petit ton poli qui dit « Déjà ? J'ai dû dormir tout le temps… » et son corps qui se détache, qui me repousse pour aller se blottir contre le hublot et contempler New York de haut. Et je l'observe de profil. Je sais qu'il est malheureux qu'elle ne soit pas là à ma place. Il colle son visage contre le hublot pour que je ne voie pas le manque d'elle qui le ravage mais je peux le lire sur son dos, son dos tendu, tout de travers…

Elle ne sait pas si elle aime Rapha. Comment sait-on qu'on aime d'un amour pur et sans mensonges ? Comment ? Elle ne sait pas mais elle sait qu'il ajoute quelque chose à sa vie, quelque chose dont elle ne peut plus se passer. Une lumière, une chaleur, un feu auquel elle se réchauffe, elle se dégèle petit à petit. Ça doit commencer quand on est tout petit, l'apprentissage de l'amour. Ça s'apprend comme on apprend à marcher, à parler, à être propre, à manger sans les doigts. On découvre, étonné, une lumière dans le regard de son père, de sa mère et on tend la main pour l'attraper et espérer qu'elle revienne encore. On se tient debout sur ses deux pieds, tout son corps dit « regarde-moi, regarde-moi », on émet des sons qui ont un sens, on montre, tout fier, le drap sec, les couches intactes. On serait prêt à faire n'importe quoi juste pour avoir la lumière encore une fois, la lumière dans les yeux d'un autre. La lumière qui nous fait tenir droit, nous fait grandir, nous nourrit d'un miel intérieur, la lumière qui nous inonde le corps de bonheur et de gratitude…

270

Je n'ai jamais connu ça, murmure Lucille à son miroir. J'ai grandi sans lumière et toute ma beauté, toute ma beauté parfaite n'a jamais été éclairée de l'intérieur. Je n'ai connu que la lumière artificielle dont je m'éclairais. J'étais à la fois l'éclairagiste et l'éclairée. Je ne suis rien qu'un beau décor… une belle mise en scène. Je ne ressens rien. De l'amour, je ne connais que le manque et la douleur… Le creux, l'absence. Je suis comme David finalement, un David qui n'aurait pas croisé Rapha, rue Victor-Hugo à Montrouge.

Et voilà que soudain les propos de Rapha sur David et Chérie Colère reviennent dans sa tête. Ses doigts se crispent sur ses tempes et elle grimace. Ce n'est pas possible, il s'est trompé. Les mots la percutent et ravivent des images qu'elle ne veut pas voir. Elle a envie de rire, d'éclater de rire, de hurler d'un rire terrible qui fracassera les images défilant comme un mauvais film, qui lui rendra son fantôme de mari, conservera sa présence légère, inconsistante mais dont elle a besoin. David ne peut pas la tromper. C'est impossible ! Elle s'arrange pour lui donner tout ce qu'il désire, tout ce vide élégant et vain dont il se remplit l'âme. C'est son rôle à elle. Il est une ombre qui erre dans sa vie et lui rappelle une autre silhouette qui se terrait dans sa bibliothèque. Cet homme qui ne lui donnait rien mais était là quand même, cette présence qui n'en était pas une, sauf qu'elle avait appris à se nourrir de ce vide, à projeter en lui tous ses vœux d'amour fou jamais exaucés. David ne peut pas. David ne peut pas… Rapha a voulu me faire mal parce que je le menaçais de lui faire mal aussi.

Elle regarde sa montre. Quatorze heures trente. C'est l'heure à laquelle David se réveille. David ne dort jamais avant l'aube. Il lit, écoute de la musique, prend un bain chaud, fait les cent pas en robe de chambre, appelle ses amis au bout du monde. Dans la maison de son frère à Chelsea, il habite l'appartement destiné aux invités. Elle sait le numéro pour l'avoir occupé quand elle se rend à Londres.

— Allô, dit une voix nonchalante qu'elle reconnaît tout de suite.

— C'est moi... Je voulais te faire une surprise...

— Lucille ! Quelle bonne idée ! Comment allez-vous, ma chère ?

— Oh ! David...

Comment a-t-elle pu croire qu'ils allaient se parler ? David ne parle pas, il discourt, ironise, généralise, découpe les mots et les distille.

— *Yes, my dear...*

— Vous allez bien ? Tout s'est bien passé ?

— La chasse a été excellente. Nous avons tiré plus de mille faisans ! Les chiens se sont très bien comportés et lady Balford s'est révélée une hôtesse parfaite... Elle avait organisé un pique-nique dans une ferme sur leurs terres et j'ai retrouvé avec plaisir lord Lowetts que je n'avais plus vu depuis une éternité ! Il m'a demandé de vos nouvelles et nous a invités à une chasse en février... P.C. était là aussi, bien à l'abri des paparazzi.... Camilla a chassé avec nous. Robuste femme ! Elle a du charme, vous savez, un charme champêtre, certes, mais...

Il glousse. P.C., c'est le prince Charles comme P.M. est la princesse Margaret ou P.A., le prince Andrew. David raffole des ragots, il a l'œil qui s'allume dès qu'on lui apporte un nouveau potin à déguster.

— Eduardo est fou de rage : le bébé à venir est une fille, ma chère. La Ferrari va rester à rouiller dans le garage...

— Ah...

— Père est à Londres… Il est arrivé en même temps que moi, de Buenos Aires. Il nous a fait une surprise : il vient de se remarier ! Vous vous rendez compte ! À soixante-quinze ans, il refait sa vie…

— Quel âge a-t-elle ?

— Vingt-cinq ans !

— Mais… balbutie Lucille, comment peut-elle ?

— Il lui a fait croire qu'il avait quatre-vingt-dix ans !

Il éclate de rire et son rire résonne si fort dans le combiné que Lucille l'écarte et attend qu'il se soit calmé. Il lui faut un long moment avant qu'il ne s'arrête enfin, et, s'il se tait, c'est qu'il est surpris que Lucille ne goûte pas l'humour de la situation et ne réponde pas en écho à sa bonne humeur.

— Vous ne comprenez pas ? Elle croit qu'il n'en a plus pour longtemps et qu'elle sera riche sous peu ! N'est-ce pas infiniment drôle ?

— Si, balbutie Lucille.

— Qu'avez-vous, ma chère ? Vous êtes souffrante ?

— Non… Non… C'est juste que… Vous comptez rentrer quand ?

— Je vais prolonger jusqu'à demain soir. La situation est désopilante. Si vous voyiez la tête de la jeune mariée… Elle louche sur toutes les horloges et les montres comme si le temps ne passait pas assez vite. Elle s'ennuie ferme avec nous mais se donne un mal fou pour cacher sa langueur. Eduardo et moi sommes au bord de la crise de rire… Vous devriez venir, vous vous amuseriez beaucoup. C'est une étude de mœurs fascinante… Ce soir, Eduardo donne une grande fête en l'honneur de papa. On va s'amuser comme des fous… Mon père est dans une forme éblouissante.

— Non, je ne crois pas. Je vous attendrai ici…

— Comme vous voulez, ma chère. De toute façon, le jeune couple a prévu de s'arrêter à Paris pour son voyage de noces. Vous les verrez donc bientôt. À demain, Lucille, et reposez-vous donc un peu… J'ai un projet dont je veux vous parler et il faut que vous soyez en forme, en pleine forme…

Il éclate à nouveau de rire et raccroche après qu'ils ont échangé les formules d'affection d'usage entre mari et femme.

Après avoir quitté Clara et Philippe, Joséphine a marché droit devant elle. Sans regarder les vitrines des magasins qui débordent sur les trottoirs et racolent le passant comme autant de filles de joie hardies et tristes, sans renifler les odeurs de viande rôtie et de merguez qui s'échappent des petites échoppes grecques ou turques de restauration rapide, sans se soucier des prospectus piétinés qui viennent se plaquer au bas de son manteau, sans même penser à la brutalité banale de l'incident avec Philippe. Ça devait arriver, ça devait arriver, martèlent ses pas en cadence sur le macadam défoncé de l'avenue de Clichy. Elle enfonce son nez dans sa grande écharpe rouge pour se protéger du vent glacé qui s'est levé et pénètre dans un café.

Elle commande un petit noir, attrape le journal qui traîne sur le bar, va s'asseoir. Une dame, à la table voisine, trône au milieu de sacs et de paquets. Son œil de poule cligne nerveusement, surveillant ses biens, craignant qu'on ne les lui dérobe. Elle rectifie l'aplomb d'un sac, caresse le fermoir d'un autre, les rapproche. Elle observe Joséphine à la dérobée, la soupèse, la détaille, se détournant dès que celle-ci lève la tête de son journal. Soudain elle s'enhardit et lui demande si elle peut surveiller ses affaires pendant qu'elle va aux toilettes.

— J'attends mon mari. Il m'a laissée le temps d'aller faire une course… et ça fait plus de trois quarts d'heure !

— Il vous a peut-être abandonnée, dit Joséphine avec un petit sourire.

La femme lui lance un regard mi-inquiet, mi-craintif.

— Je plaisante, se reprend Joséphine. Allez-y. Je veille sur vos affaires…

La vieille, soupçonneuse, ne sait plus que faire. Elle hésite. Joséphine peut lire dans ses yeux anxieux son débat intérieur. Soit elle va faire pipi en laissant ses affaires sous la garde d'une étrangère qui la prend pour un chien au mois d'août, soit elle se retient et attend le retour de son mari, soit encore elle emporte tout son barda avec elle, transformant la visite aux toilettes en expédition polaire. Tout ça parce que j'ai voulu faire de l'humour, se dit-elle. On ne fait pas de l'humour avec n'importe qui ! La vieille tripote la ficelle de son sachet de thé échoué dans la soucoupe et son regard fait des allers-retours fiévreux de ses paquets à la porte des toilettes.

— Je plaisantais, dit Joséphine. Allez-y…

— Non, non, répond la vieille en haussant les épaules. J'attends mon mari. Il ne va pas tarder…

Elle verrouille ses bras sur sa poitrine et se tait. Elle a une tête de vieille chouette poudrée. Son nez trempe dans sa bouche qui se fond dans les plis de son menton fripé. Une broche en brillants ferme le col d'astrakan du manteau en laine bouclée. Un sac en cuir verni noir repose sur ses genoux. Je serai peut-être comme ça un jour, songe Joséphine, si je retourne à Nancy… C'est maintenant ou jamais. Elle joint les mains et mime une prière. Hé, Vous là-haut, aidez-moi : guidez-moi, envoyez-moi un signe et je le suivrai aveuglément. Même si c'est difficile. Je ne me déroberai pas. Demandez-moi l'impossible et je ferai de mon mieux. Son regard devient attentif et part à la recherche d'un indice qui lui donnerait le début d'une solution. La vieille a sorti un magazine et tourne les pages sans les lire. Un article sur les fours micro-ondes attire son attention, elle approche ses petits yeux de la page imprimée. Le journal s'ouvre, laissant apparaître une page de publicité qui affirme : « Philips, c'est plus sûr ! » Joséphine sursaute, les muscles de son ventre se serrent comme si elle avait reçu un coup de poing dans le plexus. C'est impossible. Elle ne pourra jamais. Je n'aurai pas le courage. Un autre signe, s'il Vous plaît. Je ne vais pas jouer toute ma vie sur un seul coup de dés…

Le mari est revenu. Il affiche beau, blazer bleu marine, foulard à pois autour du cou, il fait plus jeune que sa femme. Il porte un petit filet à provisions et *L'Équipe* roulée sous le bras.

— Alors t'as fait les courses ? maugrée la vieille, levant la tête de son article.

— Oui. J'ai pris deux escalopes de dinde pour ce soir…

— Les escalopes de dinde ! Je trouve ça mauvais… je trouve tout mauvais. Je préfère acheter du poulet ou des côtelettes de porc…

— Des travers de porc, tu veux dire ! Tu sais bien que j'adore les travers de porc.

— Non, pas des travers de porc ! Parce que les travers de porc, tu ne les manges qu'une fois ! Tandis que si tu prends un rôti de porc, ça fait plusieurs fois ! C'est plus avantageux…

— Oui mais les travers de porc, si tu les barbouilles de sauce tomate, c'est drôlement bon…

— C'est pas avantageux, je te dis ! Alors qu'un poulet ou un rôti, ça fait plusieurs repas…

Le mari a un geste évasif et appelle le garçon d'une main aux ongles impeccablement manucurés.

— Alors qu'est-ce qu'on dit aux enfants pour Noël ? Je vais aller aux toilettes et j'en profiterai pour téléphoner à Jacques et lui dire ce qu'on fait pour Noël…

— Qu'est-ce que tu veux faire pour Noël ? demande le vieux en dépliant son journal d'un geste ample.

— Justement, je te demande… J'aime pas les fêtes, tu sais bien…

— Tu décides. Moi, ça m'est égal… T'as qu'à en parler avec Jacques…

— Mais il va falloir que je garde ma mère si Jacques ne veut pas la garder. Et si je garde ma mère, on ne peut pas descendre voir les enfants…

Mon Dieu ! pense Joséphine, cette vieille a encore sa mère ! Il y a encore plus vieux que cette vieille ! Mais jusqu'à quel âge les force-t-on à vivre aujourd'hui ?

— Tu es allé chercher l'ordonnance pour maman ? demande la vieille qui s'agite sur sa chaise mais n'arrive pas à lâcher son mari.

— J'ai tout pris. Elle a du Prozac matin et soir et un quart de Lexomil à chaque repas… J'ai vérifié…

— Et tu m'as pris le mien de Prozac ? T'as pas oublié, j'espère ?

— Non, non, il m'a tout donné…

— Alors qu'est-ce que je dis à Jacques ?

— Tu lui dis ce que tu veux, à Jacques. Je ne peux pas être plus conciliant… Un scotch bien tassé, demande-t-il au garçon qui s'est approché.

— Justement, tu m'aides pas beaucoup... Déjà que tu m'as laissée là pendant une heure ! (Baissant la voix :) Y a la jeune femme à côté qui croyait que tu m'avais abandonnée ! C'est agréable, je vais te dire, c'est agréable !

— Mais y avait la queue à la pharmacie ! J'ai attendu au moins trente minutes...

— ... Alors tu penses que j'allais pas lui confier mes paquets pour aller aux toilettes... Avec les escalopes de dinde, je pourrais faire réchauffer le reste d'épinards d'hier soir, dit-elle encore en se levant et en défroissant son manteau en lainage.

Le garçon a posé un verre devant l'homme. Il s'en empare en l'agitant afin que les glaçons fondent plus vite. Puis il monte le verre à hauteur de visage et y trempe les lèvres. Tous ses gestes sont calculés, économes. Un signe, demande Joséphine au Ciel. Un petit signe de rien du tout. Paris ou Nancy ? Nancy ou Paris ? Si j'avais des cartes, je ferais une réussite et je poserais ma question. Ma réussite préférée, celle qui ne marche presque jamais, celle à qui je pose des questions biaisées. Dois-je rester avec Ambroise ? Je suis quasiment sûre que la réponse sera non. Treize cartes alignées en une rangée, face cachée, recouvertes par treize cartes alignées face visible, puis une nouvelle rangée de cachées et une dernière de visibles. Ensuite on transporte les cartes de la rangée inférieure l'une sur l'autre en alternant rouges et noires et en descendant du roi à l'as. Quand on ne peut plus bouger de cartes, on en remet treize, face visible. Et on recommence jusqu'à ce qu'on n'ait plus de cartes. Chaque fois qu'une colonne est vide, on monte un roi et sa suite. On gagne quand on a découvert toutes les cartes et qu'elles sont toutes classées, les rois en tête de colonne. Elle passe des heures à faire cette réussite. Napoléon Ier était un fou de patiences. C'est en déplaçant les cartes qu'il échafaudait le plan de ses plus terribles batailles. Il a dû perdre à Waterloo parce qu'il ne retrouvait plus son jeu. Ses yeux effleurent le guéridon étroit du café. Elle pense à la longue table en bois de la salle à manger de Nancy, qu'ils avaient achetée, Ambroise et elle, aux Puces de Saint-Ouen pour leur premier appartement. Que la vie était simple alors ! Il la remorquait à son bras et sortait son chéquier. Elle l'embrassait en se collant contre lui, heureuse de le voir assouvir ses moindres désirs. Comme avec Philippe tout à l'heure. Je n'apprendrai jamais, jamais…, soupire-t-elle, découragée.

L'homme repousse doucement son verre de whisky, se penche, souffle sur la surface de la table pour en chasser les moindres poussières, étale avec soin son journal, sort des lunettes d'un étui rigide marron, en essuie les verres, défroisse le papier journal du plat de la main, humecte son index droit et, plaçant sa monture au sommet de son nez, entreprend sa lecture, laissant poindre un bout de langue entre ses lèvres. Joséphine, ébahie par tant de précautions maniaques, baisse la tête pour cacher un début de fou rire. Ses yeux tombent alors sur un titre en grosses lettres, droites et sûres d'elles, comme des petits soldats qui partent à la bataille, un titre qui lui chavire le cœur : « Le PSG bat Nancy : 3-0. » Le Paris-Saint-Germain… Nancy… Elle tourne la tête pour ne plus voir ce couple maudit qui, tranquillement, entre deux escalopes de dinde et une envie de faire pipi, bouleverse sa vie. Au fond du café, étalée comme une fresque multicolore, une immense publicité en couleurs criardes ordonne : « Envolez-vous avec Air Philippines ! »

TROISIÈME PARTIE

C'est le maître d'hôtel qui ouvre à Agnès. Un maître d'hôtel comme dans les films en noir et blanc, quand les Américains voulaient singer la vieille Europe. Il la regarde de haut mais elle ne se laisse pas intimider et demande à voir Lucille.

— Madame est prévenue de votre visite ?

— Je pense que madame me recevra…, répond-elle avec un grand sourire.

Elle lui donne son nom mais il n'a pas le temps de monter prévenir Lucille que celle-ci se penche déjà par-dessus l'escalier en marbre blanc.

— Ah ! dit-elle, déçue, se redressant. C'est une amie, Francis…

Il s'efface et montre à Agnès le chemin de l'escalier d'un signe contraint de la main. Agnès suit Lucille dans un petit boudoir anglais où brûle un feu campagnard. Elle a un sentiment familier en inspectant la pièce, un sentiment de déjà-vu. Tapis épais, tableaux sur les murs, livres bien rangés, larges canapés recouverts de plaids en cachemire, table basse où sont disposés des catalogues d'art négligemment ouverts, porte-revues, brûle-parfum et, sur la cheminée, le portrait de Mme Dudevant avec son renard doré sur les épaules. Lucille lui désigne un canapé et se laisse tomber sur un autre qui lui fait face. Elle porte un col

283

roulé noir, un caleçon noir et une large chemise écossaise à carreaux bleus et noirs qu'Agnès reconnaît comme faisant partie de la collection de Rapha.

— C'est charmant chez toi, pas vraiment accueillant le service d'ordre, mais le décor rattrape l'accueil…

— Il est là pour ça, tu sais…

— Je ne lui en veux pas. Aurait-il laissé passer Rapha ?

Lucille la regarde, surprise, et replie une jambe sous elle, le corps ramassé, prête à bondir, à riposter.

— J'ai tout entendu hier soir, j'étais cachée derrière la porte. Je sais tout…

— Moi aussi… j'ai reconnu ta voiture. Le nounours violet de station d'essence…

Elle a un rire mauvais et ramène ses cheveux sur une épaule en se baissant pour allumer une cigarette. Puis elle tire quelques bouffées en prenant tout son temps sans lâcher Agnès du regard, essayant de surprendre la rivale en l'amie.

— Je le veux, Agnès, tu comprends ? Je le veux. Depuis que je suis toute petite, et elle me l'a pris…

— Elle ne t'a rien pris, Lucille, Rapha n'est pas une peluche de station d'essence…

Le regard d'Agnès tombe sur un plateau en argent où un service à thé, également en argent, est disposé. Théière anglaise recouverte d'un molleton pour conserver la chaleur du thé, petits fours, cake épais aux fruits rouges brillants, petites cuillères ciselées, serviettes brodées et deux tasses. Lucille sait recevoir.

— Tu as toujours cru que tu pouvais tout avoir et longtemps tu as eu raison… Sauf pour lui… Clara a été plus forte que toi, sans le faire exprès… Car tu oublies que c'est lui qui l'a choisie…

— On ne choisit pas à quinze ans…

— Faut croire que si.

— Pourquoi es-tu venue, Agnès ?

— Pour t'empêcher de faire une bêtise…

— Tu fais l'assistante sociale maintenant ?

Son petit rire léger et mauvais s'égrène à nouveau mais Agnès l'ignore. Elle sait que sa tâche ne sera pas facile. Le mépris de Lucille ne la blesse plus. Au contraire : elles s'affrontent et c'est plus simple. Elles ne vont pas perdre de temps. Tous les coups sont permis.

— Laisse-les vivre leur histoire. Ils ont enfin la possibilité de se retrouver…

— S'il retourne avec Clara, je le perds à jamais…

— Si tu racontes tout à Clara, tu le perds à jamais…

— Il m'en voudra mais je saurai lui faire oublier…

— Il ne te pardonnera pas ! Essaie de comprendre, Lucille. Essaie de comprendre… Si tu te tais, tu peux encore espérer… Ou, du moins, gagner son affection, ce qui ne semble pas être le cas maintenant…

— Je ne veux pas de son affection ! Je veux qu'il m'aime ! Je veux être sa femme !

— Mais tu es déjà mariée !

— Je divorcerai. David n'est pas à un divorce près…

— Tu parles des hommes comme s'ils étaient des pions que tu déplaces sur un échiquier, à ta guise… Ce n'est pas l'amour, ça, c'est de la possession dans un cas, de la manipulation dans l'autre… Apprends l'amour, Lucille, c'est tellement bon…

Lucille a un rire méprisant.

— L'amour comme avec ton gentil mari ? Je n'aime pas ton idée du bonheur. Elle est petite, étriquée, elle manque d'ambition, elle colle aux pieds…

— Je vais te surprendre mais je crois que je l'aime, mon gentil mari. Je suis allée doucement vers lui… C'est vrai que je ne l'aimais pas comme aujourd'hui quand je l'ai épousé. Je suivais un plan, mon plan, comme tu as sans doute suivi le tien en épousant David... Tu as beau rire de nos petits carnets, mais ils nous ont rapprochés. Je le vois maintenant comme il est. Je l'accepte sans me résigner, sans me rétrécir, au contraire... et je me prends moi aussi comme je suis vraiment. J'accepte mes limites...

— Je déteste les limites !

— J'accepte mes limites, et je les chante. C'est ça, le vrai talent de vivre : savoir qui tu es, alors tu n'imites personne, tu n'envies personne, tu es toi et tu t'épanouis dans ce territoire que tu t'octroies. Tu peux même l'agrandir, l'entretenir, l'embellir sans te prendre pour une autre...

— Je veux Rapha...

— Tu ne l'auras pas ! Ou alors par une extrême faiblesse de sa part, et tu le mépriseras ! Tu veux Rapha parce qu'il n'est pas à toi, parce qu'il est loin de toi... Je ne l'ai pas entendu prononcer une seule parole affectueuse envers toi, hier soir ! On aurait dit deux boxeurs groggy qui cherchaient encore où taper pour se faire mal. Il n'y a pas d'amour entre vous, que des calculs... Il a dû être plus tendre en un soir avec moi qu'en plusieurs mois avec toi...

Pour la première fois, Lucille est blessée. Elle lève les yeux sur Agnès sans agressivité. Un voile de souffrance muette passe dans son regard. Elle se met à parler comme si elle était seule, livrée à elle-même.

— Il ferme les yeux quand on fait l'amour...

— Il n'est pas là parce que ce n'est pas sa place...

— Il m'appelle Lucille, jamais de petits noms doux... Il ne téléphone jamais. C'est toujours moi qui le relance... Il peut être froid, si froid... Je pleure quelquefois mais j'aime ces larmes. Je n'ai jamais pleuré pour personne. Même quand mon père est mort ! C'est un début, ça, non ? C'est un début... Je me fous de tout le monde. De tout le monde… Tu peux mourir demain, Clara peut mourir, Joséphine peut mourir, David peut mourir, je m'en fiche…

— Je ne te crois pas !

— Tu ne peux pas comprendre… Tu es une petite oie blanche… Tu dis « je t'aime », toi, Agnès ? À qui dis-tu « je t'aime » ?

— À mes enfants… surtout à mes enfants… Pas assez à Yves.

— Je n'ai jamais dit « je t'aime », moi ! Jamais ! Et on ne me l'a jamais dit !

— Je te plains…

— Je suis née seule… Plus seule que vous tous ! Plus seule que vous ne pouvez l'imaginer… Tu as eu un semblant de famille, toi au moins. La pire famille vaut mieux que pas de famille du tout ! Rapha, c'est ma famille. Si je le perds, je perds tout !

— Tu ne peux pas le voler à une autre !

— Tu l'as bien fait, toi !

— Une fois… Une seule petite fois ! Pour me raconter des histoires… Écoute-moi, Lucille, apprends l'amour, le vrai, celui qui donne, c'est tellement plus beau de donner que de prendre ou de voler… Je serai là, je t'aiderai.

— Toi, Agnès, m'aider !

Son ton est toujours aussi railleur mais sa voix se casse sur la dernière syllabe, et dérape, surprise.

— Oui, tu pourras m'utiliser comme quand on était petites, que je portais ton cartable, ou te servais de boîte aux lettres, mais cette fois tu auras vraiment besoin de moi… C'est moi qui te donnerai mon amitié et toi qui me demanderas de l'aide ! Ce n'est pas de l'orgueil. C'est de l'amitié, de la vraie amitié…

— Tu parles en vain, Agnès. On est trop différentes toutes les deux… C'est un hasard qu'on se soit

287

connues, un pur hasard, on n'aurait jamais dû se rencontrer... On ne peut pas être amies... On n'a rien à se dire.

— Parce que tu ne veux pas écouter...

On frappe à la porte. C'est le maître d'hôtel qui apporte le courrier sur un plateau.

— C'est le courrier de ce matin, madame. Hélène l'avait oublié à la cuisine...

Lucille jette un coup d'œil rapide et aperçoit au milieu des enveloppes blanches un petit paquet brun. Elle le pose sur le canapé à côté d'elle et ouvre d'abord le courrier. Et comme Francis ne se retire pas et reste silencieux à ses côtés, elle se retourne et l'interroge du regard.

— Je voulais signaler à madame une série de coups de fil raccrochés qui ont eu lieu quand elle était à New York... et si je prends la liberté d'en parler, c'est que cet après-midi encore, il y a eu un appel anonyme qui demandait à ce que le paquet soit remis à monsieur... Et puis la personne a raccroché... C'est le second envoi de ce genre que nous recevons. Le premier a été ouvert par monsieur...

Lucille se penche sur l'écriture de l'enveloppe, plisse les yeux et sourit.

— Une voix de femme, je suppose ?

— Oui, madame.

— Je sais qui c'est, Francis... Une mauvaise plaisanterie, je suppose ! Merci, vous avez bien fait, je vous remercie.

Il s'incline et se retire en fermant doucement la porte derrière lui.

— Je n'aimerais pas vivre entourée de domestiques, dit Agnès à voix basse.

— J'y suis habituée... J'ai toujours vécu avec des étrangers...

Elle s'étire, replie à nouveau ses longues jambes sous elle, s'enveloppe dans sa large chemise écossaise et, ouvrant le paquet brun sur ses genoux, en découvre le contenu.

— Mon ancienne gouvernante, tu te rappelles, Mlle Marie ?…

Agnès opine.

— Elle m'a subtilisé mes journaux intimes et les envoie à mon mari…

— Dans quel but, à ton avis ?

La bouche de Lucille dessine une moue légère. Elle n'a l'air ni blessée ni même étonnée.

— David ne m'en a même pas parlé. Quel flegme ! Il m'arrive de l'admirer…

— C'est pas loin de l'amour…

— Arrête de rêver, ma pauvre… Aimer, David ne sait pas ce que c'est. On a oublié de lui monter un cœur quand ses parents l'ont fabriqué. D'ailleurs, cela fait belle lurette qu'ils sont en rupture de stock chez les Thyme ! Je peux faire n'importe quoi, il s'en fiche…

Elle marque une pause, joue avec la couverture rouge passé d'un des cahiers, l'ouvre et lit au hasard, à voix haute, en jouant avec une mèche de ses cheveux blonds :

— « Je ne supporte pas le bonheur des autres, je ne veux pas qu'ils soient heureux si je suis malheureuse… » J'avais treize ans, tu vois. J'étais déjà mal partie. Vous entendre rire, vous voir complices me donnait la chair de poule…

Elle replonge dans son petit cahier et continue à lire en silence, s'arrête et reprend à haute voix.

— « Je déteste le bonheur, la chaleur des autres autour de moi. Elle me glace au lieu de me réchauffer. Je trouve tout petit, moche. J'ai toujours envie de salir ce qui paraît pur et lumineux. J'imagine des trahisons, des compromissions. Pourquoi ma mère a-t-elle épousé mon père ? Elle aussi a dû jouer la comédie du bonheur. En échange de quoi ?... »

Elle pose un instant son journal sur les genoux et sourit.

— Je ne sais pas ce que David a lu dans l'autre envoi mais il a dû se régaler... Je m'étais toujours demandé où étaient passés ces cahiers. Mlle Marie... Elle se venge de mon indifférence, de mon arrogance de petite fille. Je ne lui ai jamais permis de s'approcher de moi. Je n'ai jamais voulu qu'elle remplace ma mère. Papa lui a pourtant laissé un studio et une rente mensuelle dans son testament mais ça ne lui suffit pas. Elle aussi veut exister, jouer un rôle dans la vie des autres. Elle doit se croire importante, elle pense qu'elle ruine mon mariage... Si elle savait ! Il ne m'en a même pas parlé !

Elle répète la preuve de l'indifférence de son mari comme si elle n'y croyait pas.

— C'est incroyable, incroyable... pitoyable aussi ! Mais c'est ma vie. Tu comprends pourquoi je veux tout changer ? Je n'ai pas grand-chose à perdre...

— Tu n'es pas obligée de changer en faisant du mal à tout le monde...

On sonne. Lucille tressaille, regarde sa montre, ne bouge pas.

— C'est l'heure du thé, dit-elle impénétrable, laissant tomber son regard sur le plateau.

— Rapha ? demande Agnès. Ce ne peut pas être Rapha ! Hier soir, après que tu es partie, il s'est remis à peindre comme si de rien n'était...

— Et si c'était Clara ? Je l'ai invitée à prendre le thé. Tu n'étais pas prévue, toi, Agnès.

Agnès se penche en avant et agrippe le bras de Lucille.

290

— Ne lui dis pas. Il ne faut pas qu'elle sache. Je t'en prie !

— Arrête de me supplier, Agnès. Arrête de me faire la morale ! Garde tes conseils pour toi et fiche-moi la paix ! Ne me dis plus jamais, jamais, ce que je dois faire ou pas ! Je ne le supporte pas ! J'ai eu assez de patience avec toi !

Lucille se détache d'un geste brusque et lance un regard d'ennemie, brûlant et déterminé. Les bracelets tintent, tout devient métallique, froid, coupant. Agnès a l'intime intuition qu'elle prépare la guerre, qu'elle l'attend, la souhaite et qu'il est trop tard.

— Mais je suis ton amie !

— Tu n'es pas mon amie ! Je ne veux pas de ton amitié ! Ni de celle de Clara ! C'est lui que je veux !

Clara est entrée. Elle a entamé un long mouvement dans la pièce, un long mouvement plein de gaieté, de chaleur, d'affection, prête à s'offrir à son amie, puis, soudain, elle s'immobilise, frappée de stupeur. Le feu continue de crépiter dans la cheminée. C'est même le seul bruit perceptible, familier, rassurant mais qui change peu à peu de musique, s'alourdit, plombé par le silence environnant, et devient menaçant. Chaque seconde qui passe le rend encore plus menaçant, la fée Carabosse a dégringolé dans la cheminée et agite ses bras luisants et rouges dans leur direction, leur jette une malédiction, éclate d'un rire maléfique. Clara se laisse tomber sur le canapé, étourdie. Ses yeux sont devenus deux petits points fixes qui ne quittent pas la chemise écossaise bleu et noir.

— Ainsi, c'était toi…

Lucille ne dit rien et affronte son regard. C'est Clara qui finit par baisser les yeux.

— Mais je ne t'ai jamais rien fait… Je ne t'ai jamais fait de mal…

Des carreaux bleus et noirs dansent dans sa tête. Des carreaux qui se brouillent et finissent par devenir tout noirs.

— Pourquoi ? Pourquoi ? murmure Clara.

Elle pousse un long soupir puis relève doucement la tête.

— Je vais te dire, Lucille, je ne te trouve même plus belle... Tu es moche comme ton âme, je le vois sur ton visage...

— On est toutes moches... Il n'y a pas que moi...

C'est l'affrontement. Aucune des deux ne veut s'avouer vaincue ni mise au pilori. Deux femmes qui se battent pour un mâle. Qui saccagent leur passé, leur amitié, leurs lambeaux de passé et d'amitié pour s'arracher le cœur d'un homme.

— Je sais, je sais, murmure Clara. J'ai assez payé avec Rapha... Mais c'était entre lui et moi. Il n'avait pas besoin de te prendre comme alliée pour se venger...

— Je ne l'ai pas forcé... C'est lui qui est venu me chercher...

— Je ne veux pas savoir. Je ne veux rien savoir...

— Si, tu dois savoir... Depuis le temps que ça dure... Parce que ce n'est pas d'hier ! Un soir, à la fondation, la veille de sa deuxième expo... On avait fini d'accrocher ses toiles, tout le monde était parti...

— Tais-toi ! Je t'en supplie, tais-toi...

Ne pas savoir, ne pas mettre d'images sur l'ignoble, l'incompréhensible. Mais déjà dans sa tête le petit film est parti. Avec des dates précises. C'était avant que je le retrouve... Avant que je ne vienne le relancer, avant cette marche forcée et silencieuse à travers Paris, avant qu'il ne me traîne par la main jusqu'à son atelier, qu'on s'écroule, épuisés, sur le matelas à même le sol, qu'on se frotte, qu'on s'agrippe, qu'on s'emmêle, qu'on s'empoigne, qu'on se mange la bouche de baisers, de soupirs, de serments muets et éternels. Elle était déjà là… Dans sa vie…

— Il m'a embrassée. Oh ! Ce baiser… Je l'attendais, Clara, je l'attendais depuis si longtemps. J'ai cru que j'allais m'évanouir. Il a dû le sentir parce qu'il m'a prise dans ses bras et m'a portée jusqu'à un large canapé où il a recommencé à m'embrasser… C'était comme si je me réveillais d'un long sommeil… Je n'ai pas eu la force de prononcer un seul mot. Il m'embrassait, il m'embrassait et il m'embrassait… Je m'en souviendrai toujours… Je touchais sa nuque, son tee-shirt, je tâtais l'étiquette de son tee-shirt, la froissais entre mes doigts pour être sûre que je ne rêvais pas. On a fait l'amour, j'avais tout son poids sur moi et je me disais : tu dois te souvenir de tout, de tout, parce que, après, quand il sera parti, tu te diras que ce n'était pas pour de vrai… Il est parti. Je suis restée un long moment allongée, toute molle, je ne pouvais plus me lever. Ensuite, on s'est revus… On travaillait ensemble. Je l'accompagnais à l'étranger, je multipliais les voyages pour l'avoir à moi toute seule… Il était fier d'être avec moi, je le savais… à la façon dont il me tenait le bras, en propriétaire. Il me guidait. Je lui appartenais et j'étais si heureuse. J'en ai fait une star, Clara. Ça, c'est moi qui l'ai fait ! Pas toi ! C'est moi qui l'ai lancé, qui lui ai fait connaître la vie facile, l'argent, les femmes éperdues, les puissants qui l'invitent ! Je lui ai fait connaître cette vie-là, moi !

Elle jette un regard à Agnès, un regard qui la renvoie à son petit appartement de Clichy, qui lui dénie le titre de rivale.

— … On ne joue plus dans la cour de l'immeuble de Montrouge. On est passés à autre chose et ni toi ni Agnès, ne pouvez nous suivre sur ce terrain-là !

Clara sursaute.

— Pourquoi Agnès ? Elle n'a rien à voir avec Rapha…

Ce n'est pas tout, se dit Clara. Elle sent à nouveau le danger. La conspiration. On la livre à un autre mal. Elle se tourne vers Agnès et l'interroge du regard.

Agnès ne sait pas, ne sait plus. Elle regarde Clara : il n'y a rien qu'elle veuille perdre dans cette fille-là, dans cette amie qu'elle aime et que, pourtant, elle a trahie. Elle avale sa salive à plusieurs reprises, essaie d'oublier le regard impitoyable de Lucille qui attend qu'elle dise la vérité, qui se prépare à cracher la vérité à sa place si elle recule. Prise dans tous les pièges. Jetée dans le drame comme un paquet à la mer avec deux poids attachés à ses pieds. Elle étouffe, cherche des mots pour raconter son désarroi d'un soir, son dégoût d'elle qui l'a conduite à oublier que Clara était son amie, essaie de se raccrocher à cette autre Agnès qu'elle était, il n'y a pas si longtemps, et qui lui paraît si étrangère maintenant, essaie de justifier l'autre Agnès…

— Allez, vas-y, toi qui fais la morale, siffle Lucille… toi qui donnes des leçons aux autres, dis-lui la vérité… Un peu de courage !

Agnès se lance, coupe les derniers fils qui la relient encore à son amie-sœur, tant d'amour sur le canapé rouge, les rires et les espoirs, les pleurs et le désespoir, sans savoir, juste pour étreindre le bras de l'autre, se réchauffer à l'autre, se rassurer, se pelotonner, se faire peur, se consoler et éclater de rire.

— Une fois, un soir, moi aussi. Je suis allée trouver Rapha et… c'est moi qui lui ai demandé… C'est ma faute à moi… On a passé une nuit ensemble…

Clara reçoit le choc, toute droite, les coudes collés au corps, soudée dans tout son corps pour que la

294

nouvelle ne pénètre pas en elle, pour qu'elle ne l'abatte pas d'un coup de hache sur la nuque, elle sent le froid sur la nuque, le tranchant de la lame sur la nuque. Elle résiste, rentre le cou, tient bon. Le feu prend à nouveau toute la place dans la pièce. On n'entend plus que lui, lui dont la chanson monte et descend comme une musique de film qui viendrait souligner la tension de la scène. Trois filles enfermées dans un silence qui gronde dans leur tête, emplit leur tête tel un torrent furieux qui sort de son lit et emporte tout sur son passage. Cogne, cogne partout, s'infiltre partout, un torrent de boue furieux…

— Je ne vous ai jamais fait de mal, répète Clara, jamais… On s'embrassait, on riait, on pleurait, on se racontait tout et, en dessous, ce n'était pas de l'amour mais de l'envie, du ressentiment, de la jalousie qui se tissait comme une toile d'araignée… Je me méfiais de tous, je ne me suis jamais méfiée de vous. Jamais…

Aujourd'hui, elle a tout perdu. Son père, sa mère, Philippe et Joséphine, Lucille, Agnès et Rapha… Elle n'a pas la force de se demander ce qui reste d'encore vivant en elle. Elle ne sait pas, elle ne sait plus rien. Elle n'a rien à quoi se raccrocher. Derrière elle, des ruines, des ruines menaçantes, calcinées, des souvenirs brûlés, des mâchoires qui se déguisent en baisers pour mieux la mordre et l'attraper. Se lever et courir, courir vers un ailleurs qu'elle n'imagine pas. Elle paie. Elle paie très cher une facture ignorée. Jusqu'à présent, elle comprenait ; maintenant elle ne comprend plus du tout. Et ce manque de sens la prive de forces. Elle ouvre ses mains vides. Elle tend ses mains vides vers son regard blanc, aveugle, qui cherche à comprendre mais ne sait pas ce qu'il doit comprendre. Elle éprouve ce qu'avait dû ressentir sa mère quand on lui avait tout pris. Elle touche le vide comme elle avait dû le toucher, et la vie devient un film en noir et blanc tout flou, qui déraille et se brise contre un arbre…

Si elle parlait, si elle laissait hurler sa douleur, sa peine féroce, elle ne pourrait faire que du mal, encore plus de mal, et elle n'est pas sûre de le vouloir. Comprendre, comprendre. Comprendre l'incompréhensible. Renfermer toute sa souffrance dans une petite boîte en fer-blanc, là où autrefois battait un cœur plein d'appétit et de sang rouge. C'est ça, vieillir, elle se dit, en refermant le couvercle de la boîte, laisser la rouille recouvrir le couvercle en fer-blanc de son cœur et attendre sans plus jamais l'ouvrir… Ne pas en dire davantage, se lever et partir. Elle commande à ses jambes, à ses bras d'obéir et c'est comme si elle donnait des ordres à un robot rouillé. Une, deux, une, deux, avance, petit robot, va vers la porte. Marche jusqu'à ce que tu t'écroules et que tu comprennes, ou refuses de comprendre, et referme à jamais le petit couvercle rouillé sur ton cœur qui ne bat plus. Elle ne voit plus, elle n'entend plus, elle ne remarque ni les bras tendus, suppliants d'Agnès, ni le visage fermé de Lucille, elle quitte la pièce en suivant les petits carreaux noirs et bleus qui dansent dans sa tête, entament une farandole sinistre, font monter l'eau dans ses yeux. Elle marche pour ne pas se noyer dans toute l'eau qui monte dans son corps.

Elle marcha, longtemps, longtemps. Elle ne savait pas où elle allait. Elle marchait. *Tin man, tin man, tin man.* Elle prononçait des mots incohérents, des mots qui lui revenaient d'il y a très longtemps, des onomatopées, des phrases de ses livres d'enfant, des vers que lui avait appris la grand-mère Mata. Paris a froid, Paris a faim, Paris ne mange plus de marrons dans les rues, Paris a mis de vieux vêtements de vieille, Paris dort tout debout sans air dans le métro. Les mots remplissaient son corps, ses jambes, coulaient du plomb, de la chair plombée dans son corps, dans ses jambes, dans ses bras qui pendaient comme des chiffes lourdes. Elle avançait, elle avançait, sans regarder les voitures, les arbres, les gens qu'elle heurtait. Sous le pont Mirabeau coule la Seine et nos amours, faut-il qu'il m'en souvienne, la joie venait toujours après la peine. Vienne la nuit, sonne l'heure, les jours s'en vont, je demeure.

Lorsqu'elle eut épuisé tous les mots, toutes les forces que les mots faisaient passer dans ses jambes, elle tomba contre le parapet d'un pont, se frotta les yeux et fit demi-tour pour rentrer chez elle. À peine eut-elle la force de tourner la clé dans la serrure, de refermer la porte derrière elle, de tituber jusqu'à son lit, de ramasser ses vêtements autour de son corps meurtri comme si elle avait reçu des centaines de coups de bâton. Bouger lui faisait mal, respirer lui déchirait la poitrine, avaler sa salive c'était comme avaler des sabres de feu, et ses paupières pesaient comme deux pierres tombales écrasées par des plaques funéraires.

Elle eut encore le temps de passer en revue chaque plaque funéraire et de lire tous les compliments et les regrets qui lui étaient adressés. J'étais une personne formidable, se dit-elle, éblouie, j'étais une personne formidable, je ne le savais pas, et je n'en ai rien fait, rien fait, rien fait…

Elle sombra dans un sommeil où poussaient des racines, des fleurs, des nénuphars, des crapauds, des jonquilles, des lianes et des perroquets, des arbres dont les branches se penchaient pour la ramasser, pour l'envelopper dans une obscurité fluorescente qui ne lui faisait pas peur, qui l'entourait doucement, la prenait dans ses bras et déposait un baiser sur son front mouillé de sueur. Ce n'est donc que cela, mourir, c'est si doux de disparaître entourée de l'affection des siens. Ils m'aimaient donc et je n'en savais rien. Je n'ai jamais appris à me servir de cette force. Puis elle cessa de penser. Elle esquissa un sourire ancien, le sourire de la petite Clara rebelle et pas dupe et s'endormit en poussant un long soupir. Si je me réveille, si je me réveille, si je me réveille, je saurai, je saurai… J'aurai la force de vivre, la force de comprendre et de pardonner. Je vais dormir, dormir, dormir et j'oublierai.

Elle dormit trois jours et trois nuits. Sans bouger. Elle n'entendit ni le téléphone ni la sonnette de la porte d'entrée qu'actionna Mme Kirchner qui avait un recommandé à lui faire signer. Elle n'entendit pas les pas de son frère dans l'appartement, son frère qui souleva plusieurs fois son bras droit puis le gauche, colla son oreille sur sa poitrine, chercha sous le lit et tout autour des traces de comprimés suspects. Il n'y en avait pas. On ne trouva rien. Rien de spécial. Juste ce sourire qui retroussait les lèvres de sa sœur et lui rappelait la petite Clara qui refusait de se laisser berner. C'est le seul indice qui prouvait qu'elle était encore vivante. Il fit venir un médecin qui l'ausculta et, ne constatant rien d'anormal, conseilla de la laisser dormir. Avant de partir, il lui fit une prise de sang.

Elle ne bougeait pas. Elle souriait. Immobile et tranquille. Nénuphar flottant dans la nuit trouble de son sommeil. Elle ne savait pas qu'elle était autorisée à survivre comme elle avait survécu à M. Brieux, à l'oncle Antoine et aux autres. Désignée pour se battre. Pour opposer la grâce lumineuse de sa vie à la brutalité des autres qui voulaient l'écraser, la réduire, en faire une femme brisée qui courbe la tête et se laisse ouvrir les jambes. Elle ne le savait pas mais le sommeil le savait, qui reconstituait ses forces une à une, lui recousait une parure, recollait un à un les lambeaux de son cœur déchiré. Il y a des gens comme ça : on se demande comment ils résistent à ce qu'ils ont connu, on se demande d'où vient l'obstination qui leur permet de se tenir debout, de réclamer, de ne jamais s'incliner, de ne jamais se résigner à laisser passer la chance de rire encore, de faire confiance encore, d'aimer encore. C'est le grand génie du sommeil qui, tout doucement, avec des doigts de magicien, des doigts d'épis de blé barbus et dorés, permit à Clara de se recomposer, de se réunir, d'inventer une manière, sa manière de voir les événements de sa vie et de survivre.

C'est tout cela qui se passa dans son sommeil. Une vigueur étonnante qui s'empara d'elle et lui fit desserrer une fois de plus l'étreinte sinistre de la fatalité, la força à lâcher prise pour ne plus voir que l'essentiel. Il m'aime. Je sais qu'il m'aime, murmurait la voix dans son sommeil, il m'aime par-dessus tout comme je l'aime par-dessus tout. Il m'a rendu la douleur que je lui avais infligée et maintenant, maintenant, nous sommes quittes. Il faut que j'accepte cette douleur. Elle fait partie de notre histoire car, dans chaque histoire d'amour ou d'amitié, il n'y a pas que du soleil ou de la générosité ou de la tendresse, il y a des forces obscures qui nous poussent à salir, à dénigrer, qui nous emmènent au fond d'un cloaque qui est nôtre et que nous répugnons à regarder. La lumière et la boue, la boue et la lumière. Maintenant, nous savons tout de l'amour, de notre amour.

Agnès... La petite Agnès qui n'avait reçu de la vie que l'amour qu'elle s'était patiemment fabriqué, gramme par gramme, qui cherchait partout cet amour que, parfois, elle était lasse de conquérir toute seule. Agnès qui voulait rêver aussi, comme nous toutes, rêver à un amour immense qui viendrait se poser sur elle comme une feuille et lui ferait une statue dorée. Elle avait déjà pardonné à Agnès. Ainsi qu'à Lucille. Souvent les gens méchants sont des malheureux, qui n'ont pas eu leur ration d'amour et la volent aux autres, qui gardent leurs poings fermés pour mieux se battre parce qu'on n'a jamais glissé une paume aimante et douce dans leurs poings crispés...

— Pauvre Lucille, marmonne-t-elle dans son sommeil. Pauvre Lucille...

Elle avait eu l'amour de son frère, la poupée Véronique, l'amour de Rapha, de grand-mère et de grand-père Mata. Elle avait reçu tout cet amour-là. Elle avait su ouvrir les bras à tout cet amour-là, qui l'avait guérie du manque originel, de ce manque qui créait comme un trou en elle, le manque de la mère, du père, de leurs caresses. Elle avait tout pris puisqu'on lui avait tout pris. Elle était devenue ogresse et avait dévoré pour effacer la vieille douleur qui ronge et vide. Ne plus pleurer sur le corps absent de sa mère étendue au soleil, mais se chauffer à ce corps, se remplir de sa chaleur, ne plus vouloir attraper le bout de sa robe quand elle passe en courant dans le couloir mais ne garder que le souvenir du bout de la robe pour qu'il lui donne la force de reconstituer toute la robe et, plus tard, s'envelopper dans cette robe, puiser tout l'amour d'une mère dans ce bout de robe attrapé, revendiquer haut et fort la présence d'un frère, puis d'un amant, mélanger la vie et l'amour et la colère et la peur sans que la vie, sa vie, en pâtisse. Sans savoir comment elle s'y prenait mais qu'importe qu'elle sache, puisque la vie, le désir de vie, était ce qui la menait au bout d'elle-même à chaque fois. Du plus noir malheur, elle savait extraire une perle blanche, pure, nacrée qui brillait dans l'obscurité et qu'elle suivait aveuglément. Le talent de Clara

300

était là. Dans la résistance à un destin que la vie voulait lui imposer et qu'elle refusait, petite humaine cramponnée à un bonheur qu'elle ne voulait ni laisser passer ni accepter dans sa médiocrité. C'était sa façon à elle d'être grande. Pas une grande artiste ni une sainte mais une grande amoureuse de la vie. Elle refusait la petitesse et la médiocrité. En elle et chez les autres. Elle faisait des malheureux, bien sûr. Elle créait du malheur, de la souffrance. Chez elle et chez les autres. Mais elle les faisait sortir de leur vie, elle les forçait à se dépasser, à accepter une douleur, un destin qui les rendait grands et beaux. Sans elle, Rapha n'aurait jamais peint comme il peignait, Agnès n'aurait peut-être pas accepté la petite Agnès, Joséphine n'aurait pas eu honte d'être une petite-bourgeoise avide et pressée. Elle acculait les autres à aller jusqu'au bout d'eux-mêmes. C'était douloureux bien sûr. Pour elle et pour les autres. On pouvait mal la juger. Mais elle avait ce don-là, ce don de vie extrême.

Parce qu'elle avait décidé, toute petite, que les autres lui mentaient et que la vraie vie était ailleurs, à inventer. Si les autres avaient raison, si les grandes personnes comme sa tante ou son oncle avaient raison, comment expliquer alors qu'ils soient devenus ces formes molles, écœurantes, rejetées par la vie elle-même comme si elle n'en voulait plus ? Ces pantins sinistres qui se décoloraient au fur et à mesure que le temps passait... La vie est ingrate envers ceux qui la servent mal, qui la trahissent. Elle semble leur donner raison un temps, le temps pour eux de s'amender, de se reprendre, puis s'il n'en est rien, elle les efface, les avilit ou les noie dans leur médiocrité. Elle prend alors dans ses bras ceux qui n'ont jamais désespéré et les décore de beauté, de dignité, de grâce, de malice et de sagesse. Observez les visages des vieux : ils ont l'air semblables, tous ridés, tous flapis mais certains possèdent une lumière qui les met au-dessus des autres, qui attire les jeunes et les petits enfants, les hommages et les baisers.

Clara ignorait le travail du génie du sommeil. Clara dormait.

Dors, petite Clara. Repose en paix. Jamais tu ne seras vaincue... Jamais tu ne seras seule car il se trouvera toujours des êtres humains pour se reconnaître en toi, en cette résistance qui fait honneur à la race humaine, pour te rejoindre, te retrouver et s'unir en toi. C'est de la force de tous ces gens-là que tu es irradiée, et bientôt responsable.

C'était cette force-là, cette assurance secrète que jamais elle n'avait pu formuler sans avoir peur aussitôt de la perdre à tout jamais, qui revenait dans l'inconscient de son sommeil et la raccommodait morceau après morceau.

Elle dormait, elle dormait. Et le sourire de la petite fille, le sourire de la seule personne qu'elle voulait retrouver, la protégeait dans son sommeil.

Elle dormit pendant trois longs jours et trois longues nuits. Il fallut tout ce temps pour qu'elle absorbe la douleur qui lui avait été imposée. Qu'elle l'identifie, qu'elle la touche du doigt pour la vaincre comme elle avait triomphé des autres. Car cette souffrance-là ressemblait à toutes les autres, quand elle attendait, enfant, que sa mère la regarde et la choisisse comme seule petite fille au monde, quand elle avait compris, une nuit, tapie derrière la porte du salon, que son père et sa mère ne reviendraient plus, quand elle courait derrière son oncle et qu'il ne lui adressait pas la parole, quand cet après-midi à Venise, au comptoir de l'agence, la douleur de Rapha était venue s'imprimer dans sa propre chair...

Puis, un matin, elle ouvrit les yeux.

Elle demanda de l'eau, un grand verre d'eau, et attendit que son corps lui envoie un signal. Elle bougea un bras, une jambe, éleva sa main à la hauteur de ses yeux, déplia un à un ses doigts, les replia et ne constata rien d'anormal. Il ne se produisait rien. Elle se sentit extraordinairement légère et reconnaissante.

— Je n'ai pas rouillé, chuchota-t-elle.

Elle délire, se dit Philippe, penché au-dessus du sourire émerveillé de sa sœur.

— C'est fini. Je n'ai plus peur... Je n'ai pas rouillé...

Elle prit la main de son frère et la posa sur son cœur. Dans la petite boîte en fer-blanc battait un cœur irrigué d'un sang nouveau, débarrassé de toutes les fièvres du passé, de tout le poids du passé. Un cœur léger qui sautait dans sa poitrine, bondissait si fort qu'elle crut qu'il allait s'en échapper et qu'elle dut poser ses mains à plat pour le comprimer.

— Tu vois la lumière là-bas ? lui dit-elle en montrant un rayon blanc qui se glissait entre les rideaux tirés.

Il tourna la tête et tenta d'apercevoir ce que sa sœur voulait à tout prix qu'il voie, un tremblement de lumière entre deux pans de tissu blanc.

— Là-bas... insista-t-elle, entre les rideaux...

Il dit que oui, il la voyait.

— C'est moi, tu vois, c'est moi... et cette fois-ci, j'y suis arrivée toute seule. Sans toi ni personne...

Elle lui sourit. Et ce n'était plus le sourire de la dormeuse emportée au loin, qui laisse son corps se battre contre des puissances inconnues, mais le sourire incarné d'une femme, sa sœur, qui avait décidé de vivre.

Rapha ne bouge pas. Il ne peut pas bouger. Immobilisé par sa faute. Par son vieux désir de vengeance qu'il a trop longtemps exercé. Il reste, enfermé, dans son atelier. Il a tiré les verrous. Personne ne peut plus entrer. Il attend qu'elle appelle. Comme avant, il ne peut faire que ça : rester ramassé dans un coin de son atelier à attendre qu'elle revienne. Cette fois-ci, elle est partie plus loin, avec un autre qu'il ne connaît pas. Une fois de plus, c'est une histoire de silence, une histoire d'absence entre eux. Une histoire sans mots où le temps prend toute la place pour installer le pardon, le remède unique à tous les maux.

Le seul à qui il peut parler parce que, alors, il n'a pas besoin de parler, c'est Philippe. Ils sont tous les deux liés par ce silence d'homme impuissant, d'homme qui ne sait pas, qui voudrait parler, expliquer, s'expliquer mais ne peut pas. Il rappelle tous les jours, une fois le matin, une fois le soir. Il demande des nouvelles. Philippe dit oui, dit non, il ne lui propose jamais de venir.

— J'attendrai, dit Rapha. J'ai tout mon temps...

Il dit toujours les mêmes mots, comme le rituel d'une messe où chacun connaît les réponses par cœur mais les enchaîne avec la même ardeur. Leurs deux souffles silencieux sur la ligne. Leurs souffles qui disent mieux que tous les mots. Pas de reproches, pas de règlements de comptes, de regrets stériles, de remords vains.

— J'ai fait le test. Il est négatif, lâche un soir Rapha.

— Moi aussi, dit Philippe. Négatif.

— Et elle ? demande Rapha.

— On lui a fait une prise de sang et rien...

— Ah, dit Rapha.

— Agnès non plus, ajoute Philippe.

— Et Lucille ?

— Pas de nouvelles de Lucille... Et toi ?

— Aucune… Et Joséphine ?

— Pas de nouvelles non plus…

Il en reste une que Rapha veut voir avant de reprendre sa longue attente de Clara. Chérie Colère. C'est à cause d'elle que tout avait commencé. Grâce à elle ? se surprend-il à penser.

Il tire les verrous de sa porte et part à la recherche de Chérie Colère. Il a la tête claire. Il n'a plus peur. Il sait qu'il va la trouver. Il sait qu'elle n'est pas partie. Elle va souvent au Cadran, un bar de Bagneux où on peut écouter des groupes pour cinquante francs. Elle s'installe sur un tabouret au bar, pose son sac sur le tabouret d'à côté, sa veste sur un autre, délimitant son territoire, en interdisant l'accès. Personne ne vient l'embêter. Ils n'osent pas. Elle reste là des heures entières à boire de la bière. « C'est mon kif à moi », dit-elle à Bibi le barman qui remplit son verre dès qu'il est vide. Ça lui met du coton dans la tête et l'empêche de penser.

Rapha pousse le manteau et escalade le tabouret. Chérie Colère tourne la tête, étonnée, le reconnaît et pose sa joue contre lui sans rien dire. Il lui rend sa pression amicale et douce. Elle lui tend son verre et en commande un autre. Rapha la regarde, ému, prêt à tout lui pardonner. Elle a deux plis amers autour de la bouche mais lui adresse un pauvre sourire qui repousse le sillon creusé plus loin dans les joues pâles, presque blafardes.

— Tu devrais prendre l'air, lui dit-il en se penchant à son oreille.

— J'ai pas de tune, répond-elle en tournant vers lui deux traits noirs et épais, deux yeux plats fermés comme des huîtres.

— Et si je t'en filais ?

Elle secoue la tête.

Il trempe ses lèvres dans la mousse fraîche et se dit qu'une fille aussi fière n'aurait pas choisi un moyen de vengeance aussi bas. Elle nous aurait tailladé le visage au cutter ou étranglés en serrant un collant autour du cou. Elle n'aurait pas eu peur de se faire prendre. On n'a plus de place pour la peur quand on n'a plus d'espoir.

— C'est vrai ce qu'on raconte sur toi dans la cité ?

— Que j'ai le dass et que je le file à tout le monde pour me venger ? demande-t-elle en tirant sur sa cigarette.

— Exact…

— C'est le gitan qui fait courir ce bruit pour se venger que je l'aie refusé. Je sais. Je fais le vide autour de moi depuis quelque temps. Même toi, Rapha, même toi…

— J'ai flippé, c'est vrai… Mais je t'ai cherchée partout…

— T'as cru ça, toi ? T'as cru ça de moi ?

Rapha soupire.

— Si tu savais les conneries que j'ai pu faire…

— Il a entendu l'histoire d'une fille en Angleterre ou en Écosse qui s'était vengée des mecs en les contaminant un par un et il a trouvé que ça faisait bien dans le décor… Les voisins veulent que je déménage et j'ai perdu mon emploi dans le petit salon où je travaillais. Pas gai, tu vois…

Bibi pousse une autre bière qui vient heurter le verre vide de Chérie Colère.

— Bingo ! dit cette dernière. Merci, Bibi !

Elle se retourne vers Rapha.

— J'aime Bibi. Pas besoin de parler avec lui… C'est rare par les temps qui courent…

— Qu'est-ce que tu vas faire ?

306

— Me tirer ailleurs. Dans un endroit où personne me connaît. Y en a encore, heureusement. Les ongles, la beauté, c'est une valeur sûre. Peut-être à Londres… J'ai une copine qui y est partie… il paraît que ça bouge là-bas. C'est pas comme ici où tout le monde tourne en rond et se morfond… J'en ai marre de cette atmosphère de déprime organisée ! Marre de ces gens qui pleurent, le cul par terre.

— Tu veux du blé pour démarrer ?

— T'as rien d'autre à me proposer ?

Une lumière passe entre les deux traits noirs fermés par deux lignes de charbon qui coulent un peu sur le côté. Une lumière fugitive qui se heurte au silence embarrassé de Rapha et qui s'éteint aussitôt.

— T'es bien le seul que je regretterai, ici… Un souvenir de bonheur, même quand il fait mal, c'est toujours mieux qu'un souvenir de malheur !

Aux pieds de Clara, le fax s'enroule. Elle se baisse pour le ramasser et reconnaît l'écriture de Joséphine. Elle hésite avant de lire. Elle connaît Joséphine et son entrain, elle n'est pas sûre de vouloir entendre son air cadencé et guilleret. Pas tout de suite… Elles ne chantent plus le même refrain. Cela lui paraît loin, loin, le temps des fax coquins, de Mick Jagger et de Jerry Hall. Elle a mué et elle craint que la verve de Joséphine n'égratigne sa nouvelle peau. Pourtant, elle a besoin de sa chaleur, de ses bras passés autour d'elle, d'une Joséphine muette et lourde contre elle. Cette Joséphine-là lui manque.

Joséphine… Elles ne se sont plus parlé depuis…

Depuis…

Clara est seule dans l'appartement. Elle ne sort plus, elle ne ramasse plus le courrier derrière la porte, elle ne répond plus au téléphone. Elle attend que sa nouvelle peau, sa peau de bébé, douce et fine, soit tannée, plus épaisse pour affronter le monde extérieur. Elle s'enferme dans ses bras. Elle s'assied en tailleur près du fax. Le considère longuement. Le prend délicatement entre ses doigts et abaisse son regard sur les premiers mots.

Elle lit et, sans le savoir, s'accorde à la gravité de la lettre de son amie.

Clara,

Je sais que tu vas mieux. J'ai eu de tes nouvelles par Philippe. Tu vois, on se parle à nouveau grâce à toi. On ne se dit pas grand-chose mais on se parle. Je ne t'ai pas appelée parce que moi aussi, je suis et j'ai été secouée. Moins que toi, sans doute... mais pas mal quand même et ce n'est pas fini. Avant de te raconter ma vie, sache que je t'aime, que ce n'est pas un mot pour faire beau, et qu'au premier signe de toi je serai là. Pas l'écervelée qui t'énerve mais l'autre...

J'ai pris la fuite. C'est vrai. J'ai eu peur, une trouille intense qui m'a vidé les entrailles et m'a fait rentrer à toute blinde à Nancy. Jamais les bras d'Ambroise autour de mes épaules sur le quai de la gare ne m'ont paru aussi rassurants. Pour un peu, je lui signais un bail de quatre-vingt-dix-neuf ans, chasteté comprise avec ceinture et double verrou remis à mon maître et seigneur !

Je suis donc rentrée auprès d'Ambroise et des enfants. Ils sont venus me chercher à la gare et, de les voir alignés tous les quatre sur le quai, m'a émue aux larmes. Quelle folle étais-je donc pour songer à sacrifier tout ce bonheur en rang d'oignons, ces visages innocents et pleins d'amour tendus vers moi ! Je les ai étreints, des larmes dans les yeux, ruisselante d'abnégation, le cœur battant.

Je fus heureuse alors, d'un bonheur de vestale, immolée sur l'autel conjugal. Je ne demandais plus rien, rien que ce bonheur-là, et j'étais prête à tous les sacrifices pour le goûter. Les premiers jours ont été sereins et pleins. Je savourais une tranquillité longtemps méprisée. Je n'étais plus en colère. J'étais anesthésiée. C'était comme si j'avais échappé à un très grand danger. Une vraie convalescente. Je profitais de tout. Trouvais mon bonheur dans le plus petit détail : un dessin d'Arthur, « pour maman que j'aime à la folie », une réflexion de Julie sur ses neuf fiancés à l'école, le poids lourd de Nicolas contre moi. Plus rien ne me pesait et j'étais d'une indulgence immense pour tout ce qui m'irritait autrefois. Ambroise me contemplait, fier de lui, sûr d'être à l'origine de cette soumission nouvelle. Il reprenait du bombé, de l'assurance, bramait tel le cerf en rut, en septembre, à la saison des amours avant que les forêts et les hauts plateaux ne se couvrent de neige. Il m'honora même de quelques coups de reins appliqués. Je fis semblant, le cœur léger, et goûtai pour la première fois la tendresse dans l'acte charnel. Ce n'était plus une lutte âpre pour atteindre le plaisir mais l'échange attendri de deux partenaires de vie. Je regardais le nom de monsieur et madame sur les enveloppes du courrier et j'étais rassurée. Je m'accrochais à son bras dans les dîners. J'opinais à ses discours. Je regardais pousser les plants de thym autour de l'évier.

Et puis…

Mercredi dernier, Julie était invitée à un goûter chez Laetitia. Laetitia a changé d'école cette année et Julie ne la voit plus. C'était sa grande amie. Elle a découpé sa silhouette dans la photo de classe de l'année dernière et l'a collée sur sa lampe pour lui dire bonsoir quand elle éteint. Les parents de Laetitia sont divorcés et la petite fille alterne une semaine chez l'un, une semaine chez l'autre, ce qui rend les rencontres entre les deux petites amies très difficiles. Elles ne se voient pratiquement plus. Se parlent au téléphone mais de moins en moins.

Pendant quelques jours, la fête chez Laetitia fut le seul sujet de conversation de ma fille. Les fringues pour aller chez Laetitia, les chaussures qu'elle mettrait, le cadeau qu'elle allait choisir, l'heure à laquelle elle arriverait, l'heure à laquelle je devrais venir la chercher. Elle faisait une liste de tout ce qu'elle avait à raconter à Laetitia et classait les sujets par ordre d'importance. Vint le mardi soir et son attitude changea. Elle toucha à peine à son dîner, laissa Arthur finir sa crème au chocolat. Crispée, absente, le regard plein d'une angoisse muette. Je lui tournais autour, essayant d'entrevoir une faille où m'engouffrer pour la faire parler et qu'elle se confie. Rien à faire.

Au moment d'éteindre la lumière dans sa chambre, je regarde la photo de Laetitia sur l'abat-jour et lui murmure dans un baiser :

— Demain, c'est mercredi. Tu vas voir Laetitia…

Elle me lance un regard terrible du fond de son oreiller et, tétant son vieux doudou qui ressemble à deux vieilles couilles retenues par un fil, marmonne :

— J'ai pas envie d'y aller, maman. J'ai pas envie…

Je la regarde, interloquée.

310

— Mais enfin, chérie, tu t'en faisais une telle joie ! Je ne comprends pas !

— Oh ! maman ! s'il te plaît, répond-elle en joignant les mains. Je t'en supplie ! Je ne veux pas y aller.

Je lui dis que Laetitia l'attend, qu'elle a préparé une fête, qu'elle s'est engagée à y aller. Rien n'y fait. Elle finit par éclater en sanglots et pleure en me suppliant, entre deux hoquets, de ne pas l'obliger à s'y rendre.

Le mercredi matin, je suis bien forcée de constater qu'elle n'a pas changé d'avis et dès que j'évoque la possibilité d'aller chez Laetitia, elle se rétracte, se tortille et exprime le plus profond désespoir.

Elle est donc restée jouer à la maison avec Arthur tout l'après-midi.

Le soir, je lui propose de téléphoner à Laetitia pour s'excuser. Nouvelle crise de panique, nouvelles mains jointes dans un effarement indescriptible comme si je la menaçais de la jeter toute nue dans un bain de fourmis rouges carnivores.

Je renonce, intriguée, et me promets de lui en reparler.

Quelques jours passent et je reçois un coup de fil du papa de Laetitia chez qui le goûter avait lieu. Sa petite fille a guetté Julie tout l'après-midi, n'a touché ni aux gâteaux, ni aux cadeaux, attendant l'arrivée de son amie pour que la fête commence.

— Mais je ne comprends pas ! lui dis-je. C'était un anniversaire, elle avait invité plein d'autres enfants !

— Pas du tout, répond le père, très fâché. Elle n'avait invité que votre fille et lui avait laissé croire que c'était une grande fête pour lui faire une surprise...

Je me confonds en excuses et promets que Julie réparera en invitant Laetitia le mercredi suivant. Je raccroche et pars à la recherche de ma fille. Je lui demande de m'expliquer. Elle me fait promettre de ne pas la gronder si elle me dit la vérité. Je lui réponds que jamais, au grand jamais, je ne la punirais, même si elle devait m'avouer la pire bêtise. Tu me connais... Me voilà partie dans un éloge académique de la Vérité qui structure, qui permet de savoir où on en est avec soi-même, qui donne le courage d'être soi, différent des autres, la Vérité qui fait avancer...

— Quand tu mens, tu te racontes des histoires... Tu deviens une autre, celle de ton mensonge et, à la fin, tu ne sais plus qui tu es. On ment quand on n'a pas le courage de regarder les choses en face.

J'étais assez fière de moi. Je me disais qu'en parlant de la sorte je lui donnais une colonne vertébrale et mille petits osselets pour le restant de ses jours. J'avais complètement oublié le sujet premier de notre discussion : le goûter chez Laetitia.

Elle m'écoute très sérieusement, marque un temps de réflexion et me demande :

— Alors pourquoi tu restes avec papa ?

Je l'ai regardée, le souffle coupé. Toute ma duplicité épinglée en une phrase.

— Pourquoi tu dis ça ?

Elle ne répond pas. Me fixe désemparée, vaguement effrayée.

— T'avais dit que tu me gronderais pas...

— Je te gronde pas.

— Si... T'as pas l'air contente.

— Je suis surprise, c'est tout. Très surprise même...

— C'est toi qui dis qu'il faut parler...

— Et j'ai raison…

— C'est toi qui râles toujours après papa. Pas en ce moment, tu fais semblant… mais d'habitude…

Je reste muette. Plus un seul mot ne sort de ma bouche. Pétrifiée. Démasquée. C'est moi la petite fille et elle la mère… J'ai envie de poser ma tête sur sa poitrine et qu'elle me parle de mes mensonges, de mon faux entrain, de ma vraie lâcheté. Qu'elle passe sa main dans mes cheveux et me console. Qu'elle me refile son doudou aux couilles pendantes, me fasse une place dans son lit et me berce jusqu'à ce que je m'endorme.

— Je voulais pas te faire de chagrin…

— Tu ne me fais pas de chagrin…

Je la rassure et je me reprends, relance la conversation sur le sujet du jour. J'ai perdu mon ton professoral et nous discutons d'égale à égale. Elle doit le sentir parce qu'elle ne se dérobe pas.

— Alors, pourquoi n'es-tu pas allée chez Laetitia ?

— Parce que j'ai eu peur…

— Peur de quoi ?

— Peur de la revoir une fois et de ne plus la voir ensuite… Peur d'avoir de la peine après… Tu comprends, maman, si je ne la vois plus, je vais finir par l'oublier et je n'aurai plus de chagrin…

Je ne peux pas te dire à quel point j'étais bouleversée : ma fille s'économise le sentiment. À huit ans ! Elle gère son capital affectif comme… sa mère. Je lui donne l'exemple d'une femme qui a peur de vivre et qui préfère rester bien à l'abri avec un mari qu'elle n'estime pas mais dont elle s'arrange. Tout ce que je croyais lui apprendre avec une bonne éducation, de la présence, de l'amour, était rayé en un mot : peur. La peur que je ressens, moi, et que je lui communique sans le savoir, peur de vivre, peur de prendre des risques, peur d'aimer.

Depuis, je me tourmente. Que dois-je faire ? Mon bonheur des derniers jours n'a plus le même goût. Il me semble fabriqué, frelaté. Et il l'est. Ma vie passée, celle relatée dans mon dernier fax, me semble fausse aussi. Forcée, mécanique. J'ai tout faux, Clara. Le courage, dans mon cas, serait-ce de partir avec mes enfants sous le bras ? Pour aller où ? Faire quoi ? Vivre comment ? Et de quoi ? Je pourrais multiplier les interrogations à l'infini…

Si je pars…

Si je reste, je suis à l'abri mais… je meurs doucement et file le virus de la peur à mes enfants. J'en fais des trouillards.

Clara, j'ai la trouille. LA TROUILLE. J'avais cru avoir repoussé la tentation, l'avoir étouffée sous les habits de la parfaite épouse, et voilà qu'elle me bondit à la gueule.

Avec Philippe, j'ai entrevu autre chose, une autre manière de vivre, d'être avec un homme, un autre chemin à suivre mais j'ai la trouille. Je répète toujours ce mot. Je suis comme Julie qui préfère ne pas se rendre à son anniversaire…

Comme toi, j'ai besoin d'être seule pour penser à tout ça. Seule comme tous ceux qui ont le sentiment que ce qu'ils sont véritablement ne peut pas être compris et préfèrent alors livrer une caricature d'eux-mêmes. Seule aussi pour décider. Je dois faire taire l'idiote, l'écervelée et donner la parole à l'autre que je ne connais pas encore mais qui poireaute depuis pas mal de temps…

Mais si tu as besoin de tendresse, je serai là, pour toi. Pas pour parler. Pour nous serrer très fort comme sur le canapé rouge de la grand-mère Mata…

Je t'embrasse fort comme je t'aime, Joséphine.

P.-S. : Demain, je vais faire le test. C'est décidé. J'ai pris rendez-vous. Je te faxe les résultats dès que je les ai.

Clara repose le fax et frissonne, s'enveloppe de ses bras et se roule en boule sur le plancher. Que de chemin parcouru en quelques jours ! pense-t-elle. On vit des jours et des jours, des semaines et des mois, des trimestres et des années, sans avoir l'impression d'avancer, sans avoir l'impression de penser, et pendant tout ce temps-là, inexorablement un travail se fait, lent et souterrain, sans qu'on y prenne garde, sans qu'on en soit conscient. La vérité n'est pas ce qu'on affirme à voix haute mais ce qui nous échappe. Un filet d'eau claire au fond de nous qui charrie le plus pur de nous-mêmes, qui creuse, qui s'infiltre, qui œuvre patiemment. Et soudain, en deux ou trois jours, nos vies se renversent, basculées par la force obscure qui nous travaillait de l'intérieur. Et alors, il faut avoir le courage de laisser faire cette force nouvelle et de la suivre là où elle veut nous entraîner.

Elle hésitait encore. Elle voulait apprendre une dernière chose. Elle avait connu la gourmandise, l'avidité, la voracité, le malheur opaque infligé par les autres, le malheur fulgurant délivré par elle-même. Elle avait de l'expérience. Elle avait même trop d'expérience. Il lui restait une dernière chose à apprendre, et cette chose-là, elle voulait être sûre que Rapha, tout seul dans son coin, l'apprivoisait aussi. Cette vertu qu'elle avait toujours refusée jusque-là, allant jusqu'à la mépriser même, à la rejeter comme une preuve de tiédeur, de manque de courage face à la vie, cette inconnue qui avait percé comme une lumière quand elle avait rouvert les yeux après son long sommeil, dont les lettres se déliaient comme un serpent paresseux et qui se nommait patience. Elle avait besoin de temps, de laisser faire le travail du temps et de la patience avant de retrouver Rapha. Et elle voulait espérer que, lui aussi, tapi dans son atelier, suivait le même chemin qu'elle et attendait, attendait. Alors seulement, on pourra se retrouver, se disait-elle, dans le même éblouissement de chair et de vérité. Mais, pour le moment, elle ne se sentait pas prête. Elle voulait rassembler ses anciens déchets, tous les détritus de sa vie, et les brûler dans un grand feu qu'elle était seule à pouvoir allumer. Sa vie avait été longtemps une blessure béante qu'elle avait ensevelie sous une avalanche de plaisirs, d'éclats de rire, de postures grotesques, de pirouettes faciles, et si elle voulait recommencer, neuve et forte, il fallait qu'elle fasse un grand feu de tous ces artifices passés. Un grand feu de joie auquel, si elle ne voulait pas faire appel à Dieu ou à un placebo quelconque, elle devait faire face, seule, ne serait-ce que pour ne pas Le trahir, Lui, quel que soit le nom qu'on Lui donne.

Du même auteur :

Aux Éditions Albin Michel

J'ÉTAIS LÀ AVANT, 1999.
ET MONTER LENTEMENT DANS UN IMMENSE AMOUR..., 2001.
UN HOMME À DISTANCE, 2002.
EMBRASSEZ-MOI, 2003.
LES YEUX JAUNES DES CROCODILES, 2006.
LA VALSE LENTE DES TORTUES, 2008.
LES ÉCUREUILS DE CENTRAL PARK SONT TRISTES LE LUNDI,
    2010.

Chez d'autres éditeurs

MOI D'ABORD, Le Seuil, 1979.
LA BARBARE, Le Seuil, 1981.
SCARLETT, SI POSSIBLE, Le Seuil, 1985.
LES HOMMES CRUELS NE COURENT PAS LES RUES, Le Seuil, 1990.
VU DE L'EXTÉRIEUR, Le Seuil, 1993.
UNE SI BELLE IMAGE, Le Seuil, 1994.
ENCORE UNE DANSE, Fayard, 1998.

Site Internet : www.katherine-pancol.com

Achevé d'imprimer en octobre 2011 en Espagne par
BLACK PRINT CPI IBERICA, S.L.
08740 Sant Andreu de la Barca (Barcelona)
Dépôt légal 1re publication : juin 1999
Édition 17 – octobre 2011
LIBRAIRIE GÉNÉRALE FRANÇAISE – 31, rue de Fleurus – 75278 Paris Cedex 06